Rocket ist der Romantiker in der Familie. Sein Bruder Koller fickt gerne herum. Das musste ja irgendwann schief gehen. Aber gleich so gründlich? Nicht nur, dass Koller sich dieses Mal ausgerechnet die Tochter eines Russen, den man Büffel nennt, ausgesucht hat, nein, sie muss zu allem Überfluss auch noch dabei draufgehen. Eine 20-jährige mit Herzinfarkt? Das glaubt einem kein Büffel. Nichts wie weg also, am besten mit Geisel. Und was für eine! Ihr Name ist Cassidy und Rocket hat sich sofort in sie verliebt. Es folgt eine turbulente Flucht mit

dem Auto durch die Republik in Richtung Onkel Otto, der Tiere so sehr liebt, dass er sich bereits vor Jahren auf einen abgelegenen Bauernhof zurück gezogen hat. Hier kommt es zum Showdown, bei dem ein Esel namens Naddel und viele andere Nutztiere eine nicht unwesentliche Rolle spielen.

Jochen Till, geb. 1966 in Frankfurt/Main. Lebt seit 1972 in Bad Soden/Ts. Nach 1988 Studium der Anglistik, Amerikanistik und Germanistik. Seit 1995 Mitarbeiter im Comica-Comicshop in Frankfurt und seit 1999 als Jugendbuch-Autor tätig.
Veröffentlichungen u.a.: *Ohrensausen* (Ravensburger 2002, nominiert für den Deutschen Jugendliteraturpreis 2003), *Alleinsichten*, Gedichte (Mariposa 2002), *Verdammter Dienstag* (Arena 2003) und *Bauchlandung* (Ravensburger 2004).
Mehr zum Autor unter www.jochentill.de

Jochen Till

DER LETZTE ROMANTIKER

Roman

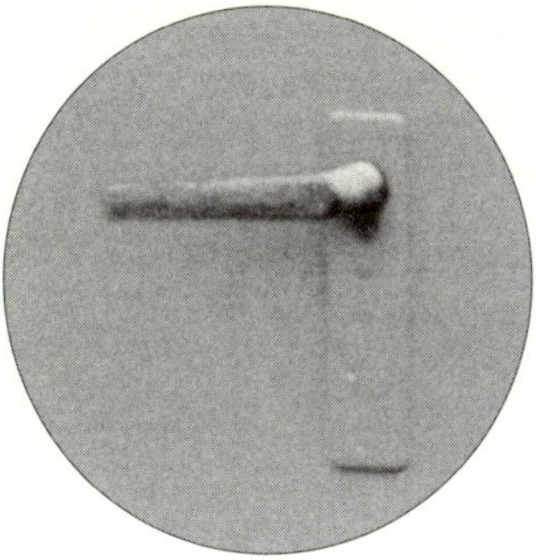

Edition Nautilus

Edition Nautilus Verlag Lutz Schulenburg
Schützenstraße 49 a · D-22761 Hamburg
www.edition-nautilus.de

Umschlaggestaltung: Maja Bechert, www.majabechert.de
Originalveröffentlichung · Erstausgabe September 2004
Druck und Bindung: Fuldaer Verlagsanstalt
2. Auflage Februar 2009
ISBN 978-3-89401-445-2

ROCKET

Mein Bruder fickt gerne herum. Ich würde das nicht sagen, wenn es nicht stimmen würde. Er sagt es selbst. Ich ficke gerne herum, sagt er. *Ich* ficke nicht. Ich *ficke* nicht. Das ist keine rein sprachliche Angelegenheit; das wäre zu einfach. Ich habe noch nie gefickt. Ich könnte auch nie ficken. Ich liebe. Das ist etwas völlig anderes. Jedenfalls für mich. Ich bin der Romantiker in der Familie.
Meine Mutter hat auch viel rumgefickt; sonst wäre ich nicht hier und mein Bruder auch nicht. Unsere Väter müssen typische Rumficker gewesen sein, denn sonst hätte ich den einen oder den anderen bestimmt einmal kennen gelernt.
Nun hat mein Bruder leider einmal zuviel rumgefickt, und ich muss es ausbaden. Aber am besten fange ich von vorne an, was vorgestern war.

Mein Handy reißt mich aus einem tiefen, friedlichen Schlaf. Ich schlafe immer gut, denn ich habe ein reines Gewissen. Dass es mein Bruder ist, der mich wach bimmelt, bezweifle ich nicht für einen schlaftrunkenen Moment, denn schließlich war er es, der mir dieses Handy geschenkt hat, damit ich in Notfällen immer für ihn erreichbar bin. Normalerweise bestehen solche Notfälle stets daraus, dass er halbnackt vor dem Haus einer Rumfickerin steht, weil deren Ehemann/Freund/Vater/Eigentümer unerwartet aufgetaucht ist und mein Bruder heimlich von dort geflüchtet oder unheimlich verprügelt worden ist und von mir abgeholt werden will. Wie gesagt, normalerweise sind es immer derartige Situationen, die mich erwarten, und da *normalerweise* eine Weltanschauung ist, von der ich gerne ausgehe, schnappe ich mir schon mal meine Hose und ziehe sie an, während ich dem Bimmeln folgend mein Handy suche. Diese Dinger werden immer

kleiner, und wenn es nicht so abwegig wäre, könnte ich darauf wetten, dass sie nachts vier kleine Räder ausfahren und Safaris veranstalten. Ich jedenfalls habe mein Handy noch nie dort wiedergefunden, wo ich es vermutet hatte. Dieses Mal liegt es in meinem linken Schuh. Ich klappe das Display auf und drücke den Knopf mit dem grünen Hörer.
»Hallo?«
»Hey, Rocket! Bist du das?«
»Welche Nummer hast du denn gewählt?«
»Na deine!«
»Dann bin ich's wohl.«
»Jetzt hör' auf mit dem Scheiß! Ich stecke verdammt tief in der Klemme.«
Mein Bruder. Falls es noch niemandem aufgefallen ist: Er ist nicht einer der Hellsten, was meiner festen Überzeugung nach seine Wurzeln am besten an der Tatsache zeigt, dass sein Vater bewaffnete Überfälle auf Kinos ausgeübt hat, tagsüber, kurz nach Öffnung der Kasse. Dafür hat er dreimal eingesessen, bis er schließlich bei seinem letzten Kino-Besuch einen Warnschuss in die Luft abgab und von einer *Dumm und Dümmer*-Leuchtreklame erschlagen wurde.
»Was ist los, Nikolaus?«, frage ich. »Hast du diesmal wenigstens deine Hosen an?«
»Ich hab' dir schon hunderttausendmal gesagt, du sollst mich nicht so nennen!«
»Aber das ist doch dein Name, oder? So steht's in deinem Pass. Nikolaus. N-I-K ...«
»Koller! Ich heiße Koller! Das weißt du ganz genau, du Sackgesicht! Koller!«
»Kolter? Komischer Name. Hat bestimmt dein Vater ausge ...«
»Koller, verdammt!!! Koller! Wie das, was ich gleich kriege, wenn du mich nicht schnell hier rausholst, verfluchte Scheiße!«
»Okay, okay. Schon gut. Wo bist du?«
»Gartenstraße 24.«
»Vor oder hinter dem Haus?«

»Du musst hochkommen.«
»Wie, hochkommen?«
»Na, du musst hochkommen in den dritten Stock, bei Bolkov!«
»Warum kommst du nicht runter?«
»Weil das nicht geht.«
»Warum geht das nicht?«
»Das wirst du dann schon sehen, verdammt!«
»Und wie komm' ich da rein?«
»Was weiß ich! Brich die Tür auf! Aber sei leise, verdammt noch mal!«
»Kannst du nicht aufmachen?«
»Nein, das kann ich eben nicht, du Schwachkopf! Wenn ich aufmachen könnte, bräuchte ich dich ja nicht!«
»Bist du verletzt?«
»Nein, bin ich nicht. Mit mir ist alles in Ordnung.«
»Aber warum kannst du dann nicht …«
»Jetzt hör' endlich auf blöde Fragen zu stellen und beweg' deinen lahmen Arsch hierher!«
»Okay, okay. Bin schon unterwegs, lieber Nikolaus!«
»Koller! Verdammt noch mal! Koller! Wenn du mich noch mal anders nennst, reiße ich dir die …«
Ich lege auf, ziehe mich fertig an und mache mich auf den Weg.

Gartenstraße 24 ist ein fünfstöckiger Altbau, und ich habe Glück. Das Schloss der Eingangstür ist alt und ein kleiner Hebel genügt, um sie einigermaßen lautlos zu öffnen. Ich schleiche die Treppen hoch bis in den dritten Stock. Es gibt drei Wohnungen auf jeder Etage. Die Tür mit dem Klingelschild N. Bolkov liegt direkt an der Treppe; diese Tür ist leider nicht alt und sieht sehr stabil aus. Ich versuche es mit einem sanften Hebel, aber sie bewegt sich keinen Millimeter. Ich werfe mich leicht dagegen, vergeblich. Das Haus bleibt ruhig, was mich etwas mutiger werden lässt, doch selbst ein Schritt Anlauf zeigt keine Wirkung. Es gibt immer noch kein Anzeichen, dass ich jemanden aufgeweckt habe, also gehe ich aufs Ganze. Wenn man eine Tür eintreten will, ist die Kraft nicht das ausschlaggebende Mittel, sondern die Treffsicherheit. Eine der wenigen Sachen, die ich von Koller gelernt habe. Ich hole aus und treffe genau den richtigen Punkt. Die Tür springt auf und knallt laut an die Wand. Ich betrete den Eingangsbereich der Wohnung und lausche, ob sich draußen etwas rührt, aber es bleibt still. Ich traue mich nicht, das Licht einzuschalten, also taste ich mich durch den Flur.

»Rocket, bist du das?« Die Stimme meines Bruders dringt hysterisch flüsternd aus dem Dunkel vor mir.

»Welche Nummer hast du denn gewählt?«, flüstere ich zurück.

»Sag' mal, spinnst du?«, krächzt er. »Du weckst ja das ganze beschissene Haus auf!«

»Wie sollte ich denn sonst reinkommen? Hast du die Tür gesehen?«

»Wozu hab' ich dir denn letzte Weihnachten extra diesen elektrischen Einsteiger geschenkt?«

»Den hab' ich Mama geliehen.«

»Die hat doch auch einen gekriegt!«

»Hat sie verschlampt.«

»Diese Familie bringt mich noch mal um! Kommst du jetzt endlich mal her?«

»Wo bist du?«

»Im Schlafzimmer.«

»Ach, mach' Sachen! Darauf wär' ich ja nie gekommen. Wo ist das verdammte Schlafzimmer?«

»Rechts vom Flur. Vorletzte Tür.«

Ich taste mich weiter vor und öffne eine der Türen.

»Das ist das Klo, du Idiot!«, ruft Koller. »Die nächste Tür!«

»Ich muss mal«, gluckse ich. »Kann ich das Licht anmachen? Sonst treff' ich nicht.«

»Verdammt, Rocket! Hör' auf mit dem Blödsinn!«

»Aber ich muss wirklich mal.« Ich kann nicht mehr aufhören zu lachen.

»Komm' jetzt her, verdammt nochmal!«

»Okay, okay. Ich komm ja schon.«
Immer noch lachend taste ich mich zur nächsten Tür und öffne sie. Ich stehe vor einem großen Bett, ein französisches, glaube ich, jedenfalls eins mit diesen hölzernen Bettpfosten an jeder Ecke und Holzverstrebungen als Kopfteil. Eine dieser Verstrebungen fehlt, fällt mir auf, aber das ist es nicht, was mein Lachen abrupt verstummen lässt. Koller liegt auf diesem Bett, nackt, und rittlings auf ihm sitzt eine Frau mit langen, blonden Haaren, ebenfalls nackt. Sie hat ihren Kopf in den Nacken geworfen, so als ob sie gerade an einem Orgasmus arbeitet, aber dafür ist sie erstaunlich ruhig. Als praktizierender Romantiker schließe ich natürlich sofort wieder die Tür von außen.
»Sorry«, flüstere ich. »Ich dachte, du wärst längst fertig.«
»Bin ich auch. Los, komm' rein!«
»Aber vielleicht ist *sie* noch nicht fertig?«
»Jetzt komm' endlich rein und hilf' mir, verdammt!«
»Ich soll dir helfen? Vergiss' es! Ich bin Romantiker und ein Dreier ist sehr, sehr unromantisch. Das musst du schon alleine ...«
»Wenn du jetzt nicht gleich deinen Arsch hier rein bewegst, bring ich dich um! Ich schwör's! Ich bring dich um!«
»Na gut«, gebe ich nach. »Ich komm' dann jetzt rein. Könnt ihr euch nicht wenigstens ein Laken umhängen?«
Ich öffne die Tür erneut, trete zögerlich ein und bleibe am Fußende des Bettes stehen.
»Hallo«, sage ich. »Mein Name ist Rocket. Schön, dich kennen zu lernen.«
Die nackte Blonde reagiert nicht. Vielleicht ist sie schüchtern, denke ich.
»Eigentlich heiße ich natürlich nicht Rocket, sondern Robert, aber Koller konnte als kleines Kind kein ›b‹ aussprechen und ...«
»Rocket!«, unterbricht mich mein Bruder.
»Was denn?«
»Komm' mal hierher«, winkt er mit seinem Zeigefinger.
»Vielleicht darf ich mich erst mal der Dame vorstellen? Also,

so viel Höflichkeit wird ja wohl noch erlaubt sein.«
Ich wende mich wieder dem Rücken der Frau zu und strecke ihr meine Hand entgegen.
»Also, wie gesagt, ich bin Rocket. Und wie heißt du?«
»Sie kann dich nicht hören, Rocket«, sagt Koller.
»Sie kann mich nicht hören?«
»Ganz genau. Sie kann dich nicht hören.«
»Aber warum ...«
»Komm' her«, winkt er mich wieder zu sich heran. »Los, komm' her!«
Ich gehe langsam um die linke Seite des Bettes und bleibe seitlich neben der nackten Blonden stehen. Die fehlende Holzverstrebung des Bettes bildet eine Diagonale zwischen Kollers Brust und der Unterseite ihres Kinns. Ihr Mund steht trotzdem offen und ihr Teint ist bläulich.
»Ist sie ...?«, wende ich mich ebenso offenmündig an Koller.
»Ja«, sagt er und zieht seine Augenbrauen hoch.
»So richtig ...?«
»Mause ...«
»Was ist passiert?«
Koller zuckt mit den Schultern, wobei die Holzstütze auf seiner Brust verrutscht. Er greift mit einer Hand nach der Stütze und mit der anderen an ihr Kinn, um das Gleichgewicht wieder herzustellen.
»Du hast sie tot gefickt!«, platzt es aus mir heraus.
»Nein, hab' ich nicht«, erwidert Koller.
»Was denn sonst?«
»Eben schrie sie noch wie verrückt und dann kippte sie einfach auf mich drauf und war tot. Vielleicht ein Herzkasper, oder so.«
»Ein Herzkasper? Aber sie ist doch höchstens zweiundzwanzig, dreiundzwanzig.«
»Zwanzig.«
»Zwanzig? Ein Herzkasper mit zwanzig? Bei einer Frau?«
»Sowas soll vorkommen. Vielleicht hatte sie einen Herzfehler oder so.«
»Was ist das da an ihrer Nase?«

»Na, was wird das schon sein? Jedenfalls kein kolumbianischer Puderzucker. Sie hat sich 'ne Line gezogen, bevor es los ging.«
»Könnte es sein, dass sie daran ...?«
»Nein, sie kokst vor jeder Nummer. Und geht dann ab wie 'ne Rakete.«
»Also doch.«
»Was?«
»Du hast sie tot gefickt.«
»Meinst du echt?«
»Logisch. Einfach tot gefickt.«
Koller sieht mich an und seine Mundwinkel zucken leicht nach oben.
»Coole Sache, eigentlich«, sagt er und versucht ein Lachen zu unterdrücken.
»Klar, Mann! Du bist eben der Beste! Wie lange hat es gedauert? Vielleicht kommst du damit ins Guinnessbuch.«
Koller prustet laut los, und ich kann nicht anders als mitzulachen. Es dauert eine Ewigkeit, bis wir uns wieder einigermaßen beruhigt haben.
»Und was soll das mit dem Stock, bitteschön?«, frage ich, immer noch kichernd.
»Na, sie lag doch voll auf mir!«
»Und das war dir zu schwer?«
»Nein, zu kalt.«
Wir prusten beide wieder laut los.
»Nee, echt jetzt! Fass' sie doch mal an«, kichert Koller und packt meine Hand, um sie auf ihre Brust zu legen, aber ich kann mich erfolgreich dagegen wehren. Fremde und dazu noch tote Brüste anzufassen ist nun wirklich alles andere als romantisch.
Langsam werden wir uns des Ernstes der Sache wieder bewusst und hören auf zu lachen.
»Warum hast du sie nicht einfach zur Seite gerollt?«, will ich wissen.
»Tja, jetzt kommt der schwierige Teil. Ich habe es versucht.«
»Aber?«

»Es geht nicht.«
»Ist sie zu schwer?«
»Ich stecke fest.«
»Quatsch!«
»Wenn ich's dir doch sage! Ich stecke fest, verdammt!«
»Schwachsinn! Du kannst gar nicht fest stecken. Das ist rein medizinisch unmöglich. Hab ich gerade neulich auf Sat 7 gesehen.«
»Dann bin ich eben ein medizinisches Wunder, verflucht! Was ist jetzt? Hilfst du mir, oder willst du erst die Ärztekammer verständigen?«
»Weißt du, Sat 7 würde bestimmt 'ne Menge Kohle hinlegen, wenn die das bringen dürften. Wie lange hältst du es noch so aus? Ein, zwei Stunden gehen schon, oder? Hast du zufällig die Nummer von Franz Fischkopp im Kopf?«
»Rocket! Ich schwöre, ich bring dich um, wenn du mir nicht sofort …«
»Ja, ja, schon gut, keine Panik, war doch nur Spaß, nicht gleich alles so eng sehen.«
»Ich geb dir gleich eng, du …«
»Nicht aufregen, Koller! Bloß nicht aufregen! Erhöhte Blutzirkulation und eingeklemmte Schwellkörper vertragen sich nicht sehr gut. Und du willst ihn schließlich in einem Stück wiederhaben, oder? Wie ist das überhaupt passiert?«
»Was weiß ich! Sie muss sich irgendwie verkrampft haben, als es soweit war. Hast du eine Ahnung, wie weh das tut?«
»Gott sei dank nicht! Und was jetzt?«
»Gleitcreme.«
»Okay. Wo ist die Gleitcreme?«
»Da drüben in dem kleinen Schränkchen, mittlere Schublade.«
Ich krame die Gleitcreme zwischen etlichen Sexutensilien hervor und gebe sie Koller. Er schraubt die Tube auf und verteilt die Creme auf seinen Fingerspitzen.
»Du musst sie festhalten«, weist er mich an.
Ich entferne die Stütze und halte sie mit einer Hand am Hals fest, was gar nicht so einfach ist, denn ihr Gewicht drückt

sie stark nach vorne. Koller macht sich mittlerweile fluchend in seinem und ihrem Schritt zu schaffen.
»Verdammte Scheiße! Das ist zu eng! Ich komm' nicht richtig rein. Los, hilf mir mal!«
»Du hast sie wohl nicht mehr alle!«, fahre ich ihn an und lasse nebenbei ihren Hals los. Sie kippt nach vorne und ihr Schädel knallt auf Kollers Kopf.
»Au, verdammt! Spinnst du? Du sollst sie festhalten, nicht als Rammbock benutzen. Scheiße, tut das weh!«
»Ich werde nicht an deinem Ding herumfummeln! Das schmink dir mal gleich ab! Ich fasse das nicht an! Niemals!«
»Jetzt stell dich doch nicht so an, verdammt!« Er drückt sie von sich weg. »Hier, halt sie gefälligst wieder fest! Nein, warte! Ich halte sie jetzt fest, und du versuchst, ob du von hinten irgendwie besser drankommst.«
»Den Teufel werd' ich tun!«
»Entweder du tust es, oder wir sitzen übermorgen noch hier! Reiß dich gefälligst zusammen jetzt!«
»Okay, okay! Wo ist die Küche?«
»Was willst du denn in der Küche?«
»Handschuhe, natürlich! Küchenhandschuhe.«
»Fuck, Handschuhe! Fang endlich an! Ich gehe bald ein hier.«
»Das wäre eine Lösung, mit der ich gut leben könnte«, murmele ich und streiche mir Gleitcreme auf die Fingerkuppen.
Ich knie mich auf das Bett hinter sie, schließe meine Augen und versucht einen Weg zu finden, den ich gehofft hatte, nie begehen zu müssen. Es ist wirklich verdammt eng dort.
»Beug' sie ein bisschen«, weise ich an, worauf sie nach hinten kippt und mich unter sich begräbt.
»Beugen hatte ich gesagt!«, nuschele ich unter ihr. »Beugen! Beugen geht nach vorne, nicht nach hinten, verdammt! Nimm sie runter von mir!«
»Sorry«, sagt Koller und zieht sie zu sich hoch. »Aber Beugen geht auch nach hinten.«
»Geht es nicht! Und jetzt sei still und beug sie zu dir! Ich glaub', ich hab's gleich.«

Das Beugen in die richtige Richtung hilft anscheinend, denn ich komme wesentlich tiefer als zuvor.

»Probier's mal! Jetzt könnte es gehen.«

Unter lautem Ächzen und Stöhnen windet sich Koller auf dem Bett hin und her und vor und zurück, bis er schließlich freikommt und die kühle Blonde vom Bett schleudert. Sie kracht mit der Stirn direkt auf die Ecke ihres Nachttischschränkchens und fällt auf den Boden.

»Mensch, pass auf, Koller! Das muss doch nicht sein!«

»Was denn? Ist doch gar nichts passiert.«

»Guck dir mal ihren Kopf an. Da ist ein Riesenloch, Koller! Das sieht aus, als hätte ihr jemand eine Spitzhacke in den Schädel gerammt.«

»Sie ist tot, Rocket! Sie war vorher schon tot. Sie merkt nichts mehr. Und wenn sie zehn Löcher in der Birne hat, was soll's?«

Koller steigt in seine Hosen und sucht den Rest seiner Klamotten auf dem Boden zusammen.

»Und jetzt?«

»Wie, und jetzt?«

»Na, was machen wir jetzt?«

»Wir hauen ab. Was denn sonst?«

»Und die Bullen?«

»Was ist mit den Bullen? Die Kleine hatte 'n Herzkasper. Ende der Geschichte.«

»Ach so, so einfach ist das! Ein Herzkasper. Und davon platzt einem die Stirn, als ob man in einen Presslufthammer gerannt wäre, oder was? Klar, die Bullen werden kommen, werden die Kleine dort aufgeplatzt am Boden liegend finden und sagen: Och, das arme Mädchen hatte einen Herzkasper und ist dabei unglücklich ausgerutscht und auf die Fresse geflogen, Fall abgeschlossen. Ja, genau, Koller. Genau so wird das bestimmt ablaufen. Klare Sache.«

»Mann, jetzt mach dir doch nicht ins Hemd wegen dem kleinen Loch! Die machen doch 'ne Obduktion und den ganzen Mist und dann wissen sie ganz genau, wann und wieso sie die Grätsche gemacht hat. Fall abgeschlos-

sen. Können wir jetzt gehen? Ich muss unbedingt was essen.«
»Essen? Du willst jetzt was essen? Ich glaub das alles nicht. Koller, da liegt eine tote Tussi mit einem faustgroßen Loch im Kopf auf dem Boden, und du glaubst allen Ernstes, die Bullen werden nur kurz 'ne Obduktion machen und Kaffee trinken gehen? Wie bescheuert bist du eigentlich? Ist das erblich? Oh, Tschuldigung, blöde Frage, ich vergaß deinen äußerst brillanten Vater.«
»Lass meinen Alten aus dem Spiel! So schlecht war die Idee mit den Kinos gar nicht! Er hatte nur Pech, sonst nichts. Was regst du dich überhaupt so auf? Niemand weiß, dass ich hier war. Keiner hat mich gesehen, glaub' ich jedenfalls.«
»Glaubt er jedenfalls! Glaubt er! Ein Mann namens Nikolaus glaubt, dass ihn keiner gesehen hat! Na, dann kann ja gar nichts mehr schief gehen! Okay, lass uns abhauen, Nikolaus! Wo steht dein Schlitten? Auf dem Dach?«
Kollers Faust kracht frontal auf meine Nase.
»Au, verdammt! Spinnst du?«
»Ich hab' dich gewarnt. Du sollst mich nicht so nennen, hab ich gesagt. Wenn du mich noch einmal ...«
»Natalja?«
Eine weibliche Stimme, draußen auf dem Flur. Koller packt meine Schultern und drückt mich an die Wand neben der Schlafzimmertür.
»Verdammt, wer ist das?«, zischt er in mein Ohr.
»Keine Ahnung«, zische ich zurück. »Vielleicht eins deiner Rentiere?«
»Nattie? Bist du da? Irgendwas stimmt mit deiner Tür nicht, sie war offen. Nattie?«
Ihre Schritte kommen näher. Sie klopft zweimal kurz an die Tür und öffnet sie. Sie geht drei Schritte in den Raum und blickt sich um. Kurz nachdem sie das Unvermeidliche gesehen hat, packt Koller sie von hinten um den Hals und presst seine Hand auf ihren Mund und seine Pistole an ihre Schläfe.
»Schhhhh! Ganz ruhig, Kleine. Ganz ruhig. Keinen Ton,

okay? Wenn du brav bist und ganz ruhig bleibst, wird dir nichts passieren. Wenn du es allerdings vorziehst, herumzuschreien oder sonst welchen Ärger zu machen, wird dir Lemmy hier ziemlich unmissverständlich Lebewohl sagen, und das willst du doch bestimmt nicht, oder?«

Sie schüttelt den Kopf und blickt angstverstört in meine Richtung.

»Nein, keine Angst, ich bin nicht Lemmy. Dieser Idiot nennt seine Pistole Lemmy. Sein schwachsinniger Vater hat sie schon so genannt, weil er auf Lemmy Caution stand. Kennst du Lemmy Caution? Wahrscheinlich nicht. Na ja, sei froh, hast nichts verpasst. Ich heiße übrigens Rocket, und du brauchst wirklich keine Angst zu haben. Wahrscheinlich funktioniert dieses alte Ding noch nicht mal.«

»Rocket! Du bist nicht gerade sehr hilfreich hier! Und rede gefälligst nicht so über Lemmy! Er hat mich jedenfalls noch nie im Stich gelassen, im Gegensatz zu manch anderem hier.«

»Was soll denn das bitteschön wieder heißen? Wer holt dich denn immer aus der Scheiße? Wen kannst du denn sonst um drei Uhr nachts anrufen, damit er dein Ding aus irgendwelchen Weibern rauszieht, hä? Im Stich gelassen! Ich glaub, ich hör nicht richtig! Und jetzt lass doch endlich mal die Kleine los, oder willst du, dass sie erstickt?«

»Aber dann fängt sie an zu schreien und rennt zu den Bullen!«

»Macht sie nicht. Oder?«

Sie schüttelt kräftig ihren Kopf und murmelt irgendwas in Kollers Hand.

»Lass sie los, Koller! Ich verstehe ja kein Wort.«

Koller nimmt seine Hand von ihrem Mund, dreht sie um und schubst sie zwei Meter von sich weg, Lemmy immer noch auf sie gerichtet.

»Keine Faxen, Kleines, verstanden? Lemmy ist sehr reizbar heute.«

»Jetzt hör doch mal mit diesem Lemmy-Scheiß auf. Ist ja peinlich.«

»Lemmy gibt dir gleich peinlich, wenn du nicht endlich die Klappe hältst.«
»Was habt ihr mit Nattie gemacht, ihr Arschlöcher?«
»Schnauze, Kleine!«, schreit Koller. »Geht dich überhaupt nichts an, verstanden?«
»Jetzt schrei sie doch nicht so an! Sie wird doch wohl noch fragen dürfen.«
»Wer von euch hat ihr das angetan? Das Spatzenhirn mit der Knarre?«
»Hey, hey! Nicht frech werden hier! Das war ... das war ein Unfall.«
»Was hast du mit ihr gemacht, du Arschloch? Hast du sie mit dem Bettpfosten erschlagen?«
»Nichts! Ich habe gar nichts gemacht, verdammt!«
»Er hat sie tot gef... äh, sie ist bei einem Akt sexueller Betätigung plötzlich verschieden. Ein Koitus Interruptus der endgültigen Art, sozusagen.«
Eine der Grundregeln für praktizierende Romantiker: Niemals das Wort *ficken* in Gegenwart eines weiblichen Wesens benutzen. Schon gar nicht, wenn sie so reizend ist wie die, die gerade vor mir steht. Grüne Augen, pechschwarze, glatte Haare bis über die Schultern, eine ganz bezaubernde Stupsnase, perfekt geschwungene, unbemalte Lippen, circa 1,75 m groß, olivgrünes Tanktop, ein blauer Stein als Bauchnabel-Piercing, verwaschene, shrink-to-fit-sitzende Jeans, schwarze Turnschuhe, und wenn sie einen Grund zum Lächeln hätte, wäre es mit Sicherheit das strahlendste und umwerfendste Lächeln der Welt.
»Er hat sie tot gefickt? Du hast sie tot gefickt? Und woher kommt dann bitte das Loch in ihrem Kopf?«
»Sie hatte einen Herzinfarkt oder so was Ähnliches und ist dann mit dem Schädel auf den Schrank geknallt. Das war ein Unfall!«
»Nattie, einen Herzinfarkt? Sie war doch erst zwanzig! Und kerngesund! Das glaubt euch kein Schwein.«
»Es war aber so! Ich schwör's! Wir waren gerade mittendrin und plötzlich ist sie umgekippt!«

»Der Büffel wird euch vom Hals bis zu den Eiern aufschlitzen und unter seine Sonnenbank legen, bis ihr gar seid.«
»Das wird er nicht! Er wird es nämlich nie erfahren! Und deswegen kommst du jetzt auch schön brav mit uns!«
Koller packt sie wieder am Hals und hält ihr die Pistole an den Kopf.
»Los, Abgang, Rocket!«
»Moment, Moment. Jetzt mal ganz langsam. Büffel? Was für ein Büffel? Du hast kein Wort von einem Büffel gesagt, Koller!«
»Er hat dir nicht erzählt, dass Nattie die Tochter des Büffels ist?«
»Nein, hat er nicht! Welcher Büffel denn überhaupt? Ich kenne keinen Büffel, verdammt noch mal!«
»Ich hab' dir doch von diesem Russen erzählt, für den ich manchmal arbeite.«
»Russe? Der, der diesem Rentner mit einer Bohrmaschine das Hüftgelenk zerlegt hat, weil sein Pinscher an sein Haus gepinkelt hat?«
»Genau der.«
»Und das ist der Büffel?«
»Vladimir Bolkov, der Büffel.«
»Und du hast seine Tochter tot gef… Und das da ist also seine Tochter?«
»So sieht's aus. Und jetzt lass' uns endlich abhauen, bevor hier noch mehr Besuch auftaucht.«
»Jungs, ihr seid so was von tot.«
»Ach, halt die Klappe und beweg deinen Arsch in Richtung Tür. Aber keinen Mucks, kapiert?«
»Sie hat recht, Koller. Wir sind tot. Wir sind so was von tot, toter geht's nicht.«
»Ja, schön, wir sind tot. Aber Auto fahren kannst du doch noch, oder? Los, raus hier.«

KOLLER

»Die Tochter eines Büffels! Musste es denn ausgerechnet die Tochter eines Büffels sein, Koller? Hä? Konntest du nicht die Tochter eines Schmetterlings oder … oder eines Schäfchens ins Jenseits fi…, befördern? Aber nein, es musste ja unbedingt die Tochter eines russischen Büffels sein! Du bist so ein Vollidiot, Koller! Und warum das alles? Weil du immer, aber auch immer nur mit deinem dummen Schw…, weil du nicht mit dem Kopf denken kannst! Mit dem Kopf, Koller! Das ist das hässliche Teil da auf deinem Hals. Könnte nicht schaden, es wenigstens ab und zu mal zu benutzen.«

»Weißt du, was mein Kopf mir gerade sagt, Rocket? Willst du wissen, was er sagt? Er sagt, ich soll ihn dir mitten ins Gesicht rammen, wenn du nicht endlich die Klappe hältst und auf die Straße guckst! Wo fährst du eigentlich hin? Wo sind wir hier überhaupt?«

»Woher soll ich denn das wissen? Du hast gesagt ›Fahr los!‹ und ich bin losgefahren. Was weiß ich, wo wir hier sind! Ist ja auch völlig egal, wir sind sowieso längst tot! Tot, Koller! T-O-T, tot! Links oder rechts da vorne?«

Rocket ist so ein Weichei. Aber das war er schon immer. Viel zu weich für diese Welt. Faselt immer was von Romantiker und so weiter. Schwachsinn, Romantiker. Ein Weichei ist er, sonst nichts. Sein Alter war schon ein Weichei, hat Mama gesagt. Hat sich von 'ner Brücke geschmissen, als rausgekommen ist, dass er in seiner Bank an ein paar Konten gedreht hat. Kleckerbeträge, Peanuts, wahrscheinlich hätte er nur Bewährung gekriegt, aber selbst dafür war er zu weich. Wenn Rocket nicht mein Bruder wäre, wäre er schon lange tot. Ich hab' ihn immer aus der Scheiße gezogen, das fing schon in der Schule an. Er war einer dieser Streber, auf dem die coolen Jungs immer herumhacken. Bis ich dem erstbesten, der ihm wieder mal an die Wäsche wollte, zwei Finger gebrochen habe. Von da an waren Finger meine Spezialität, und Rocket wurde nie lange dumm angemacht. Während meiner gesamten Schulzeit kam ich locker auf ein paar Hand voll gebrochene Finger, ich höre heute noch das lustige Knacken, wenn ich daran denke. Apropos Weichei: Seinen ersten Fick hab ich ihm auch besorgt. Nicht ich persönlich, natürlich, dass das klar ist! Ich habe nur dafür bezahlt und es so geschaukelt, dass er nicht wusste, dass dafür bezahlt wurde. Nie wieder, kann ich nur sagen. Er hat sich in dieses Flittchen verliebt, und ich durfte wieder und wieder zahlen, damit er nicht rauskriegt, was abläuft. Nach drei Wochen musste ich dieser Schlampe einen satten Tausender hinlegen, damit sie mit ihm Schluss macht. Es hat fast ein Jahr gedauert, bis er aufgehört hat, ihr nachzuheulen. Rocket, das Romantiker-Weichei. Glaubt an die große Liebe und so'n Mist. Jede Wette, er hat sich jetzt schon in die Kleine verknallt, dieser Trottel. Er verknallt sich nämlich in jede süße Fratze, die ihm über den Weg läuft. Tja, das wird wohl wieder mal nichts, Rocket. Ich werde die Kleine nicht für einen Moment aus den Augen lassen und schon gar nicht mit ihm alleine. Ich traue ihr nicht, und Lemmy traut ihr auch nicht, sonst wäre er nicht so nervös heute. Und auf Lemmy ist immer Verlass, denn Lemmy verknallt sich nicht.

»Links. Fahr links.«

»Wer hat dich denn gefragt, Kleine? Du weißt doch gar nicht, wo wir hin wollen.«

»Das wisst ihr ja selbst nicht, ihr Vollidioten. Aber nach links geht's in Richtung Innenstadt, und da kennt ihr euch doch bestimmt wieder aus, oder?«

»Oh, Madam Oberschlau! Reiß deine Klappe nicht zu weit auf, sonst stopf' ich Lemmy rein!«

»Jetzt lass sie doch mal in Ruhe, Koller! Das mit der Innenstadt war doch ein guter Vorschlag. Außerdem kannst du endlich mal diese bescheuerte Knarre wegstecken. Sie wird schon nicht aus dem Auto springen.«

»Lemmy bleibt da, wo er ist! Und von der Kleinen hier will

ich keinen Ton mehr hören, sonst war's ihr letzter!«
»Wie heißt du eigentlich?«
»Rocket! Hörst du mir eigentlich zu, wenn ich rede? Ich sagte gerade, dass ich keinen Ton mehr von ihr hören will und du fragst sie, wie sie heißt! Kannst du mir mal verraten, wie das gehen soll?«
»Oh Mann, jetzt spiel dich doch nicht so auf hier. Ich hab' sie nur nach ihrem Namen gefragt. Sie wird doch wohl noch ihren Namen sagen dürfen, ohne dass du ihr gleich den Kopf wegpustest, oder? Also, wie heißt du?«
»Cassidy.«
»Quatsch, so heißt du nicht. Sie will uns verarschen, Rocket. Die Kleine heißt nie und nimmer Cassidy. Hab ich ja noch nie gehört, Cassidy.«
»Ist das nicht ein Männername?«
»Ist es nicht, ihr Blödmänner! Cassidy ist ein alter, irischer Frauenname.«
»Du siehst aber nicht aus wie eine Irin.«
»Und du siehst nicht aus wie ein Mensch. Was sagt uns das also?«
»Punkt für sie, Koller. Du bist tatsächlich Irin?«
»Meine Mutter ist Irin. Reicht das?«
»Ich werde sie jedenfalls nicht Cassidy nennen. Klingt doch bescheuert.«
»Soll ich dir sagen, wie Kollers richtiger Name ist?«
»Das wirst du nicht, Rocket! Ich warne dich! Ich werde…«
»Es ist ein sehr weihnachtlicher Name.«
»Rocket!«
»Sein richtiger Name ist … Aaah, verdammt! Spinnst du? Ich fahre hier Auto, falls du das noch nicht gemerkt hast! Au, du Vollidiot!«
Er wollte es ja nicht anders. Ich hasse es, wenn er diesen Namen sagt. Ich hasse diesen Namen. Wer will denn schon so heißen? Und alles nur, weil ich am 6. Dezember geboren wurde und die Hebamme den bescheuerten Vorschlag machte, mich so zu nennen.
»Wenn du mir noch einmal diese beschissene Knarre auf die

Nase knallst, tätowiere ich dir deinen bescheuerten Namen eigenhändig mitten auf die Stirn! Mann, wir wären fast an den Pfosten da gedonnert! Blutet meine Nase? Cassidy?«

»Nein, kein Blut.«

»Ich hatte dich gewarnt, Rocket! Das ist kein Spaß, hast du das jetzt kapiert?«

»Nikolaus. Ich wette, du heißt Nikolaus.«

»Verdammt!«

»Bingo, Cassidy!«

»Hör auf zu lachen, Rocket! Und du, Kleine, wenn du mich nur ein einziges Mal so nennst, dann kannst du dich nicht nur von deiner Nase verabschieden! Ist das klar?«

»Ist klar. Großes Weihnachtsmann-Ehrenwort.«

»Du ...«

»Hey, ich weiß wieder, wo wir sind! Wohin jetzt, Koller? Zu dir?«

»Nein, nicht zu mir! Fahr zu Mama, das ist sicherer.«

In meiner Wohnung wird der Büffel zuallererst nach mir suchen. Und er wird nach mir suchen, soviel steht fest. Schließlich war er es, der mich darum gebeten hatte, Nattie sicher vom *Eden* nach Hause zu bringen. Er hat mir sogar einen Hunderter dafür in die Hand gedrückt. Und dann ging alles sehr schnell. Dieses kleine Luder hat mir quasi keine Chance gelassen. ›Kommst du noch kurz auf einen Kaffee mit hoch?‹ hat sie gesäuselt. Klar, Kaffee! Aber was sollte ich machen? Ich bin auch nur ein Mann, und sie war so verdammt lecker. Hey, da hätte keiner nein gesagt! Und wer konnte denn schließlich ahnen, dass sowas passiert. Eins ist jedenfalls klar: Der Büffel muss noch nicht mal bis drei zählen können, wenn er sein geliebtes Töchterchen morgen mit einem Schweizer Schädel in ihrer Wohnung findet. Und dann schickt er seine Bluthunde los, und die haben bis jetzt noch jeden gefunden, der dem Büffel ans Bein gepisst hat. Ich muss irgendwie versuchen, Rocket da raus zu halten. Diesen Jungs ist er nicht gewachsen, niemand ist das, ich auch nicht. Vielleicht hätte ich die Kleine nicht mitschleppen sollen. Aber ich wollte nicht, dass Rocket erfährt, dass der Büffel so oder so hinter mir her sein wird. Die Kleine lenkt ihn ab, und das ist gut so. Vor morgen Mittag wird der Büffel nicht merken, dass sein Töchterchen den Löffel abgegeben hat. Und dann? Kein Plan. Aber Mama wird schon irgendwas einfallen. Wenn irgendjemand mit dem Büffel fertig wird, dann Mama.

REBECCA

»Au! Mama! Warum …«
»Willst du noch eine? Kannst du gerne haben, du Hornochse!«
»Aber, Mama … Au!«
»Wie dein Vater! Der musste sein dummes Ding auch in alles reinstecken, was schwanger werden konnte.«
»Aber du hast doch auch mit ihm … Aua!«
»Erinnere mich nicht daran! Wie alt war sie? Vierzehn? Fünfzehn? Du gottverdammter Vollidiot!«
»Zwanzig! Sie war schon zwanzig, Mama! Ich würde doch nie mit einer Vierzehnjährigen …«
»Zwanzig? Die Kleine war zwanzig? Oh Gott, bin ich wirklich schon so alt?«
Achtundvierzig. Ich bin achtundvierzig, und ich sitze nachts um drei mit meinen beiden Jungs und irgendeinem Mädchen in meiner Küche und höre mir an, wie mein Ältester die Tochter irgendeines russischen Gangsters tot gebumst hat. Und natürlich hat er seinen kleinen Bruder mit reingezogen, wie immer.
»Au! Wofür war das denn jetzt? Ich hab' doch gar nichts gesagt?«
»Nur so.«
Koller war schon immer ein Idiot. Mit dem Schwanz denken und mit den Fäusten reden. Das ist alles, was ihm sein Vater mit auf den Weg gegeben hat. Es ist ein Wunder, dass er noch nie länger als eine Nacht im Bau verbracht hat. Im Gegensatz

zu seinem Vater, diesem Trottel. Der war selten länger als eine Nacht draußen, bevor sie ihn wieder einkassiert hatten. Dieses eine Mal werde ich nie vergessen. Er wurde entlassen, stieg vor der Anstalt in einen Bus und zwang den Fahrer mit einem Taschenmesser an der Kehle dazu, ihn bis direkt vor die Haustür zu fahren, weil er zu faul war, einmal umzusteigen. Dieser Mann war wirklich zu dämlich, und ich weiß bis heute nicht, warum ich mich von ihm überhaupt habe anfassen lassen. Okay, ich war jung, sehr jung, und er war groß und stark und hatte eine Kanone. Ich dachte, er wäre ein richtiger Gangster, und fand das alles sehr aufregend und romantisch. Leider dauerte es eine ganze Weile, bis ich feststellte, dass er eine absolute Null war. Kinos überfallen! Am helllichten Tag! Na ja, er hat bekommen, was er verdient hat. Und ich habe Koller. Ein Rat an alle sechzehnjährigen Mädchen da draußen: Lasst euch zunähen, bis ihr fünfundzwanzig seid. Der beste Sex entschädigt nicht für das, was dabei herauskommen kann.

»Und was jetzt, Mama?«, fragt Robert.

»Ich weiß es nicht, Schätzchen. Mit diesem Bolkov ist bestimmt nicht zu spaßen.«

»Vielleicht sollten wir einfach zu ihm gehen und erklären, was passiert ist. Es war ja wirklich nicht Kollers Schuld.«

»Der Büffel reißt ihm alleine schon deswegen die Eier ab, weil er Nattie gevögelt hat«, sagt das Mädchen.

»Da hat die Kleine allerdings recht«, muss ich zustimmen.

»Sie heißt Cassidy, Mama.«

»Cassidy? Ein schöner Name.«

»Ja, ja, schöner Name! Habt ihr's bald mit euren bescheuerten Namen? Ist doch scheißegal, wie dieses kleine Flittchen ... Aua!«

»Wie oft hab' ich dir schon gesagt, dass du Frauen nicht so nennen sollst, Koller? Hm? Wie oft?«

»Tausendmal, Mama.«

»Genau! Dann denk' auch bitte dran! Warum hast du sie überhaupt mitgebracht? Freiwillig ist sie doch nicht hier, oder, Cassidy?«

»Seh' ich so aus, als wäre ich freiwillig hier? Ihre zwei Musterknaben haben mich entführt.«
»Ich nicht, Mama! Ich hatte nichts damit zu tun! Das war Kollers Idee! Du weißt, dass ich sowas nie machen würde.«
»Ja, genau! Jetzt war ich's mal wieder ganz alleine!«
»Wer hat ihr denn die blöde Knarre an den Kopf gedrückt? Du oder ich?«
»Nur damit er bei Mama wieder besser dasteht. Das kotzt mich so an, Rocket! Weißt du das?«
»Habe ich mit der Knarre rumgefuchtelt oder du? Frag' ihn, Mama! Frag' ihn, wer Cassidy gezwungen hat mitzukommen!«
»Sie wäre doch sofort zum Büffel gerannt! Und wir lägen längst als Dörrfleisch auf dem Sonnengrill! Was sollte ich denn sonst machen? Hä? Das war eine Vorsichtsmaßnahme, sonst nichts. Vorsicht, Rocket. Schon mal was davon gehört? Vorsicht!«
»Sagte der Mann, der die Tochter des Büffels tot gefickt hat.«
»Halt bloß die Klappe, Kleine! Sonst stopft sie dir Lemmy endgültig!«
»Wenn du dir einen runterholst, fühlt sich das irgendwie metallisch an und macht *Peng!* wenn du fertig bist?«
Robert prustet laut los, und ich kann mir ein Lachen auch nicht verkneifen. Diese Cassidy gefällt mir. Freches Mundwerk, bloß nichts gefallen lassen, keine Schwächen zeigen. Sie sitzt da, breitbeinig, die Arme über der Brust verschränkt und grinst Koller direkt in die Augen, ohne ein Zeichen von Angst in ihrem Blick. Ich wünschte, ich wäre in ihrem Alter schon so cool gewesen, dann wäre mir vieles erspart geblieben. Koller zum Beispiel. In einem muss ich ihm allerdings recht geben: Es ist richtig gewesen, Cassidy mitzunehmen. Für das, was sie weiß, würde dieser Büffel wahrscheinlich einiges lockermachen. Und zeig mir eine Frau in ihrem Alter, die genug Geld hat! Koller ist kurz vorm Explodieren. Ich kenne das. Sein Kopf läuft rot an, seine Schläfen pochen, seine Hände krallen sich an den Tisch, er schnauft wie ein Rennpferd. Deswegen nennen ihn alle

Koller. Was dagegen hilft? Die liebende Hand einer Mutter.
»Au! Mama! Wofür war das denn?«, fragt Robert.
»Ha, ha! Mamas Liebling hat eine gefangen! Geschieht dir recht, Rocket!«
»Was war das denn jetzt?«, will Cassidy wissen.
Ich beuge mich zu ihr herüber und flüstere ihr ins Ohr: »Wenn du vermeiden willst, dass Koller völlig ausrastet, musst du nur seinem Bruder eine scheuern. Glaub' mir, das funktioniert immer. Aber Robert darf nichts davon wissen, sonst wirkt es nicht echt.«
»Kann es sein, dass ihr alle völlig durchgeknallt seid?«
»Nein, warum?«
»Ach, nur so.«
»Was flüstert ihr da?«, fragt Robert, während er sich die Backe reibt.
»Frag nicht so dumm, oder willst du noch eine?«
»Nein, Mama.«
»Gut. Und jetzt legt ihr euch erst mal für ein paar Stunden aufs Ohr. Cassidy kann bei mir schlafen. Ist das okay für dich, Cassidy?«
»Von mir aus.«
»Aber, Mama …«
»Keine Angst, Koller. Ich passe schon auf, dass sie nicht abhaut. Gibst du mir mal die Handschellen aus der untersten Schublade?«
»Und der Büffel? Was ist mit dem Büffel, Mama?«
»Was soll mit dem Büffel sein? Der schläft sicher auch gerade.«
»Aber morgen früh …«
»Morgen früh verschwindet ihr erst mal für eine Weile, und ich weiß auch schon wohin.«
»Wohin denn, Mama?«
»Das sag' ich euch morgen. Jetzt ist Schluss. Abmarsch ins Bett. Und gleich das Licht aus, verstanden?«
»Ja, Mama.«
»Nacht, Mama.«

BÖLKE

»Telefon!«
»Ja, ich hör's.«
»Und?«
»Was, und?«
»Wie wär's mit drangehen?«
»Kann jetzt nicht.«
»Aber du sitzt genau daneben!«
»Ich kann jetzt gerade nicht, okay?«
Eins steht fest: Wenn man sich seine Kollegen aussuchen könnte, würde ich alleine arbeiten. Ich stehe in der Küche und koche Kaffee für alle, und dieser Idiot lungert auf der Couch herum, einen Meter vom Telefon entfernt, und packt es nicht ranzugehen.
»Was machst du? Kraulst du dir die Eier, oder was? Geh endlich ans Telefon, verdammt!«
»Scheiße, hörst du schlecht? Ich bin gerade beschäftigt! Geh' du doch!«
»Was ist mit Polio?«
»Is' pissen.«
»Verdammt! Muss man denn wirklich alles selbst machen hier?«
Ich gehe rüber ins Wohnzimmer. Tony sitzt über den Couchtisch gebeugt und fummelt an Polios Knarre herum.
»Und deswegen kannst du nicht ans Telefon gehen? Was machst du da überhaupt?«
»Überraschung, wart's ab. Das wird'n Knaller, sag ich dir. Gehst du jetzt endlich mal an das verdammte Telefon? Könnte schließlich wichtig sein.«
»Sehr witzig, Tony. Sehr witzig. Blödes Arschloch! Hallo? … Morgen, Boss. Was gibt's? … Geht nicht ans Telefon? … Klar, machen wir. Sind schon unterwegs, Boss … Ich rufe sofort

an, wenn wir da sind ... Ja, geht klar ... Bis dann, Boss.«
»Die Prinzessin mal wieder?«
»Geht nicht ans Telefon. Wir sollen in ihre Wohnung fahren und checken, ob alles in Ordnung ist.«
»Zehn zu eins, dass sie die Nacht wieder irgendwo durchgevögelt hat.«
»Nichts dagegen. Solange sie uns gut dafür bezahlt, dass wir dem Büffel nichts erzählen, kann sie sich meinetwegen durch die ganze Stadt vögeln. Bist du endlich fertig mit deiner Fummelei? Wir müssen los.«
»Warte, gleich ... So, alles klar. Polio! Schwing deinen Arsch endlich von der Schüssel! Der Boss hat angerufen. Wir müssen weg.«
»Ja, ja, komm ja schon. Nur keine Hektik. Wo soll's denn hingehen?«
»Die Prinzessin, mal wieder.«
Polio kommt aus der Toilette und knöpft seine Hose zu.
»Moment, bin gleich soweit. Wo ist denn meine verflixte ...«
»Hier«, sagt Tony mir zuzwinkernd. Er packt Polios Knarre am Lauf und wirft sie ihm zu.
Polio fängt sie und steckt sie hinten in den Hosenbund. Als er seinen Arm wieder hervorzieht, hat er die Knarre immer noch in der Hand.
»Was ...«
Tony kann sich nicht mehr halten und lacht laut los.
»Was ...«
Polio steht dort und schüttelt die Hand mit der Knarre, aber sie fällt nicht herunter. Er zieht mit der anderen Hand daran herum, aber sie lässt sich nicht entfernen. Tony liegt mittlerweile auf dem Boden und krümmt sich vor Lachen.
»Was ... Was hast du gemacht, Tony? Was ... Was ist das?«
»Sekundenkleber!«, schreit Tony und schlägt mit der Faust auf den Boden. »Ist das nicht der Brüller, Bölke? Sekundenkleber! Guck ihn dir an! Hast du dieses Gesicht gesehen? Einmalig!«
»Aber ... Aber das ... das geht doch nie mehr ab! Das geht doch nicht! Bölke! Hilfe!«

»Scheiße, Tony! Wir sind doch hier nicht im Kindergarten! Sowas Bescheuertes hab' ich ja noch nicht erlebt! Was kommt als Nächstes? Handgranaten beim Topfschlagen? Du tickst doch nicht mehr ganz richtig!«
»Hey, Alter, reg' dich ab. War doch nur'n Joke. Hast du sein Gesicht gesehen? Hi, hi, hi! Göttlich!«
»Ja, wirklich, sehr witzig, Tony. Glaubst du, der Boss findet das auch so witzig? Glaubst du das? Warte, ich ruf' ihn gleich mal an und frag' ihn, wie witzig er das findet. Du weißt ja, der Boss ist ein richtiger Spaßvogel, ein Scherzkeks erster Güte. Ich weiß noch genau, als die Prinzessin zehn wurde und der Boss einen Clown engagiert hatte. Dieser Clown hatte so eine Spritzblume. Weißt du, was ich meine? So eine Blume an der Jacke, mit der man Leute nass spritzt. Auch eine sehr witzige Sache. Der Clown kommt also rein, gibt dem Boss die Hand und spritzt ihn ein bisschen voll. Der Boss fand das so witzig, dass er den Clown auch nassgespritzt hat, allerdings mit einer Gießkanne voll Salzsäure. Mit der Clownskarriere war dann natürlich Schluss, aber der Kerl hatte Glück und hat einen Job im Horrorkabinett gekriegt. Wenn du also deinen Job wechseln willst, Tony, mach ruhig so weiter. Ein Anruf beim Boss genügt.«
»Nein, nein, is' ja schon gut. Mann, du kannst einem aber auch wirklich jeden Spaß vermiesen.«
»Und was ist jetzt mit mir? Das Ding geht nicht ab! Was soll ich denn jetzt machen? So kann ich doch nicht raus, oder?«
»Ganz ruhig, Polio. Mach' dir keine Sorgen. Wenn wir die Prinzessin gefunden haben, fahren wir mit dir zum Doc, der kriegt das schon hin.«
»Zum Doc? Auf keinen Fall! Der sägt mir die Hand ab! Ich will zu einem richtigen Arzt! Bitte, nicht zum Doc!«
»Und wie willst du diesem richtigen Arzt erklären, dass eine nicht registrierte Kanone an deiner Hand klebt? Guten Tag, Herr Doktor. Als ich heute morgen aufgewacht bin, war sie plötzlich da. Vorsicht, ich glaube, sie ist geladen. Nein, Polio, vergiss das mit dem richtigen Arzt. Der Doc wird das schon irgendwie hinkriegen, ohne dir gleich die Hand abzusägen.«

»Aber bei Rudi hat er doch auch …«
»Das war doch etwas ganz anderes. Rudi hat in den Häcksler gegriffen, weil er sich noch schnell die Rolex von Sergej, dieser kleinen Ratte, schnappen wollte. Da war nichts mehr zu retten. Der Doc sägt dir nicht die Hand ab, versprochen.«
»Na gut, wenn du das sagst, Bölke, dann glaube ich dir. Aber so kann ich jetzt doch trotzdem nicht rausgehen. Was sollen denn die Leute denken?«
»Hier, zieh' meinen langen Mantel an und steck die Hände in die Taschen. Und lass' sie dort, solange wir unterwegs sind.«
»Den langen Mantel? Aber es ist doch so heiß draußen. Im Radio haben sie vorhin gesagt, dass es zweiunddreißig Grad werden heute.«
»Was bist du? Bademeister? Jetzt zieh' schon den Mantel an, und halt die Klappe. ›Es ist doch so heiß draußen!‹ Mann, Mann, Mann, ein Witzbold und ein Warmduscher! Ich sollte in Rente gehen. Los, Abmarsch!«

CASSIDY

»Oh, Mann, das glaub ich ja jetzt wohl nicht! Die hat sie doch nicht mehr alle! Hält den ganzen Verkehr auf. Scheiße, jetzt ist es schon wieder rot!«
»Und du glaubst, durch ständiges Hupen wird es wieder grün? Reg' dich ab, Koller.«
»Wir wären schon längst über diese Scheiß-Ampel, wenn diese Schickse sich nicht dauernd in den Haaren rumfummeln würde! Ist das hier 'ne Kreuzung oder ein Schönheitssalon?«
Wir stehen an einer Ampel stadtauswärts, ich sitze hinten, und vor uns steht diese rich-bitch mit ihrem fetten Benz-Cabrio und zupft sich in den Rückspiegel glotzend ihre blondgefärbten Strähnchen zurecht. Dieser Koller ist mal

wieder kurz vorm Explodieren, und ich überlege, ob ich seinem Bruder eine scheuern soll, damit er sich beruhigt. Lieber nicht. Wahrscheinlich funktioniert das nur bei der Mutter.
»Grün! Es ist grün, verdammt!«, lehnt sich Koller aus dem Fenster. »Fahr, du Fotze!«
Die rich-bitch schreckt auf, hebt ihre Hand winkend zur Entschuldigung, legt einen Gang ein und fährt drei Meter, bis die Ampel wieder auf Rot springt. Und sofort beginnt sie sich wieder an den Haaren herumzuzupfen.
»So, das reicht! Jetzt ist Schluss mit lustig.«
»Was ... was machst du denn? Koller, bleib hier! Oh, Scheiße.«
Koller ist ausgestiegen und läuft auf die Fahrerseite des Benz zu. Die rich-bitch ist so sehr in ihren Spiegel vertieft, dass sie ihn erst bemerkt, als es zu spät ist und sich seine Hand mitten in ihrer Frisur befindet und sie kräftig durchschüttelt. Dann sagt er noch etwas zu ihr und kommt wieder zurück ins Auto.
»So, das wäre erledigt.«
Rocket kichert, und ich muss mich zusammenreißen nicht auch anzufangen, schließlich bin ich ja hier das Opfer, und Opfer haben im Allgemeinen nichts zu lachen.
»Was hast du zu ihr gesagt?«
»Nicht viel. Nur, dass ich Bundeswehrfriseur wäre und ihre Haarprobleme mit einem Schnitt beheben könnte, falls sie noch ein bisschen Zeit hätte.«
Die Ampel springt auf Grün, und der Benz schießt mit quietschenden Reifen schlingernd vor uns über die Kreuzung.
»Da hat's aber jemand plötzlich eilig.«
»Und ich hatte noch extra gesagt, dass es nichts kosten würde.«
Die beiden fangen laut an zu lachen, und ich kann es auch nicht mehr länger unterdrücken, schaffe es allerdings gerade noch, einen Hustenanfall vorzutäuschen.
»Alles okay bei dir, Cassidy?«, fragt Rocket.
»Ja, ja ... geht schon. Hab' mich ... ist nur ... rauer Hals.«

»Hier, trink'n Schluck.«
Er reicht mir eine Flasche Coke nach hinten, und ich nehme einen tiefen Zug.
»Besser?«
»Ja, danke.«
»Gern geschehen.«
Dieser Rocket ist eigentlich ganz niedlich. Nein, ehrlich. Er ist so höflich, fast schon zu höflich. Ein bisschen verklemmt, aber auf eine süße Art, irgendwie. Nicht so wie sein bescheuerter Bruder. Obwohl ich Nattie schon verstehen kann. Sein Body ist klasse, rein sexuell gesehen. Solange er den Mund hält, durchaus eine Sünde wert. Halt. Nicht, dass hier jetzt ein falscher Eindruck entsteht. Nein, ich bin nicht der klassische Fall des Entführungsopfers, dass sich in seine Peiniger verliebt. Ich bin nämlich gar kein Opfer. Ich bin freiwillig hier. Im Ernst. Mit diesen zwei Knalltüten wäre ich locker schon in Natties Wohnung fertig geworden. Deutsche Meisterin im Kickboxen, letztes Jahr. Die zwei waren keine Gegner, auch nicht mit einer Knarre. Es hätte keine fünf Sekunden gebraucht, um sie wie Streichhölzer zu knicken, jederzeit. Warum ich es nicht gemacht habe? Was klingt spannender? Jeden Abend heulend vor der Glotze zu hängen, weil einen mal wieder so ein Arschloch betrogen hat, oder eine kleine Entführung? Nein, Angst habe ich keine. Wovor denn auch? Ich habe dem Büffel schließlich nichts getan. Ich bin hier ja nur das Opfer. Und als Opfer ist es höchste Zeit für ein bisschen ängstliche Neugier.
»Sagt mal, wohin ... wohin bringt ihr mich eigentlich?«
»Klappe halten da hinten. Das geht dich nichts an.«
»Ich würd's aber auch ganz gerne wissen, Koller. Wohin fahren wir? Mama hat mir nichts gesagt. Sie hat irgendwie so komisch rumgedruckst, als ich sie gefragt habe.«
Koller hüstelt zweimal verlegen und fängt an, am Sendersuchlauf des Radios zu drehen.
»Mann, gibt's denn nur Müllsender hier in der Gegend? Unglaublich!«

»Koller! Wo wir hinfahren, will ich wissen? Du weißt doch, wo wir hinfahren, oder? Also spuck's endlich aus!«
»Gibst du mir mal die Cola nach vorn, Kleine?«
Ich reiche ihm die Coke. Da ist doch irgendwas im Busch. Wenn er selbst seinem Bruder nicht sagen will, wo es hingeht, muss ja wohl irgendein Haken an der Sache sein.
»Koller! Ich will jetzt wissen, wo dieser kleine Ausflug endet! Los, raus damit!«
Koller nimmt einen tiefen Zug aus der Flasche, setzt sie mit einem Ächzer ab und lehnt sich seufzend in den Sitz zurück.
»Wir fahren zu Onkel Otto«, sagt er und vermeidet dabei jeden Blickkontakt zu seinem Bruder.
»Zu Onkel Otto?«, fragt dieser äußerst erstaunt.
»Ja.«
»Zu Onkel Otto auf den Bauernhof?«
»Genau da hin.«
»Glaub ich nicht. Du verarschst mich doch. Nie im Leben fahren wir zu Onkel Otto auf den Bauernhof.«
»Wirst's ja sehen, wenn wir da sind.«
Und immer noch vermeidet er jeden Blickkontakt. Irgendetwas an dieser Onkel-Sache scheint ihm sehr, sehr unangenehm zu sein, fast schon peinlich.
»Ihr habt einen Onkel, der Otto heißt? Eure Familie ist ja wohl echt total Panne. Onkel Otto! Wie heißt eure Tante? Tante Trude?«
»Du hältst gefälligst die Klappe da hinten, verstanden? Dein Name ist auch nicht gerade der Bringer.«
»Ich glaub' immer noch nicht, dass wir zu Onkel Otto fahren. Nie im Leben.«
»Dann glaubst du's eben nicht, mir doch egal. Hör auf mir auf die Nerven zu gehen, okay?«
»Weißt du, Cassidy«, sagt Rocket und dreht sich zu mir um. »Ich war noch nie bei Onkel Otto. Ich durfte nie mit, wenn Koller in den Ferien zu ihm gefahren ist. Das war …«
»Weil du allergisch gegen Landluft warst, Rocket! Das weißt du ganz genau. Du hast Atemprobleme gekriegt und überall

Pickel und rote Flecken, deswegen durftest du nicht mit, zu deinem eigenen Schutz.«
»Allergisch gegen Landluft? Ihr seid mit Sicherheit die durchgeknallteste Familie des Erdballs.«
»Siehst du, Koller! Sie glaubt es auch nicht! Oder, Cassidy? Ich war nie allergisch gegen Landluft! Von wegen Atemnot und Pickel. Ich hatte nie Atemnot und Pickel schon gar nicht.«
»Weil wir dich nicht zu Onkel Otto gelassen haben, deswegen.«
»Woher wusstet ihr denn, dass er allergisch gegen Landluft ist, wenn er nie auf dem Land war?«
Ein Blick, der versucht, meine Zunge herauszureißen, trifft mich über den Rückspiegel. Ich zwinkere ihm zu.
»Ja, genau! Woher wusstet ihr das denn, wenn ich nie da war?«, hakt sein Bruder nach.
»Weil du als Baby einmal dort warst und nach einer halben Stunde wie eine röchelnde Pizza aussahst«, zischt er genervt durch die Zähne.
»Daran kann ich mich aber überhaupt nicht erinnern.«
»Verdammt, du warst ein Baby, Rocket! Und jetzt hör endlich auf, dich wie eins zu benehmen, und halt endlich die Klappe!«
Rocket rutscht schmollend in seinem Sitz hinunter, sein Bruder dreht das Radio laut und zündet sich eine Zigarette an.
»Krieg ich auch eine?«, frage ich, und er wirft mir das Päckchen über die Schulter nach hinten.
Ich fingere mir eine heraus und werfe es wieder nach vorne. Rocket beugt sich über den Sitz und hält mir ein Feuerzeug vor die Nase.
»Weißt du«, sagt er leise, »ich habe Onkel Otto nur ein einziges Mal gesehen, bei uns zu Hause, an meinem zehnten Geburtstag.«
»Aha«, sage ich und umfasse mit beiden Händen seine Faust, um die Flamme des Feuerzeugs in die richtige Position zu bringen. Er lächelt kurz verlegen, legt aber sofort wieder ein ernstes Gesicht auf.

»Ich kann mich noch ganz genau daran erinnern, denn an diesem Morgen habe ich Clyde tot in der Küche gefunden.«
»Clyde? Ein Cousin von euch? Cousin Clyde würde jedenfalls gut in eure Familie passen.«
»Nein, nein, kein Verwandter, kein richtiger, obwohl, für mich schon irgendwie. Clyde war unser Kater.«
»Oh, das tut mir Leid.«
Und das stimmt sogar, denn ich hatte auch eine Katze, Betty, und als sie gestorben ist, war ich so traurig, dass ich drei Tage lang heulend auf dem Boden mit dem Kopf in ihrem Körbchen gelegen habe. Meine Mutter schaffte es erst, mich wieder zum Aufstehen zu bewegen, als sie eine Portion Schokoladenpudding in Bettys Napf kippte und so weit von mir weg stellte, dass ich aufstehen musste, um ihn zu erreichen. Den Napf habe ich immer noch. Arme Betty. Armer Rocket.
»Woran ist er gestorben?«, will ich wissen.
»Genau das ist ja das Seltsame«, flüstert Rocket mir zu. »Er war eigentlich kerngesund, aber an diesem Morgen fand ich ihn in der Küche, er lag auf dem Tisch und hatte alle Viere von sich gestreckt und unter seinem Hinterteil war eine große Blutlache.«
»Oje, wie schrecklich. Wie ist das denn passiert?«
»Das wüsste ich auch gerne, aber mir hat keiner was gesagt, das heißt, sie haben schon etwas gesagt, irgendwas von Darmriss oder so, aber sie waren alle sehr komisch an diesem Tag und haben sich immer so seltsame Blicke zugeworfen. Ich bin sicher, sie haben mir verschwiegen, woran Clyde wirklich gestorben ist.«
»Und du glaubst, dass dieser Onkel Otto etwas damit zu tun hat?«
»Nein, wieso? Das fiel mir nur gerade ein, weil es ja das einzige Mal war, dass ich Onkel Otto gesehen habe, an meinem zehnten Geburtstag. Dass Clyde an diesem Tag gestorben ist, war wohl Zufall, ich musste nur eben gerade daran denken.«
»Ach so. Sag mal, kannst du an der nächsten Tankstelle raus-

fahren?«, bitte ich Koller. »Mir geht's auf einmal nicht so gut.«
»Kommt nicht in die Tüte, der Tank ist noch halb voll«, kriege ich als Antwort.
»Ach, komm schon«, sagt Rocket. »Ich muss auch mal. Außerdem haben wir kaum noch Kippen.«
»Okay, okay, von mir aus! Aber du passt auf sie auf, verstanden?«
»Ich werde nicht mit ihr auf die Toilette gehen, wenn du das meinst.«
»Nein, aber du stellst dich vor die Tür, wenn sie drin ist. Oder ist das etwa schon zuviel für den ach so empfindlichen Herrn Romantiker?«
»Oh, Mann, sie wird schon nicht abhauen! Oder, Cassidy?«
Ich schüttle den Kopf, während ich versuche, einen heftigen Brechreiz zu unterdrücken. Das sind Magenkrämpfe. Der wievielte ist heute? Oh, Mist, kann denn meine Periode nicht ein Mal unpünktlich kommen? Ich hasse das!
»Koller, Cassidy sieht gar nicht gut aus, gib lieber Gas.«
»Hey, Kleine! Wenn du mir das Auto voll kotzt, ist aber was los, das sag ich dir!«
Ich spiele kurz mit dem Gedanken, dem Brechreiz nachzugeben und mich einfach nach vorne links zu beugen, lasse es aber.
»Kann ich ... kann ich dir irgendwie helfen?«, fragt Rocket und sieht mich mitleidig an.
»Nur wenn du zufällig eine Packung Tampons dabei hast.«
»Oh.«
»Was denn? Sie hat ihre Tage? Du kriegst deine Tage? Ausgerechnet jetzt? Oh, Mann, Weiber, diese verfluchten Auslaufmodelle! Ich fass es nicht!«
»Hey, ich hab mir das nicht ausgesucht, du Vollidiot, okay?«, schreie ich ihn an. »Das passiert eben einmal im Monat, wir können gerne tauschen!«
Ist doch wahr, Opferrolle hin oder her, irgendwann reicht's.
»Und warum hast du dann verdammt noch mal keine

Scheiß-Wattekorken dabei?«, schreit er zurück. »Ihr seid doch sonst immer komplett ausgerüstet mit diesem ganzen Mist!«

»Weil ich leider zufällig mein Handtäschchen auf der Garderobe vergessen habe, als du mir deine blöde Knarre ins Gesicht gedrückt und mich so liebenswürdig zu diesem kleinen Ausflug ins Grüne eingeladen hast, du dämlicher...«

»An der Tankstelle gibt's doch vielleicht Tampons«, sagt Rocket leise und sieht mich dabei an wie ein kleiner Junge, der schuldbewusst versucht, die Scherben der zerbrochenen Fensterscheibe des Nachbarn wieder Stück für Stück in den Rahmen zu setzen. »Bestimmt gibt's Tampons an der Tankstelle, da gibt's doch alles mittlerweile. Ich hole dir welche, wenn wir da sind, Cassidy, versprochen. Geht's noch ... hältst du es noch so lange aus? Ich meine, ich weiß ja nicht ... Ich hab ja keine Ahnung, wie das genau ist. Tut das ... tut das sehr weh?«

Die gesamte Luft, die sich eben noch zum Schreien in meiner Lunge versammelt hatte, löst sich im Nichts auf. Ich atme ganz ruhig und sehe Rocket in die Augen, und ich muss ihn einfach anlächeln.

»Nein ... nein, es geht schon. Danke, Rocket.«

Er lächelt erleichtert zurück und dreht sich wieder nach vorne um.

»Zehn Kilometer bis zur nächsten Tankstelle«, sagt er und zeigt auf ein Schild. »Die nehmen wir, Koller.«

»Von mir aus. Aber du kaufst diese Dinger, damit das klar ist!«

»Welche Dinger?«

»Die Weiberkorken! Ich stelle mich damit jedenfalls nicht an die Kasse, ist doch oberpeinlich.«

»Na, da hat wohl nicht etwa jemand Probleme mit seiner Männlichkeit?«, sage ich, bevor ich es mir verkneifen kann.

»Was? Quatsch! Wieso denn? Was haben denn Weiberkorken mit Männlichkeit zu tun? Ich bin mehr Mann, als du vertragen könntest, Kleine! Und ein echter Mann kauft keine Weiberkorken, so sieht's nämlich aus!«

»Tampons«, sagt Rocket und zwinkert mir dabei über den Schminkspiegel in der Sonnenblende zu. »Die Dinger heißen ›Tampons‹, Koller. Du traust dich ja nicht mal es auszusprechen, du Mann aller Männer. Sag ›Tampons‹, Koller. Nur einmal. Kannst du ›Tampons‹ sagen? Bist du Mann genug, um ›Tampons‹ zu sagen?«
»Ach, lasst mich doch in Ruhe mit eurem Psychogeschwätz. Da vorne ist die Tankstelle.«
»Tampons, Koller.«
»Noch ein Wort, und ich fahre vorbei! Dann kannst du ihr bei Onkel Otto eigenhändig welche schnitzen.«
»Was kann ich ihr schnitzen? Sag es, Koller! Sag es! Nur ein einziges Mal!«
»Wenn du jetzt nicht sofort deine Klappe hältst, stopfe ich sie dir mit einer Jumbopackung TAMPONS, bis dir die TAMPONS aus den Ohren kommen, kapiert?«
»Na also, geht doch. Hat's sehr weh getan?«

VLADIMIR

Wie kann bloß jemand so grausam, so herzlos und so unmenschlich sein? Meine kleine Natalja, mein Töchterchen, mein liebes, kleines, unschuldiges Mädchen. Sie hat niemandem etwas getan, niemals. Sie war die Reinheit und die Freude und die Unschuld pur, und jetzt ist sie ... jetzt ist sie nicht mehr. Ausgelöscht. Ihr Strahlen, ihr Glanz, ihr Lächeln, sie war die Pumpe meines alten, russischen Herzens, war mein Blut und mein einziges Vermächtnis an diese kalte, seelenlose Welt. Oh, Großes Väterchen dort oben im Himmel! Wenn meine kleine Natalja schon bei dir ist, dann setze sie bitte auf eine Wolke – die weichste und wärmste, die du hast, denn ihr Popöchen ist sehr empfindlich – und dann drück sie ganz fest und lass sie nicht mehr los, bis ich da bin.

»Chef, wir sind da.«
Also, pass gut auf sie auf, Großes Väterchen, pass auf, dass ihr nichts Schlimmes mehr passiert und halte alles Schlechte und Grausame von ihr fern. Ich werde so lange hier unten dafür sorgen, dass diesem Hurensohn, der ihr das angetan hat, Gerechtigkeit widerfährt, meine Gerechtigkeit, die Gerechtigkeit eines trauernden Vaters um sein über alles geliebtes Töchterchen.
»Chef?«
Die Augen werde ich ihm mit einer rostigen Gabel aus den Höhlen kratzen, weil er sie nackt gesehen hat. Seine Zunge werde ich mit einem Lötkolben zu einem verdörrten Stumpf verbrennen, weil er es gewagt hat, ihre Lippen damit zu beschmutzen. Kein Knochen in seinen Händen wird das Fleisch seiner Finger mehr bewegen und unschuldige Haut entweihen können, nachdem ich sie unter dem Pressluft-hammer hatte. Und sein Glied, sein ehrloses, unheiliges Teufelswerkzeug, das gierig zwischen seinen Beinen baumelt und auf sein nächstes Opfer wartet, ich werde es köpfen, mit Stecknadeln durchbohren und ausbluten lassen, bis jeder einzelne wertlose Samen, den er jemals verspritzt hat, gesühnt und mit einem Schrei unaussprechlichen Schmerzes vergolten wurde.
»Chef? Was ist jetzt? Soll ich hier parken? Steigen wir aus?«
»Was ... was ist, Bölke? Ach so ... wir sind schon angekommen. Also, hier wohnt die Mutter dieses dreckigen Bastards?«
»Ja. Oder, Tony? Du hast doch gesagt, das wäre hier?«
»Genau. Da drüben, erster Stock. Ich war mal dabei, als Koller eine Ladung heiße Laptops bei seiner Alten zwischengelagert hat. Aber er wird nicht dort sein, Koller ist nicht dumm, der hat sich längst aus dem Staub gemacht.«
»Seine Mutter wird wissen, wo er ist«, entgegnet Bölke. »Oder, Chef?«
»Richtig, Bölke. Wenn du jemanden suchst, frag immer zuerst seine Familie.«

»Und wenn er keine Familie hat?«
»Dann fragst du seine Freunde, Polio. Erst die Familie, dann die Freunde.«
»Und wenn er auch keine Freunde hat? Was dann, Chef?«
»Oh, Mann, Polio!«, sagt Tony und gibt ihm eine Kopfnuss. »Jeder hat doch Freunde, sogar du Matschbirne.«
»Du bist nicht mein Freund, Tony. Seit heute morgen nicht mehr.«
»Ach was, Polio, alter Junge, wer wird denn gleich so nachtragend sein? War doch nur Spaß. Komm, wir vertragen uns wieder. Freunde?«
Polio denkt nach, man kann es sehen, er verzieht das Gesicht, als würde er mit der Zunge Essensreste aus seinen Zähnen entfernen.
»Hmm, na gut, meinetwegen. Aber du machst sowas nicht nochmal mit mir, ja?«
»Nein, mach ich nicht, versprochen. Hier, Hand drauf.«
Tony hält ihm die rechte Hand hin und rutscht vor Lachen beinahe von seinem Sitz, als Polio ihm die Hand mit der angeklebten Pistole entgegenstreckt.
»Du … du bist echt zu dämlich, Polio«, japst er. »Sowas Bescheuertes, ich kann nicht mehr!«
»Das reicht, Tony«, fahre ich dazwischen. »Lass den Jungen in Ruhe, wir haben Wichtigeres zu tun als herumzualbern. Und du, Polio, steck die Hand in die Tasche und lass sie so lange drin, bis ich dir sage, du sollst sie herausziehen, verstanden?«
»Verstanden, Chef«, gluckst Tony und setzt sich wieder aufrecht hin.
»Geht klar, Chef«, mault Polio und lässt seine Hand in der Manteltasche verschwinden.
»Gut, dann los.«
Wir steigen aus und überqueren die Straße. Tony überfliegt die Klingelschilder neben der Eingangstür.
»Da, R. Schwarz, das ist sie. Soll ich klingeln?«
»Nicht bei ihr«, sagt Bölke. »Klingel woanders, sie könnte uns erwarten.«

Tony drückt auf den Knopf neben ihrem und nicht lange später knackst es aus der Sprechanlage.
»Ja, hallo?«, krächzt eine männliche Stimme.
»Ja, guten Tag«, antwortet Tony. »Meier hier, staatliche Lottozentrale. Darf ich kurz reinkommen? Sie werden es auch bestimmt nicht bereuen, so viel kann ich ihnen jetzt schon verraten.«
Der Türöffner summt und wir betreten das Haus.
»Im ersten Stock, hast du gesagt?«, fragt Bölke.
»Ja, erster Stock links.«
Wir steigen die Treppe hinauf und stehen im Flur des ersten Stocks. Die Tür der rechts gelegenen Wohnung öffnet sich einen Spalt breit und ein männlicher Kopf mit bunten, stachligen Haaren schiebt sich grinsend heraus.
»Sind Sie etwa alle von der Lottozentrale? Dann hab ich wohl den Jackpot geknackt? Wie viel ist es?«
Bölke geht freundlich lächelnd auf ihn zu, packt sich mit einer Hand ein paar Stacheln und drückt mit der anderen kräftig gegen die Tür.
»Verzeihen Sie bitte vielmals, aber da liegt wohl leider ein kleiner Irrtum vor. Heute werden keine Gewinne ausgezahlt. Aber wenn Sie jetzt wieder in Ihrer Wohnung verschwinden und ganz schnell vergessen, dass wir hier waren und wie wir aussehen, dann haben Sie vielleicht nächste Woche noch eine Chance auf den Jackpot. Haben wir uns verstanden?«
»Ja ... ja ... klar ... kein Problem ... ich hab niemanden gesehen ... Sie waren nicht hier ... niemand war hier ... könnten Sie jetzt bitte ... würden Sie mich bitte freundlicherweise wieder loslassen? Ich hab's nämlich im Nacken, wissen Sie?«
Bölke lässt von ihm ab und tritt einen Schritt von der Tür zurück. Der Mann mit den Stachelhaaren dreht seinen Kopf mit schmerzverzerrter Miene nach links und rechts und reibt sich den Nacken.
»Verfluchte Scheiße aber auch!«, brummt er, während er sich in seine Wohnung zurückzieht. »Und ich hab noch nicht mal Lotto gespielt diese Woche!«

Als kein Laut mehr aus seiner Wohnung zu hören ist, wenden wir uns der Tür mit dem Schild R. Schwarz zu.
»Und jetzt, Chef?«, fragt Tony. »Klingeln oder gleich eintreten?«
»Eintreten«, sagt Bölke. »Das erhöht die Panik und sie wird …«
Plötzlich öffnet sich die Tür von ganz alleine. Bölke und Tony ziehen ihre Pistolen und richten sie auf den Eingang. Polio stellt sich vor mich und zückt seine Manteltasche.
»Was ist nun? Wollt ihr reinkommen oder da draußen noch mehr Krach machen? Mann, Mann, Mann, ihr seid ja mindestens so unauffällig wie eine Packung Pariser im Knabenkloster. Ich hab euch schon gehört, als ihr noch im Auto saßt.«
Ganz langsam schiebe ich Polio vor mir zur Seite, um mir anzusehen, welches Frauenzimmer die Kühnheit besitzt, mir und drei Schusswaffen dermaßen kaltblütig gegenüber zu treten. Sie steht dort im Eingang an den Türrahmen gelehnt, die Arme über der Brust verschränkt und lächelnd die linke Augenbraue nach oben gezogen.
»Ich weiß nicht, was mit euch ist«, sagt sie. »Aber ich würde jetzt ganz gerne wieder zurück zu meinem Kaffee. Wenn ihr auch einen wollt, kommt einfach mit. Wenn ihr lieber hier draußen bleiben und noch ein bisschen mit euren Schwanzverlängerungen herumfuchteln wollt, von mir aus. Aber macht bitte die Tür zu, wenn ihr geht, denn hier treibt sich manchmal ziemlich übles Gesindel rum.«
Sie dreht sich um und verschwindet in der Wohnung. Bölke, Tony und Polio schauen mich verwirrt fragend und mit hochgezogenen Schulterblättern an.
»Na los, hinterher!«, sage ich und schiebe die drei durch die Tür.
Bölke und Tony drücken sich schussbereit vor mir an der Wand entlang durch den Flur und sichern jeden Raum, an dem wir vorbei kommen. Am Ende des Ganges links bleibt Bölke mit gezückter Pistole in der Tür stehen.

»Hier, Chef«, sagt er und winkt uns mit dem Kopf nickend zu sich. »Scheint sauber zu sein.«
»Na, das will ich doch hoffen«, klingt es aus dem Zimmer. »Ich hab heute morgen erst geputzt.«
Wir betreten den Raum, es ist die Küche, und das Frauenzimmer sitzt an einem Tisch, eine Kaffeetasse in der einen, eine qualmende Zigarette in der anderen Hand. Sie schaut von einem zum anderen, und ihr Blick bleibt schließlich bei mir stehen.
»Der Büffel, nehme ich an«, sagt sie und schiebt mit ihrem Fuß den Stuhl ihr gegenüber einen Meter vom Tisch weg. »Setzen Sie sich doch, dann plaudert's sich netter.«
Ich setze mich, Bölke und Tony bauen sich links und rechts von mir auf, und Polio postiert sich breitbeinig direkt neben dem Frauenzimmer.
»Kaffee?«, fragt sie und sieht dabei nur mich an.
»Gerne.«
»Tassen sind da drüben im Schrank«, nickt sie Tony zu. »Oder übersteigt das seine motorischen Fähigkeiten?«, wendet sie sich wieder an mich. »Kann er überhaupt laufen ohne die Kanone? Er sieht jedenfalls nicht so aus.«
Tony springt auf sie zu und packt sie am Hals.
»Ich zeig dir gleich, was ich alles ohne die Kanone kann, du …«
»Tony!«, fahre ich dazwischen. »Die Tassen! Jetzt!«
Er lässt sie widerwillig los und macht sich murrend am Küchenschrank zu schaffen.
Das Frauenzimmer hat nicht eine Miene verzogen, als er auf sie los ging. Nicht eine Wimper hat sich bewegt, nicht das winzigste Zucken eines Mundwinkels, ihr Atmen blieb ruhig und gleichmäßig und ihre Augen waren kalt, aber hellwach, wie die Augen einer russischen Wölfin kurz vor dem Zerfleischen ihrer Beute. Das wird nicht einfach. Wölfinnen verteidigen und beschützen ihre Jungen bis zum letzten Tropfen wütenden Blutes, der in ihnen pocht. Ich mag Wölfe. Ich respektiere ihre Kraft und bewundere ihre Wildheit und Unerschrockenheit im Angesicht ihrer Feinde.

Doch letzten Endes ist noch jeder Wolf, der sich damals in der alten Heimat mit mir angelegt hat, mit gebrochenem Genick oder einem großen Loch im Schädel ausgeweidet und in seine Einzelteile zerlegt in Mamuschkas Backofen gelandet. Und dir wird es nicht anders ergehen, kleine, tapfere Wölfin.
Sie schenkt mir Kaffee in eine Tasse und stellt die Kanne danach demonstrativ grinsend vor Tony ab. Ich nehme einen tiefen Zug, der Kaffee ist nicht unbedingt heiß, geschweige denn gut. Sie fixiert mich, kalt und stolz und frech. Moment, was war das? Ein kurzes zweifelndes Flackern in ihren Augen und eine Falte auf ihrer Stirn, so als ob sie sich etwas fragt oder versucht sich an etwas zu erinnern. Und schon ist es wieder weg. Sie zieht an ihrer Zigarette und bläst mir den Rauch ins Gesicht.
»Sie sehen nicht aus wie ein Büffel«, sagt sie.
»Und Sie sehen nicht aus wie die Mutter eines Mörders. Würden wir alle so aussehen, wie wir wirklich sind, dann wäre die Welt ein unaussprechlich hässlicher Ort.«
»Da ist was dran. Aber mein Sohn ist kein Mörder.«
»Das sagen *Sie*.«
»Es war ein Unfall.«
»Und das sagt *er*, nehme ich an.«
»Und ich glaube ihm.«
»Natürlich glauben Sie ihm. Er ist Ihr Sohn, es würde Ihrer Natur widersprechen, ihm nicht zu glauben. Auch ich habe meiner kleinen Natalja immer geglaubt. Was sonst sollte ein liebender Vater oder eben eine Mutter, wie Sie es sind, tun? Unser Fleisch und Blut verpflichtet uns dazu.«
»Sie wussten also nicht, dass ihre Tochter jede Nacht einem anderen das Hirn aus der Hose gevögelt hat?«
Der Inhalt meiner Tasse klatscht in ihr Gesicht. Vorsicht, kleine Wölfin. Einen verletzten Büffel bellt man nicht so einfach an.
»Ihr Kaffee ist kalt?«, sagt sie und wischt sich ihr Gesicht an Polios Mantel ab. »Warum sagen Sie denn nichts? Ich kann sofort einen neuen machen, gar kein Problem.«

Ich stehe auf, stütze mich mit beiden Fäusten auf den Tisch und beuge mich zu ihr herüber.
»Genug der Spielchen, Gnädigste. Mein Töchterchen war ein anständiges Mädchen Zeit ihres Lebens. Und ich werde nicht zulassen, dass ihr Name jetzt, nachdem sie für immer von mir genommen wurde, durch schändliche Lügen und Verleumdungen beschmutzt wird. Genau sowenig, wie ich zulassen werde, dass dieser dreckige Bastard, der ihr das angetan hat, nicht das bekommt, was er verdient. Und Sie werden mir dabei helfen, auf die eine, für Ihre Gesundheit und Ihr Aussehen unschädliche Art und Weise, oder dann eben auf eine andere, von der ich Ihnen allerdings nicht versprechen kann, dass Sie sie am Ende erleichtert aufatmend erleben werden. Die Entscheidung liegt ganz allein bei Ihnen, und da ich Sie für eine nicht nur sehr tapfere, sondern auch äußerst kluge Frau halte, rechne ich gleich mit einer knappen, ehrlichen und zuverlässigen Antwort auf folgende Frage: Wo ist Ihr mieser, verkommener Mistkerl von einem Sohn?«
Sie lehnt sich in ihrem Stuhl zurück, ihr Blick weicht keinen Moment von meinen Augen. Da ist es wieder, dieses kurze, fragende Flackern, als ob sie irgendetwas beschäftigt, was gar nichts mit ihrem Sohn zu tun hat. Sie zündet sich eine Zigarette an und inhaliert den ersten Zug tief und lange.
»Gut. Ich werde Ihnen sagen, wo Koller ist, allerdings zu meinen Bedingungen.«
»Falsch. Sie werden mir sagen, wo Ihr Sohn ist. Punkt. Das ist hier keine Verhandlung, bei der es für Sie etwas zu gewinnen gibt, das sollte Ihnen klar sein.«
Ich nicke Tony zu. Er geht an den Küchenschrank, durchwühlt einige Schubladen, zieht aus einer eine Küchenreibe hervor, packt sich ihren Arm und fährt damit einmal kräftig darüber. Sie zuckt kurz, doch als sich die eingeritzten Linien auf ihrem Arm langsam rot färben, sieht sie mir bereits wieder eiskalt grinsend ins Gesicht.
»Nettes Muster, hat was. Dass ich da nicht selbst drauf gekommen bin.«
»Werden Sie das auch noch sagen, wenn es sich quer über

Ihr hübsches Gesicht zieht? Überlegen Sie sich das bitte sehr genau, denn ich fände es wirklich sehr bedauerlich, Ihnen richtig weh tun zu müssen.«
»Weh tun? Sie glauben allen Ernstes, Sie könnten mir weh tun? Ich war mit zwei Versagern verheiratet, und ich habe Koller zur Welt gebracht, mir kann nichts mehr weh tun. Kollers Geburt hat zwanzig Stunden gedauert, zwanzig Stunden unter Schmerzen, die Sie sich in Ihrem schlimmsten Albtraum nicht vorstellen können, und ich habe nicht ein einziges Mal dabei geschrien. Nicht das leiseste Stöhnen kam über meine Lippen. Die Hebamme sagte hinterher, die Ruhe im Kreißsaal wäre beinah gespenstisch gewesen. Sie wollen mir weh tun? Nur zu, Sie werden schon sehen, wie weit Sie damit kommen.«
Tony schlingt von hinten seinen Arm um ihren Hals und drückt ihr die Küchenreibe auf die Wange.
»Ob du schreist oder nicht ist mir scheißegal. Aber weh tun wird das auf jeden Fall, das verspreche ich dir«, sagt er und schaut auf mein Zeichen wartend zu mir herüber.
Sie blufft. Oder? Kann es wirklich ein Frauenzimmer geben, das so hart und so kaltblütig ist? Ich war dabei, als Natalja geboren wurde. Ihre Mutter hat geschrien, als würde der Leibhaftige höchstpersönlich ihren Unterleib von innen mit einer glühenden Spitzhacke bearbeiten. Nein, das hält kein Frauenzimmer aus, ohne ihren Schmerz mit der Welt zu teilen. Sie blufft, aber das macht sie sehr, sehr gut, besser als jeder Mann, der mir bisher in ähnlichen Situationen gegenüber saß.
Ich gebe Tony ein Zeichen, und er lässt sie mit enttäuschter Miene los. Sie reibt sich ganz kurz ihren Hals und nimmt einen kräftigen Schluck Kaffee. Dann beugt sie sich nach vorne, beide Arme auf den Tisch gestützt und sieht mich ernst und ohne ein Zeichen von Erleichterung oder Triumph an.
»Sein Bruder ist bei ihm, Robert. Er hat nichts mit der Sache zu tun, er hat ihn nur dort abgeholt. Robert ist ein guter Junge, ihm darf nichts passieren.«

Ich beuge mich ebenfalls über den Tisch, unsere Köpfe berühren sich beinahe, sie zuckt keinen Millimeter zurück.
»Sie enttäuschen mich, Gnädigste. Sehe ich etwa so aus, als würde ich einem unschuldigen, guten Jungen etwas antun, nur weil er seinem Bruder zur Seite steht, so wie es sich für einen echten Bruder gehört?«
Sie rückt noch ein Stück näher, ich spüre ihren Atem an meinem Kinn vorbeistreifen.
»Sie sehen so aus, als würden Sie jedem Hund, der an ihr Haus pinkelt, eigenhändig zwei Beine herausreißen, um dann sein Herrchen damit zu erschlagen.«
»Ihrem Robert wird kein Haar gekrümmt, das verspreche ich Ihnen.«
»Gut«, sagt sie und lehnt sich zurück in ihren Stuhl.
Der Junge ist natürlich ebenso tot wie sein verfluchter Bruder. Wenn ich etwas aus der Angelegenheit mit den Italienern vor fünfzehn Jahren gelernt habe, dann dies: Lasse nie den Bruder eines Mannes am Leben, den du getötet hast. Luigis Bruder hätte mich damals beinahe erwischt, direkt vor meinem Haus. Bölke warf sich vor mich, er kriegte das Messer in den linken Arm, zog es mit der rechten Hand selbst heraus und durchlöcherte diesen dreckigen, kleinen Spaghetti, bis er aussah wie die Lasagne seiner Mama. Guter, alter Bölke. Luigi hatte noch weitere vier Brüder, sein Familienstammbaum endete mit ihnen. Nein, diesen Fehler mache ich bestimmt nicht noch einmal; Brüder müssen immer gemeinsam sterben.
»Und dem Mädchen passiert natürlich auch nichts«, sagt die bald kinderlose Mutter. »Aber das versteht sich ja von selbst.«
»Mädchen? Welches Mädchen?«, möchte ich wissen. Von einem Mädchen war nie die Rede.
»Na, die Kleine. Eine Freundin ihrer Tochter, wohnt im selben Haus. Sie stand plötzlich in der Wohnung, und Koller hat sie mitgenommen. Er hatte Angst, dass sie sofort zu Ihnen rennt und plaudert.«
»Cassandra? Er hat diese Cassandra von nebenan als Geisel?«

»Cassidy. Sie heißt Cassidy.«
Stimmt, Cassidy. Natalja hat sie immer Cassy genannt, dieses miese, kleine Flittchen. Das ist kein Umgang für dich, habe ich zu Natalja gesagt, so eine bringt dich nur in Schwierigkeiten. Sie besaß sogar die Frechheit, sich mit ihren verlotterten Liebhabern im Bett meines armen Töchterchens zu vergnügen. Beinahe jedes Mal, wenn ich Natalja besuchte, lag diese Dirne mit irgendeinem dahergelaufenen Penner splitternackt in ihrem Bett, während meine arme Kleine in der Küche saß und ihr Radio ganz laut drehte, damit sie den schmutzigen Lärm aus ihrem eigenen Schlafzimmer nicht mit anhören musste. Aber Väterchen, sagte sie dann immer zu mir, Cassy ist eben verliebt, und ihr Bett ist ganz klein und alt, und sie ist doch meine beste Freundin, nicht böse sein, liebes Väterchen. Und dann setzte ich mich zu ihr in die Küche und sie machte uns Tee und sie drehte das Radio noch lauter, um mich von den dreckigen Lustschreien von nebenan abzulenken, aber ich hörte sie trotzdem, und es erfüllte mich mit Ekel und Scham und Abscheu, so dass ich es nie lange dort aushielt. Diese verhurte Cassidy hat mir wertvolle Zeit mit meinem armen Töchterchen gestohlen, es wird mir ein äußerst befriedigendes Vergnügen sein, ihre Zeit für immer zum Stillstand zu bringen.
»Ach ja, Cassidy, das war ihr Name. Ich werde selbstverständlich dafür sorgen, dass ihr ebenfalls nichts passiert und sie wohlbehalten und unversehrt zurückbringen.«
»Gut, somit wäre ja alles klar«, sagt das Frauenzimmer und steht auf. »Ich packe nur noch ein, zwei Sachen zusammen, dann können wir fahren. Kleinen Augenblick, bin gleich wieder da.«
Sie verlässt die Küche. Bölke, Tony und Polio schauen mich mit hochgezogenen Schultern fragend an. Ich blicke ebenso fragend und ratlos zurück.
»Was meint sie mit *wir*?«, fragt Tony. »Die will doch nicht etwa mitkommen?«
»Das ist nicht gut, Chef«, meint Bölke. »Das gibt nur Ärger.«

»Ich finde sie nett«, sagt Polio und lächelt dabei verschämt in den Boden.
Das Frauenzimmer kommt zurück, eine schwarze Reisetasche über der Schulter und ein Paar gelbe Gummistiefel in der rechten Hand. Sie stellt beides auf dem Tisch ab und öffnet den Kühlschrank.
»Irgendjemand einen besonderen Wunsch?«, fragt sie. »Ich habe Wasser, Apfelsaft, Cola ... Ach was, ich packe einfach alles ein, das wird eine lange Fahrt.«
Etliche Flaschen und Dosen verschwinden in der Reisetasche.
»Sie ... Sie wollen uns also begleiten?«, frage ich.
»Natürlich. Sagte ich das nicht? Ich dachte, das wäre klar. Mögen Sie Schokolade?«
»Ob ich ... Was? ... Ja ... Aber ... Ich halte das für keine gute Idee. Wir kommen sehr gut allein zurecht. Wozu wollen Sie sich diese Mühe machen? Sie sagen uns einfach, wo die drei sind und überlassen uns den Rest. Es besteht keinerlei Grund für Sie, uns zu begleiten. Ich werde mich an unsere Abmachung halten, darauf haben Sie mein Wort als Ehrenmann.«
Sie wirft zwei Tafeln Schokolade in die Tasche und zieht den Reißverschluss zu.
»Alles, was ich habe, ist das Wort eines Mannes, der Büffel genannt wird, was doch wohl eine eher zweifelhafte Ehre vermuten lässt. Ich traue Ihnen nicht. Warum sollte ich auch? Sie wollen meinen Sohn töten, das ist nicht gerade eine Basis, auf die man Vertrauen baut. Also, entweder Sie nehmen mich mit, oder Sie vergessen die ganze Sache, denn ohne mich finden Sie die drei niemals.«
Ich hatte gehofft, sie verschonen zu können, sie imponiert mir, ich bewundere ihren Mut und ihre Kaltblütigkeit, schade drum. Wenn sie unbedingt mit dem Rest ihrer Familie zur Hölle fahren will, nun gut.
»Also, was ist jetzt?«, fragt sie, wirft sich die Tasche über die Schulter und klemmt sich die Gummistiefel unter den Arm. »Kann's los gehen? Oder muss noch mal einer vorher Pipi?«

»Nicht so schnell, Gnädigste«, sage ich und stehe auf. »Sie wollen unbedingt mitkommen? Soll mir Recht sein. Aber das passiert dann nur zu meinen Bedingungen. Tony, die Tasche.«
Tony nimmt ihr die Tasche ab und fängt an, sie zu durchsuchen.
»So viel zum Thema Vertrauen«, sagt das Frauenzimmer und lässt sich gelangweilt in den Stuhl fallen.
»Wie sagten Sie doch gerade so schön: Ich will ihren Sohn töten, das ist nicht gerade eine Basis, auf die man Vertrauen baut.«
»Bingo, Chef«, sagt Tony und pfeift durch die Zähne, während er einen kleinen, handlichen Sechsschüsser aus der Tasche zum Vorschein bringt.
Das Frauenzimmer zuckt kurz mit den Schultern und grinst.
»Einen Versuch war es wert«, sagt sie.
»Ich wäre enttäuscht gewesen, hätten Sie es nicht versucht. Die Stiefel, Tony.«
Tony greift mit beiden Händen in die Gummistiefel und zieht aus dem einen ein Klappmesser hervor.
»Und so viel zu Plan B«, sagt das Frauenzimmer und steht auf. »Das war's. Können wir dann endlich gehen?«
»Sie hat noch was, Chef«, sagt Bölke ruhig.
»Ziehen Sie ihr Oberteil aus«, befehle ich.
»Von mir aus auch das«, stöhnt sie und knöpft ihre Bluse auf.
»Nicht schlecht«, sagt Tony grinsend, während Polio sich verschämt seine freie Hand vor die Augen hält.
»Wenn Ihr Hündchen hier auf den Boden sabbert, waren das die letzten zwei, die er gesehen hat.«
»Drehen Sie sich um«, sage ich, und sie dreht sich einmal um die eigene Achse. »Gut. Jetzt heben Sie die Arme.«
»Oh, Mann«, stöhnt sie, fasst sich unter die linke Achsel und lässt ein mit Heftpflaster umwickeltes Döschen Pfefferspray auf den Tisch fallen. »Aber das war's jetzt wirklich. Kann ich mich wieder anziehen?«
Ich schaue kurz zu Bölke und er nickt.

Sie streift sich die Bluse über, verschließt die Reisetasche wieder und drückt ihre Zigarette aus.
»Na, dann können wir wohl endlich aufbrechen. Aber ich sitze nicht neben diesem Arschloch«, sagt sie und zeigt auf Tony, während sie sich die Gummistiefel unter den Arm klemmt. »Ich will neben dem da sitzen«, nickt sie in Richtung Polio. »Der weiß wenigstens, was sich gehört.«
Polio läuft knallrot an und versteckt seinen Kopf kichernd zwischen seinen Schultern.
»Wo auch immer, soll mir Recht sein«, sage ich. »Aber wollen Sie wirklich diese äußerst unattraktiven Stiefel mit sich herum tragen? Als Plan B haben sie doch ausgedient, oder?«
Sie blickt auf meine Schuhe herab und grinst mich an.
»Italienisch, hm? Wie viel haben Sie dafür hingelegt? Zweihundert? Dreihundert? Ich hoffe, sie sind Ihnen nicht zu sehr ans Herz gewachsen, denn morgen können Sie sie nämlich wegwerfen, wir fahren aufs Land.«
»Oh, scheiße«, stöhnt Tony. »Ich hasse Ausflüge aufs Land! Da stinkt's und es ist nichts los und ständig stehen einem irgendwelche dreckigen Viecher im Weg rum. Es ist zum Kotzen auf dem Land!«
»Wunderbar!«, grinst das Frauenzimmer. »Ich kann's kaum erwarten, bis wir da sind! Gehen wir!«
»Nach Ihnen, Gnädigste«, sage ich und halte ihr die Küchentür auf.
»Für einen Büffel haben Sie erstaunlich gute Manieren«, lächelt sie und geht voran in den Flur. »Wenn Sie allerdings nicht sofort damit aufhören, mich Gnädigste zu nennen, setzt es was. Gnädigste! Klingt doch bescheuert! Was sind Sie? Der letzte Nachkomme der Zarenfamilie? Nein, dazu sehen Sie nicht inzestuös genug aus. Der Große hier, der mit der Hand in der Tasche, der sieht so aus, als könnte sein Bruder gleichzeitig sein Vater gewesen sein. Ist das so, Großer? Er redet nicht viel, oder? Na ja, macht auch nichts. Mein Name ist jedenfalls Rebecca, Becca reicht auch, bloß nicht Gnädigste, klar? Und machen Sie die Tür fest zu, sie klemmt ein bisschen, verstanden?«

FRANZ

»Nein, nein, nein! Bin ich denn hier nur von Trotteln und Stümpern umgeben, verfluchte Scheiße nochmal! Wer hat dich engagiert? Die Redaktionsputze?«
»Aber ich ... ich bin doch nur ... ich mach doch nur ein Praktikum. Ich ...«
»Ach, du meine Fresse! Ein Praktikant! Die schicken mich hier mit einem dämlichen Praktikanten los! Mich! Wer bin ich denn, Stefan Raab? Der braucht mittlerweile für jeden Lacher einen dämlichen Praktikanten! Aber sehe ich etwa aus wie Stefan Raab? Nein, ich sehe ganz und gar nicht aus wie Stefan Raab! Weißt du, was der Unterschied zwischen Stefan Raab und mir ist? Hä? Weißt du das? Ich habe eine Zukunft in dieser Branche! Ich, Franz Fischkopp, werde in aller Munde sein, während Raab dann in Buxtehude, oder aus welchem Loch er auch immer gekrochen ist, wieder Frikadellen knetet und mit Fleischwurst jongliert. Und du, kleiner unbedeutender Praktikant, wirst mir dabei bestimmt nicht im Weg stehen! Du machst jetzt gefälligst das, was wir vorhin besprochen haben, ist das klar?«
»Aber, Herr ... Herr Fischkopp ... Es hat mir ... Keiner hat etwas davon gesagt ... Heute ... Heute Morgen in der Redaktion sagten sie nur ... Da sagten sie nur, ich sollte das Team zu Außenaufnahmen begleiten ... Von sowas war nie die Rede ... und von gefährlichen Situationen stand auch überhaupt nichts in meinem Vertrag.«
»Vertrag? Praktikanten haben einen Vertrag? Lächerlich! Was steht da drin? Dass ihr dem Regisseur auf die Eier gehen sollt? Jetzt verrat ich dir mal was, du Praktikantenseelchen. Hör gut zu. Wenn du es in diesem Geschäft zu etwas bringen willst, dann gehst du dem Regisseur besser nicht auf die Eier, sondern nimmst sie in den Mund und lutschst so lange dran,

bis er ›Schnitt‹ sagt. Und wenn du das nicht auf die Reihe kriegst, dann bewirb dich lieber gleich da drüben beim Tankwart als Reifenstapler, das geht auch ohne Praktikum.«
»Ich soll ... Ich soll was? Das kommt überhaupt nicht ... Das mach ich nicht ... Ich werde auf gar keinen Fall Ihre ...«
»Oh, Mann, bist du so blöd, oder siehst du nur so aus? Du sollst dich da drüben an die Zapfsäule stellen und das tun, was wir abgesprochen haben, sonst nichts, verfluchte Scheiße nochmal! Das kann doch nicht so schwer sein, oder? Du stellst dich da hin, tust irgendwie beschäftigt, wartest auf ein Auto, der Fahrer tankt, geht rein zum Bezahlen, du gehst an sein Auto, holst irgendwas raus und rennst weg. Schaffst du das? Oder soll ich's dir lieber nochmal aufschreiben?«
»Aber ... aber was ist, wenn der Typ mir hinterher rennt und handgreiflich wird?«
»Das wäre allerdings perfekt! Genau sowas bräuchten wir, darauf stehen die Leute. Kriegst du das hin? Vielleicht kannst du ihn ja ein bisschen beschimpfen, wenn er hinter dir her läuft, blöder Wichser, oder so was. Nein, miese Schwuchtel, das ist besser, oder beides. Oder du ...«
»Ich werde mich nicht für Sie verprügeln lassen, Herr Fischkopp! Praktikant hin oder her, das geht nun wirklich zu weit!«
»Quatsch, verprügeln! Sobald er dir an den Kragen geht, lösen wir das Ganze natürlich auf. Ich bin gleich hier hinter dem Laster, und die Kameras sind auch ganz in deiner Nähe. Dir passiert schon nichts, versprochen. Hey, wir sind doch vom Fernsehen, wir sind die Guten, nicht wahr?«
»Ich weiß nicht ... So ganz wohl ist mir bei der Sache nicht.«
»Glaub mir, wir drehen ständig solche Sachen, und bis jetzt ist noch nie jemand zu Schaden dabei gekommen. Das wird laufen wie geschmiert, wir sind schließlich Profis, und du bist heute einer von uns, also nutze deine Chance! Hey, du kommst ins Fernsehen, Primetime! Weißt du, wie viele Penner da draußen jetzt gerne mit dir tauschen würden? Das ist ganz allein deine Show, also mach was draus!«
»Hmm ... Na gut, okay, ich mach's!«

»Genau, das ist die richtige Einstellung, Junge! Und jetzt ab mit dir, wir haben schon genug Zeit verplempert, das Ding muss um vier zur Nachbearbeitung in der Redaktion sein!«

Ist das zu fassen? Jetzt muss ich auch noch Kindermädchen für sensible Praktikantendeppen spielen. Dabei sollte ich gar nicht hier sein, verfluchte Scheiße nochmal! Diese verfickten Bacardi-Arschlöcher! Ich hatte den Deal für den neuen Spot schon so gut wie in der Tasche. Eine Woche Karibik, Strand, Models bis zum Abwinken, den ganzen Tag in der Sonne sitzen und sich von einer kaffeebraunen Assistentin einen blasen lassen, der Himmel auf Erden inklusive einer überirdischen Gage. Aber nein, wen haben sie genommen? Diesen verwichsten kleinen Penner von der Filmhochschule! Ich könnte immer noch kotzen, verdammt! Das war meine große Chance, das war mein Sprung nach Hollywood. So läuft das eben heutzutage. Du machst einen einzigen guten Spot mit richtig viel Knete dahinter und zehn Minuten nach der Weltpremiere hast du Dreamworks an der Strippe und lehnst zwei Millionen Dollar ab, weil du genau weißt, beim nächsten Anruf ist es Universal oder Fox, die dir fünf Millionen und einen Deal für die nächsten zehn Jahre anbieten. Jede Wette, ich hätte noch dieses Jahr mit Julia gedreht, und mit Tom – Cruise oder Hanks, scheißegal –, und im nächsten März hätte ich mich bei der Academy und meiner Mutter und Gott recht herzlich mit einer Träne der Rührung im Auge und einem Oscar in der Hand bedankt. Fuck you, Bacardi! Fuck you! Vielen Dank für nichts! Und dafür, dass ich jetzt auf dieser verschissenen Autobahntankstelle rumhocke und den tausendsten ›Wie blöd sind die Leute eigentlich wirklich?‹-Bericht für Sat7 runterdrehe. Das ist immer derselbe langweilige Mist. Lockvögel, die am helllichten Tag unter den Augen der Nachbarn in Wohnungen einbrechen. Halbnackte Lockvögelinnen, die so tun als sei ihr Fernseher kaputt, um zu testen, ob sich der Techniker beim Hausbesuch auch mit einem Quickie bezahlen lässt. Und heute dann das: Fahrt doch mal an eine Tankstelle und guckt was passiert, wenn man den Leuten Zeug aus dem Auto klaut, während sie am Bezahlen sind. Natürlich formuliert die Redaktion das abends dann ein bisschen anders. *Wie leichtsinnig sind Deutschlands Autofahrer beim Tanken? Wir haben für Sie den Test gemacht. Erschreckende Eindrücke direkt von der Zapfsäule. Wie gedankenlos viele Deutsche ihr Hab und Gut aufs Spiel setzen, sehen Sie gleich hier bei uns nach der Werbung. Bleiben Sie dran.* Das funktioniert, das bringt Quote, das ist Reality pur. Nichts sieht der Zuschauer lieber als echte Leute, die echte Scheiße bauen. Oder Freaks. Freaks kommen auch immer gut an. Seltene Krankheiten, Missbildungen, Ekzeme, alles, was hässlich ist, so dass die ganze Familie vor der Glotze hockt und glauben darf, ihnen ginge es doch vergleichsweise gut. Zum Glück muss ich keine Freaks mehr machen, dann schon lieber diesen Mist hier. Aber nicht mehr lange, das schwöre ich. Irgendwann kriege ich meinen großen Spot, ganz sicher, und dann könnt ihr mich alle mal am Arsch lecken hier und sabbernd aus der Ferne bewundern, ihr abgefuckten ...

»Franz, da kommt einer«, zupft mich Karlchen, unser Kameramann, am Ärmel.

»Ja, das seh' ich selbst, bin doch nicht blind. Und hör gefälligst auf mit der Rumgrapscherei, ist ja widerlich. Wie oft hab ich dir schon gesagt, du sollst deine Finger von meinen Klamotten lassen? Wir sind doch hier nicht auf dem Flohmarkt!«

Ich hasse es, angetatscht zu werden, das weiß er ganz genau, dieser schmierige Wicht. Du kommst nicht mit nach Hollywood, damit das klar ist!

Der Wagen nähert sich und hält an der Zapfsäule.

»Das wird nichts«, sagt Karlchen. »Die sind zu dritt. Die steigen nie alle aus.«

»Abwarten, bleib drauf.«

Die Fahrertür öffnet sich, ein Kerl steigt aus, Mitte bis Ende zwanzig, Typ Moritz Bleibtreu, Drei-Tage-Bart, dunkler Teint. Er dehnt und streckt sich, zieht seine Jacke aus und wirft sie auf den Vordersitz. Auf der anderen Seite noch ein Kerl, Typ Oliver Korritke, schmales Gesicht, hager, leicht zerknittert. Er klappt seinen Sitz nach vorne, eine Frau steigt aus,

Typ junge Meg Ryan, nur schwarzhaarig, nein, nicht ganz, tougher, moderner, eine Art Girlie mit Style, perfekte Besetzung für den love interest in einer romantic comedy, Schauplatz New York, die schnapp ich mir nachher, die Süße kommt mit nach Hollywood, definitiv.
Bleibtreu läuft um den Wagen herum, schließt den Tankdeckel auf, nimmt die Zapfpistole von der Säule und steckt sie in die Öffnung. Er sagt etwas zu den anderen beiden, sie laufen los in Richtung Toiletten, die Süße verschwindet in der Tür, Korritke zündet sich eine Zigarette an und bleibt davor stehen.
»Ich sag doch, das wird nichts, Franz. Lass uns abbrechen und auf den nächsten warten.«
»Nix da, wieso denn? Zwei sind schon weg, und wenn der Dritte mit Tanken fertig ist, muss er schließlich noch bezahlen. Bleib drauf und halt die Klappe, kapiert?«
Die Anzeige der Zapfsäule bleibt stehen, Bleibtreu schüttelt die Pistole über der Tanköffnung aus und hängt sie zurück in die Halterung. Er wischt sich die Hände an der Hose ab und läuft los in Richtung Korritke.
»Jetzt geht's«, sagt Karlchen und gibt dem Lockvogel ein Zeichen.
»Nein, noch nicht! Spinnst du?«, fahre ich ihn an und winke dem Praktikantenbengel ab. »Seit wann hast du denn hier irgendwas zu sagen, hä? Wir warten noch schön, bis einer von den beiden am Bezahlen ist, verstanden? Wo kommen wir denn da hin, wenn jetzt schon die Kameraschwuchteln Anweisungen geben!«
Ist doch wahr, verflucht noch mal! Wo gibt's denn so was? In Hollywood wäre er dafür sofort vom Set geflogen, da weiß jeder ganz genau, wo sein Platz ist und wann er die Klappe zu halten hat.
Bleibtreu diskutiert vor der Toilette mit Korritke. Jetzt drückt er ihm ein paar Scheine in die Hand und schiebt ihn in Richtung Eingangstür des Tankstellengebäudes. Korritke geht nicht sofort an die Kasse, er läuft zwischen den Regalen herum, anscheinend sucht er irgendwas Bestimmtes. Da, die

Süße kommt aus der Toilette. Bleibtreu sagt etwas zu ihr, sie schüttelt den Kopf. Er packt sie am Arm und versucht sie mit ins Herrenklo zu zerren, sie wehrt sich, tritt ihm ans Schienbein, er flucht, zerrt weiter an ihr, beide verschwinden unter lautem Gekeife in der Tür.
»Jetzt vielleicht?«, fragt Karlchen. »Sie sind alle weg, das ist die beste Möglichkeit.«
»Siehst du, Karlchen, und genau das ist der Grund, warum du es nie weiter als bis zur Kameraschwuchtel bringen wirst. Du hast nur Matsch in der Birne. Wie sollen sie denn jetzt bitteschön mitkriegen, dass sie beklaut werden? Was macht denn das für einen Sinn? Dann haben wir nur den Praktikantenbengel im Kasten, wie er das Auto aufmacht, etwas raus nimmt und bis nach Bagdad rennt, ohne dass diese drei es mitkriegen. Und das hätten wir auch zu Hause auf dem Parkplatz schießen können, oder? Die Leute sollen genau mitkriegen, dass dieser Trottel ihnen etwas aus dem Auto klaut, sonst guckt sich das doch heute Abend keine Sau an. Also, wir warten, bis die drei wieder draußen sind, und genau dann geht es los. Hast du das jetzt geschnallt, Karlchen? Oder soll ich dir das Ganze noch mal als SMS schicken?«
Ein Grummeln als Antwort genügt mir. Ich wende mich wieder dem Tankstellengebäude zu, Bleibtreu und die Süße sind immer noch im Herrenklo verschwunden, Korritke steht jetzt mit einem Päckchen unterm Arm Schlange an der Kasse.
»Was sagt ihr?«, fragt Gunther, unser Tontechniker. »Der Dünne oder der Andere?«
»Hä?«, drehe ich mich zu ihm um. »Was meinst du?«
»Na, welcher von beiden wird unserem Lockvogel hinterher sprinten? Ich setze einen Zehner auf den Dünnen.«
»Nie im Leben«, entgegne ich. »Der Dünne bringt's nicht, das sehe ich von hier aus. Zehn dagegen auf den Fahrer. Karlchen? Was ist mit dir? Steigst du mit ein?«
»Na super! Für mich bleibt das Mädchen, oder was? Nee, lasst mal stecken.«
»Ach, komm schon, Karlchen«, sagt Gunther. »Das Mädel

sieht doch ganz fix aus. Los, steig mit ein! Ein lausiger Zehner nur.«
»Okay, meinetwegen. Ein Zehner auf das Mädchen.«
Macht zwanzig für mich, diese Wette hab ich so gut wie gewonnen. Oh, Bleibtreu und die Süße kommen zurück, gleich geht's los. Bleibtreu reibt sich fluchend das Schienbein, die Süße keift ihn weiter an. Da, jetzt kommt Korritke von der Kasse zurück. Er geht auf die anderen zu, eine Tüte in der Hand und ein Päckchen unter dem Arm. Was ist das? Es sieht fast aus wie …
»Zoom mal auf den Dünnen, Karlchen. Was hat er da unterm Arm? Sind das …?«
»Tampons. Es ist eine Riesenpackung Tampons, Franz.«
»Hi, hi, ich wusste es. So viel zu deinem Kandidaten, Gunther. Nur Luschen und Frauenversteher lassen sich in der Öffentlichkeit mit Menstruationsartikeln blicken. Der Typ rennt unserem Praktikantenbengel höchstens hinterher, um ihm beim Tragen zu helfen.«
»Abwarten, Franz. Abwarten.«
Korritke ist jetzt bei den anderen angekommen. Bleibtreu zeigt auf das Päckchen unter seinem Arm und fängt an zu lachen. Die Süße schüttelt nur den Kopf, schnappt sich die Tampons und reißt die Packung auf.
»Okay, Action, Männer!«, sage ich und gebe dem Praktikantentrottel ein Zeichen. »Und egal, was passiert, du bleibst drauf, Karlchen, verstanden?«
»Ja, ja, ich mach das doch nicht zum ersten Mal, verdammt!«
Der Lockvogel zögert, und ich gebe ihm zu verstehen, dass ich ihm den Schwanz abschneide, wenn er nicht sofort loslegt. Er startet endlich, steuert zwischen den Zapfsäulen hindurch auf das Auto zu, Scheiße, jetzt ist dieser Vollidiot auch noch über einen Eimer gestolpert, obwohl, das ist gar nicht so schlecht, Bleibtreu hat ihn bemerkt. Er schaut direkt zu ihm rüber, er lacht kurz, jetzt wendet er sich wieder der Süßen zu, die ihm einen Tampon unter die Nase hält und auf die Tür der Damentoilette zeigt. Der Lockvogel hat sich wieder aufgerappelt und schleicht gebückt hinten um das

Auto herum zur Fahrertür. Er öffnet sie vorsichtig einen Spalt breit und krabbelt hinein. Oh, Mann, ich kotze gleich! Du sollst hier nicht den Coup des Jahrhunderts abziehen, du dämlicher Trottel! Du sollst gesehen werden! Sie sollen dich in flagranti erwischen, und ich kann nur hoffen, dass dir einer von ihnen dann kräftig die Fresse poliert, sonst mach ich das nämlich gleich!
»Wie ist das eigentlich?«, fragt Gunther flüsternd. »Wenn der jetzt was klaut, und die merken es nicht, behalten wir dann das Zeug?«
»Du spinnst wohl!«, zischt Karlchen ihn an. »Das können wir doch nicht machen! Oder, Franz?«
»Klappe halten, alle beide, verdammt! Kommt dieser Idiot vielleicht irgendwann auch mal wieder raus aus der Karre? Was macht der denn so lang da drin?«
Endlich, die Fahrertür schwingt komplett auf, und unser Meisterdieb krabbelt rückwärts aus dem Auto. Jetzt steht er zwischen Tür und Wagen und schaut fragend zu uns rüber, in der rechten Hand eine Jacke schwenkend. Wie, das ist alles? Eine lumpige Jacke? Hätte es nicht ein Handy sein können, oder so was ähnliches? Na ja, egal. Bleibtreu diskutiert mit Korritke und hält die Süße dabei am Arm fest. Ich gebe dem Praktikantenbengel ein Zeichen, noch nicht los zu rennen. Die Süße reißt sich von Bleibtreus Arm los und stapft in Richtung Toilette, Bleibtreu hinterher. Da! Korritke hat den Lockvogel gesehen! Er guckt skeptisch zum Auto, er ruft Bleibtreu, Bleibtreu dreht sich um, die Süße bleibt in der Toilettentür stehen und schaut sich ebenfalls um. Es dauert keine Sekunde und Bleibtreu sprintet los. Unser Meisterdieb zögert einen Moment und nimmt dann auch die Beine in die Hand.
»Das wären dann wohl zwei Zehner für mich«, triumphiere ich. »Seht euch unser Lockvögelchen an. Wo hat der rennen gelernt? Im Travestieballett? So kommt der jedenfalls keine hundert Meter weit.«
Wenigstens läuft er in die abgesprochene Richtung. Bleibtreu ist schnell, er benutzt seinen ganzen Körper zum Beschleu-

nigen, nicht nur die Beine, ein richtiges Kraftpaket, der Kerl. Gleich ist er auf unserer Höhe, nein, was soll das denn? Er wird langsamer. Seine rechte Hand verschwindet hinter seinem Rücken, er bleibt stehen, keine zehn Meter von uns entfernt. Was ist das? Nein, das kann nicht … Er hat eine Pistole! Eine riesige Wumme! Warum, zum Teufel, hat dieser Typ eine Pistole? Das war so nicht geplant. Oh, Scheiße, er legt an, er wird schießen, tatsächlich, dieser Verrückte schießt auf unseren Lockvogel! Das darf doch alles nicht wahr sein! Der erste Schuss geht vorbei, der zweite trifft den Reifen eines Lasters.

»Draufbleiben, Karlchen!«, zische ich. »Wenn du jetzt abschaltest, sorge ich dafür, dass du in Zukunft nur noch die Schlagerparade der Volksmusik vor die Linse bekommst!«

Der dritte schlägt in eine Reklametafel ein, der vierte trifft unseren Lockvogel am Oberschenkel, der fünfte zersplittert den linken Scheinwerfer eines ankommenden Mercedes, der sechste geht ins Nirgendwo, Ende, er hat aufgehört zu schießen.

»Ach du Scheiße!«, sagt Karlchen. »Dieser Verrückte hat unserem Lockvogel ins Bein geschossen.«

»Hast du alles drauf?«, will ich wissen. »Lass bloß weiterlaufen! So was kriegst du nie wieder vor die Kamera.«

»Und was jetzt?«, fragt Gunther. »Sollten wir die Sache nicht aufklären und dem Jungen helfen?«

»Wenn du unbedingt einen Zehner drauf wetten willst, wer die nächste Kugel fängt, nur zu. Nein, wir bleiben schön hier und warten, bis John Rambo wieder im Dschungel verschwindet.«

»Wenigstens die Polizei sollten wir aber anrufen, oder?«, sagt Karlchen. »Und einen Krankenwagen.«

»Was glaubst du, was der Tankwart da drinnen gerade macht? Nein, nein, du konzentrierst dich jetzt gefälligst auf deinen Job. Und Gunther? Schaffst du es irgendwie, dass wir einen ordentlichen Ton von da drüben reinkriegen?«

»Das dürfte kein Problem sein, Augenblick.«

Bleibtreu läuft langsam mit gezückter Pistole auf den sich am

Boden windenden und jammernden Praktikanten zu. Er bleibt direkt über ihm stehen und richtet die Wumme auf seinen Kopf.
»Mich beklauen?«, brüllt er. »Du wolltest mich beklauen, du kleiner Wichser? Was fällt dir eigentlich ein, hä? Hast du nichts Besseres zu tun, oder was?«
Er bückt sich, reißt ihm die Jacke aus der Hand und bohrt den Lauf der Pistole in seine Backe.
Er schüttelt seine Jacke und inspiziert sie von allen Seiten.
»Wenn da auch nur ein einziger Fleck drauf ist, du schwachsinniges Arschloch, dann ...«
»Koller! Hör sofort auf mit der Scheiße!«, ruft Korritke während er auf Bleibtreu zuläuft, die Süße trottet langsam hinterher. »Du hast sie wohl echt nicht mehr alle, du durchgeknallter Vollidiot! Du kannst doch hier nicht so einfach auf Leute ballern! Steck sofort diese Scheiß-Knarre weg und lass den Jungen in Ruhe!«
»Den Jungen?«, brüllt Bleibtreu und erhebt sich aus der Hocke, die Pistole weiterhin auf unseren winselnden Lockvogel gerichtet. »Was für einen Jungen? Etwa diesen kleinen Misthaufen hier, der meine Jacke klauen wollte? Meine Jacke, Rocket! Niemand klaut meine Jacke! Hörst du das, du kleiner Wichser? Hä? Du brauchst eine Jacke? Sorry, aber ich habe leider grad keine übrig! Wie wär's mit einem hübschen Hemd? Lemmy kann dir eins besorgen. Das ist gar kein Problem. Du musst es nur sagen, und Lemmy sorgt dafür, dass du ein hübsches Hemd bekommst. Er bringt dich höchstpersönlich ins Leichenschauhaus zum Anprobieren, das geht ruckzuck. Was ist? Willst du das Hemd? Du musst es nur sagen!«
»Wer oder was ist Lemmy?«, fragt Gunther leise hinter meinem Rücken. »Hat der andere ihn nicht gerade Koller genannt?«
»Keine Ahnung«, sage ich mit den Schultern zuckend. »Vielleicht sein Spitzname, Koller. Oder er ist irgendwie schizo, ist ja meistens so bei solchen Typen.«
»Du nimmst jetzt sofort dieses Scheißding runter!«, brüllt

Korritke, der mittlerweile direkt vor ihm steht, ihn an. »Das darf doch alles nicht wahr sein! Hast du nicht schon genug Mist gebaut?«
»Ich ... Hilfe! ... Hilfe! ... Wo ... Wo seid ihr? ... Fischkopp ...«, stammelt der Praktikant unter den beiden.
»Was faselst du da? Maul halten!«, brüllt Bleibtreu.
»Keine Angst«, wendet sich Korritke ihm zu. »Es ist bald vorbei. Der Krankenwagen ist bestimmt schon unterwegs. Es tut mir wirklich sehr Leid mit deinem Bein, aber mein bescheuerter Bruder hier tickt manchmal nicht ganz richtig. Bleib ganz ruhig und atme tief durch, jetzt passiert dir nichts mehr, versprochen.«
»Das hat immer noch Lemmy zu entscheiden!«, ruft Bleibtreu, drückt ab und schießt einen Meter am Kopf des Praktikanten vorbei.
»Eben reicht's aber wirklich! Du gibst mir jetzt sofort diese bescheuerte Knarre!«, schreit Korritke und versucht, Bleibtreu die Pistole aus der Hand zu reißen.
Es entwickelt sich ein Ringkampf zwischen den beiden, Korritke hat eigentlich keine Chance, aber er umklammert fest Bleibtreus Hände mit der Pistole, es geht hin und her und hoch und runter, ein Schuss löst sich, ein Aufschrei des Praktikanten, dasselbe Bein nochmal. Der Bursche kann einem fast schon Leid tun. Aber für diesen Dreh kriegen wir mindestens den Grimme-Preis als beste Real-Life-Doku, also, was soll's.
»Oh, verdammt!«, schreit Korritke. »Jetzt guck, was du wieder angerichtet hast mit deiner Scheiß-Knarre!«
»Ich? Wieso ich?«, schreit Bleibtreu zurück. »Du weißt ganz genau, dass Lemmy es nicht mag, wenn er angetatscht wird! Das ist einzig und allein deine Schuld! Das ist dein Loch in dem Bein da unten! Damit hab ich nichts zu tun!«
»Schwachsinn, mein Loch! Ich habe diesem Jungen versprochen, dass ihm nichts mehr passiert, verdammt! Wie stehe ich denn jetzt da, hä?«
Er beugt sich herunter zu dem winselnden Häufchen Elend und klopft ihm auf die Schulter.

»Sorry, Mann, ganz ehrlich. Normalerweise halte ich meine Versprechen, immer. Das musst du mir glauben. Mein Bruder ist nun mal leider ein echter Vollidiot. Na ja, wie heißt es doch so schön: Seine Familie kann man sich nicht aussuchen. Da ist wirklich was Wahres dran, aber wem sage ich das, du hast ja bestimmt auch Familie, oder?«

»Hi … Hilfe!«, schluchzt der Praktikant. »Ich … war doch … nur Fernsehen … Fernsehen … Sat 7 … Hilfe!«

»Unglaublich«, sagt Bleibtreu kopfschüttelnd. »Die Jugend von heute. Jetzt rufen sie schon nicht mehr nach den Bullen, sondern gleich die Typen von der Glotze. Waren wir auch so mediengeil in dem Alter, Rocket?«

»Ach, lass ihm doch die Freude. Das ist eben so heute. Keine Sorge, Junge, das Fernsehen kommt bestimmt auch gleich. RTM, Sat7, N38, alle werden sie kommen und heute Abend bist du berühmt. Aber lass dich nicht von denen abzocken, okay? Lass dir jedes Interview bezahlen, scheinst es ja auch dringend nötig zu haben, wenn du schon Jacken klaust.«

»Genau!«, stimmt Bleibtreu zu. »Lass das mit den Jacken. Siehst ja, das führt zu nichts. Und noch ein kleiner Tipp: Die Rechte an der Operation würde ich exklusiv verkaufen. Zwei Kugeln in einem Bein, da sind bestimmt ein paar Tausender drin, mindestens.«

»Das ist ja wirklich zu rührend«, sagt die Süße, die die ganze Zeit über etwas abseits gestanden hat. »Erst knallt ihr ihn ab und dann gebt ihr ihm Finanztipps. Ihr seid wirklich einmalig.«

»Hey, du solltest doch auf sie aufpassen!«, sagt Bleibtreu zu Korritke. »Was, wenn sie abgehauen wäre?«

»Ist sie aber nicht, okay? Also reg dich ab. Cassidy haut schon nicht ab. Oder, Cassidy?«

»Mist! Ich wusste, ich hab was vergessen! Aber eure Show hier war einfach zu gut, um vor dem Ende zu verschwinden. In den Knast gehe ich allerdings nicht mit euch. Ich schlage vor, dann doch vielleicht so langsam mal abzuhauen. Es sei denn, ihr wollt die Rechte an eurer Verhandlung gleich hier verkaufen.«

»Die Kleine hat Recht«, sagt Bleibtreu. »Lasst uns abhauen.« Er schnappt sich die Süße am Arm und geht los in Richtung Auto.
»Okay, wir gehen dann mal«, wendet sich Korritke an den Praktikanten. »Wie gesagt, sorry. Mach das Beste draus. Vielleicht sieht man sich ja mal wieder, nichts für ungut.«
»Rocket! Abflug!«, ruft Bleibtreu.
Korritke läuft zum Wagen, die drei steigen ein und fahren los.
»Schnitt!«, rufe ich, als sie außer Sichtweite sind. »Männer, das war ein Stück TV-Geschichte!«
»Franz, du bist ein herzloser Bastard«, sagt Karlchen, legt seine Kamera ab und rennt los in Richtung des schluchzenden Praktikanten.
Ich nehme meinen Kopfhörer ab, zünde mir eine Zigarette an und laufe langsam zu ihnen hinüber.
»Und, wird er's überleben?«, frage ich Gunther, der hinter ihm kniet und seinen Kopf stützt.
»Keine Ahnung. Bin ich Arzt? Er hat viel Blut verloren, aber sterben wird er wohl nicht.«
»Na also.«
Sirenengeheul kommt näher, die ersten Polizeiwagen biegen in die Tankstelle ein.
»Gleich gibt's ordentlich Schmerzmittel und in ein paar Monaten bist du wieder dabei«, sage ich tröstend zu dem Praktikanten.
»Sie ... Sie ... sind ... ein ... verfluchtes ... Arschloch«, stammelt er noch und wird ohnmächtig.
Du undankbarer, kleiner Wicht. Ich, ein Arschloch? Mag sein. Aber wenn schon, dann ein Arschloch mit Grimme-Preis und Ticket nach Hollywood.
»Vielleicht filmt mal irgendjemand die Bullen und den Krankenwagen, Karlchen! Mann, Mann, Mann! Muss ich dir demnächst etwa noch beim Pissen den Schwanz halten, oder was? Action! Verflucht noch mal!«

ROCKET

»Du hättest ihm auch einfach eine aufs Maul hauen können, oder? Das hätte doch gereicht, meinst du nicht, Koller? Zack, eins auf die Fresse, und er hätte seine Lektion gelernt. Aber nein! Du musst natürlich gleich losballern wie ein Irrer!«

»Hey, das war nicht meine Entscheidung, okay? Wenn Lemmy ballern will, dann ballert er eben, das war schon immer so, kennst ihn doch.«

»Nein, ich kenne *ihn* nicht, denn das ist keine Person, sondern eine beschissene Knarre, du verfluchte Weichbirne! Raffst du das vielleicht endlich mal? Bescheuert genug, dass du diesem Ding einen Namen gegeben hast, aber es auch noch für deine durchgeknallten Aussetzer verantwortlich zu machen, ist echt zu viel! Wenn Lemmy ballern will, dann ballert er eben! Du hast sie doch nicht mehr alle!«

»Papa hat ihn so genannt, das weißt du ganz genau! Er hieß schon immer Lemmy! Und sprich gefälligst nicht so über ihn, sonst ist er wieder beleidigt, okay?«

»Papa hat ihn so genannt! Wenn ich das schon höre! Dein Alter hat sie doch auch nicht mehr alle gehabt! Weißt du, was ihm sein bekloppter Vater an seinem ersten Schultag geschenkt hat, Cassidy? Da kommst du nie drauf!«

»Keine Ahnung. Ein größeres Hirn war es jedenfalls nicht.«

»Einen Baseballschläger. Er hat ihm einen riesigen Baseballschläger geschenkt, in Sesamstraße-Geschenkpapier eingewickelt. Das Teil war größer als die Schultüte.«

»Ach ja, Gulliver«, seufzt Koller. »Mein erster Basie. Am Ende des ersten Halbjahres war er leider schon hin.«

»Ja, und du von der Schule verwiesen. Er hat das Auto seiner Schreiblehrerin zerlegt, weil sie sein kleines k nicht schön genug fand.«

»Hey, mein kleines k war perfekt! Diese blöde Kuh hatte keine Ahnung, hat Papa auch gesagt.«

»Dein kleines k sah aus wie ein wichs … ähm … onanierendes Strichmännchen. Eine ganze Seite mit diesen ks hing noch jahrelang bei uns an der Wohnzimmerwand, eingerahmt von den Bruchstücken des Baseballschlägers.«

»Stimmt! Wo ist das Zeug eigentlich? Mama hat es doch nicht weggeschmissen, oder?«

»Da kannst du aber einen drauf lassen. Dein Alter war noch nicht kalt, da flog der Kram bereits aus dem Fenster.«

»Och, Menno, echt? Der gute, alte Gulliver. Das hat er wirklich nicht verdient.«

»Wisst ihr was?«, sagt Cassidy. »Wenn ich euch an die Verhaltensforschung vermieten könnte, hätte ich für den Rest des Lebens ausgesorgt. Ihr seid so was von durchgeknallt, das ist ehrlich einmalig.«

Verdammt, warum sagt sie das? Warum redet sie immer von *euch* und *ihr*? Habe ich etwa auf diesen Jungen geschossen? Rede ich etwa mit einer bescheuerten Pistole? Koller ist der Durchgeknallte hier, ich bin doch völlig normal. Ich will nicht, dass sie so von mir denkt. Sie soll mich mögen. Warum mag sie mich bloß nicht? Jetzt mal ganz davon abgesehen, dass ich sie quasi entführt habe, aber nur mitentführt, eigentlich, das war ja schließlich nicht meine Idee, trotzdem, okay, ich bin einer ihrer Entführer, meinetwegen. Aber ich war doch immer nett zu ihr. Ich benutze keine schmutzigen Wörter in ihrer Gegenwart, ich verteidige sie ständig Koller gegenüber, und ich habe ihr sogar die Tampons besorgt. Trotzdem wirft sie mich zu Koller in einen Topf, das ist nicht fair. Irgendwie muss ich es schaffen, dass sie mich mag. Aber wie?

Ich beobachte sie im Rückspiegel, ohne dass sie es merkt. Sie ist unglaublich schön. War sie gestern auch schon so schön? Ich glaube nicht. Gestern sah sie zwar schon bezaubernd aus, aber nicht dermaßen schön. Woran liegt das? Ihr Gesicht ist perfekt, alles daran ist genau so, wie es sein sollte, aber das ist es nicht, da ist noch etwas anderes. Sie strahlt diese

Unbekümmertheit aus, irgendwie wirkt sie so gelöst, und das nach all dem, was sie schon mit uns erleben musste. Bestimmt wären andere in diesen zwei Tagen rein äußerlich bereits um Jahre gealtert, doch sie nicht, sie sieht aus wie nach einem ausgiebigen heißen Bad an einem ausgeschlafenen Sonntagmorgen.

Sie reibt sich die Augen, gähnt und streckt sich. Ihr Blick trifft im Spiegel auf meinen, sie streckt mir die Zunge heraus und ihr Kopf rutscht nach unten aus meinem Sichtfeld.

»Ich wäre euch sehr verbunden, wenn ihr euch die nächsten zwei Minuten nicht umdreht, okay?«, sagt sie, und ich spüre, wie sich ihre Knie von hinten in meinen Sitz bohren.

»Was?«, fragt Koller und dreht sich zu ihr um.

Er grinst mich an, zwinkert mir zu und schaut immer wieder nach hinten.

»Hey, was wird das denn? Sorry, Kleine, aber für 'ne schnelle Nummer hab ich jetzt wirklich keine Zeit. Frag mal Rocket, wenn's so dringend ist. Der würde …«

Ihre flache Hand klatscht laut auf Kollers rechte Backe.

»Sag mal, hörst du schlecht, oder was?«, schreit sie. »Nicht umdrehen hab ich gesagt!«

Ich schaue ganz kurz in den Rückspiegel, um vielleicht unauffällig erkennen zu können, was sich hinter mir abspielt, aber ich sehe nur eine leere Rücklehne. Halt, was war das? War das ein Knie, das da kurz durchs Spiegelbild huschte? Ein nacktes Knie?

»Und du! Hör gefälligst auf in den Spiegel zu glotzen!«, fährt sie mich an.

»Ich hab nichts gesehen!«, sage ich schnell. »Und ich weiß auch gar nicht, um was es geht. Ich hab nicht geglotzt! Ehrlich nicht!«

»Na, das sieht dir mal wieder ähnlich«, sagt Koller grinsend. »Da liegt eine geile Maus mit runtergelassenem Höschen breitbeinig hinter dir und befummelt sich selbst, und du weißt nicht, um was es geht. Du bist echt ein hoffnungsloser Fall, Rocket.«

»Oh, sorry, Cassidy«, sage ich und starre demonstrativ auf den Boden.
Das hätte mir gerade noch gefehlt, dass sie mich für einen perversen Spanner hält. Verflucht, wenn das so weiter geht, wird sie mich nie mögen!
»Du sollst nach vorne gucken, du dreckige Missgeburt!«, schreit sie Koller an und tritt nach seinem Kopf, trifft ihn aber nicht.
Koller lacht nur und schaut wieder nach vorne auf die Straße.
»Von wegen selbst befummeln«, grummelt Cassidy hinter mir. »Glaubt ihr, ich mach das hier zum Spaß? Ich kann euch auch alles einsauen hier hinten, wenn euch das lieber ist … Verflixt, jetzt geh doch endlich rein da! … Habt ihr vielleicht schon mal versucht, euch ein Tampon auf dem Rücksitz eines Autos einzuführen? Das ist alles andere als befriedigend, so viel kann ich euch verraten.«
»Was ist?«, kichert Koller. »Findest du den Eingang nicht? Also, bei mir war das noch nie ein Problem. Ich komme da sogar blind und freihändig rein, wenn's sein muss.«
»Ja, aber nicht mehr allein raus«, kann ich mir nicht verkneifen.
Cassidy fängt laut an zu lachen. Das ist gut. Frauen mögen es, wenn man sie zum Lachen bringt, das stand mal in der *Brigitte*. Nein, ich lese selbstverständlich keine Frauenzeitschriften. Nur manchmal, wenn sie irgendwo rum liegen, gekauft habe ich mir noch nie eine, echt nicht. Aber als praktizierender Romantiker muss man sich ja schließlich informieren, muss immer am Ball bleiben, was das angebetete Geschlecht betrifft. In dieser Saison sind für Männer zum Beispiel Sonnenbrillen mit gelben Gläsern sehr angesagt, stand letzte Woche in der *Freundin*. Vorhin an der Tankstelle gab es leider nur blaue, aber …
»Scheiße, Koller! Pass auf! Da vorne!«
Das gibt's doch gar nicht. Das kann doch überhaupt nicht sein. Wir sind auf der Autobahn, und ein fetter Mercedes kommt frontal und verdammt schnell auf uns zu.

»Fuck!«, ruft Koller und zieht ruckartig auf die linke Spur; der Mercedes auch.
»Scheiße, spinnt der?«, schreit Koller. »Bist du lebensmüde, oder was?«
Verdammt, gleich sind wir Matsch. Koller reißt das Lenkrad herum und zieht wieder ganz nach rechts rüber. Der Mercedes zieht nach. Unser Auto dreht sich. Der Mercedes schlingert, dreht sich auch. Ich schließe meine Augen. Das war's dann wohl. Cassidy schreit. Was ich dir noch sagen wollte, Cassidy: Ich liebe dich. Die letzte Liebe im Leben ist immer die Größte. Wer hat das gesagt? Ach, das ist jetzt wohl auch egal. Lebwohl, größte Liebe meines Lebens. Verdammt, hätte ich sie nicht wenigstens einmal küssen dürfen, bevor sie von mir gerissen wird? Zu spät. Wir drehen uns weiter, zweimal, dreimal, immer weiter. Ich warte auf den Aufprall, auf den Ruck, der mich nach vorne katapultiert und noch im selben Augenblick von klobigen Motorteilen, die sich in meine Gedärme bohren, abrupt gestoppt wird. Warum kracht es denn nicht? Es müsste doch bald mal krachen. Ich öffne meine Augen, und sehe den Mercedes sich um Zentimeterbreite seitlich an uns vorbei drehen. Jetzt kracht es. Die Scheiben auf meiner Seite zersplittern. Ich reiße meinen linken Arm schützend vor mein Gesicht. Die Beifahrertür rückt unter lautem Krachen ein Stück näher an mich heran. Die beiden linken Räder verlassen den Boden, wir kippen um, nein, doch nicht, es geht wieder runter, Poltern, Quietschen, Rumpeln, wir stehen wieder auf allen Vieren. Es qualmt und zischt aus dem Motorraum, ansonsten Totenstille; ich bete, nicht wörtlich.
»Verfluchte Kacke!«, höre ich Koller stöhnen.
Ich nehme meinen Arm vom Gesicht, vorsichtig die Glassplitter von meinem Hemd klopfend. Ich drehe mich zu Koller, spüre plötzlich etwas Kaltes an meiner Backe und erschrecke mich dermaßen, dass ich aufschreie.
»Was ... Was ist los? Bist du verletzt, Rocket? Was hast du? Hast du Schmerzen? Beweg dich nicht! Beweg dich bloß nicht! Es könnte das Rückgrat sein. Kannst du dich bewegen?

Wenn du dich bewegen kannst, ist es nicht das Rückgrat. Aber beweg dich bloß nicht!«
Cassidys Bein! Es war nur Cassidys Bein an meiner Backe! Es hängt über meiner linken Schulter, nackt und kalt.
»Nein, alles in Ordnung mit mir, Koller! Ich bin okay, kein Problem! Cassidy? Was ist mit dir? Geht's dir gut?«
Keine Antwort.
Ganz vorsichtig und behutsam hebe ich ihr Bein an und drehe mich darunter zu ihr um. Sie liegt dort, die Augen geschlossen, ganz tief in die Rückbank gerutscht. Ihr anderes Bein klemmt angewinkelt zwischen Vordersitz und Tür, die Jeans bis zur Wade darum gewickelt. Mein Blick geht nach oben und streift ihre Hüftpartie. Verdammt, Rocket, nicht hingucken! Das geht dich gar nichts an und ist absolut respektlos und unromantisch! Ihr Slip ist schwarz. Das reicht, Rocket! Und was ist denn das da? Ist das ein Tattoo? Tatsache. An der Innenseite ihres rechten Oberschenkels befindet sich ein Tattoo, etwa so groß wie eine Telefonkarte. Was ist das? Ein Engel? Ja, das ist ein kleines Engelchen. Das passt zu ihr. Es grinst mich frech an und ... Moment mal ... Sind das etwa Hörner da auf seinem Kopf? Und ob das Hörner sind. Von wegen Engelchen. Das ist ein Teufelchen im Engelskostüm. Wie soll ich denn das bitteschön verstehen? Sie hat doch gar nichts Teuflisches an sich, im Gegenteil, sie ist ...
»Was ist mit der Kleinen?«, fragt Koller, während er sich nach eventuellen Wunden abtastet. »Ist sie bewusstlos? Glaubst du, sie wacht wieder auf, wenn du ihr nur lange genug aufs Höschen starrst?«
»Ich starre ihr überhaupt nirgendwo hin, kapiert? Du weißt ganz genau, dass ich das nie machen würde! Schon gar nicht bei einer Bewusstlosen! Aber ... aber vielleicht ist sie ja gar nicht bewusstlos, Koller? Was ist, wenn sie ...«
Panik durchzuckt mich. Ich beuge mich nach hinten, nehme ihre linke Hand und suche nach ihrem Puls.
»Ach, Quatsch, Rocket. Mach dich locker. So schnell stirbt's sich nicht. War doch nur ein kleiner Rumms. Die wacht gleich wieder auf.«

»Ja, genau! So wie die Tochter vom Büffel! Da war's ja wohl auch nur ein kleiner Rumms, nicht wahr?«
Verdammt, warum findet man nie einen Puls, wenn man ihn mal braucht? Ich versuche es an ihrem Hals.
»Irrtum, liebes Brüderchen! Das war ein Riesenrumms! Der gewaltigste, härteste und ekstatischste Rumms aller Zeiten!«
»Ja, ja, sicher, Koller, du bist der Größte. Nur zu blöd, dass die Einzige, die das bezeugen könnte, es nicht überlebt hat! ... Koller, ich finde ihren Puls nicht, verfluchte Scheiße! Sie hat keinen Puls mehr! Nicht am Arm, nicht am Hals, kein Pochen, gar nichts!«
»Wahrscheinlich bist du einfach nur zu dämlich, lass mich mal!«, sagt Koller und dreht sich zu ihr um. Er fängt an zu kichern.
»Ja, das ist sehr hilfreich, Koller! So findest du ihren Puls bestimmt! Jetzt mach gefälligst irgendwas, du Idiot!«
»Es ist alles in Ordnung mit ihr, Rocket«, kichert er weiter. »Aber an deiner Stelle würde ich mal zum Augenarzt gehen. Dieser Puls ist ja wohl nicht zu übersehen.«
»Was? Was faselst du da? Was ist nicht zu übersehen? Sie hat keinen Puls, was gibt's denn da zu ...«
»Ihre Möpse, Mann!«, sagt er und schiebt meinen Kopf in deren Richtung. »Bist du blind, oder was? Schau doch mal genau hin. Jetzt gehen sie hoch, jetzt gehen sie wieder runter. Und hoch und runter. Wenn ich nicht total falsch liege, ist das, glaube ich, ein sicheres Anzeichen dafür, dass sie atmet, oder? Hab ich dir nicht schon immer gesagt, du sollst den Mädels zuallererst auf die Möpse gucken? Hm? Du lernst es wohl nie, Bruderherz.«
Oh, wie ich es hasse, wenn er Recht hat! Das ist wirklich nicht zu übersehen. Aber das Tattoo hat mich abgelenkt. Egal, Hauptsache, sie lebt.
»Und wie kriegen wir sie wieder wach?«, frage ich vorsichtig.
»Kein Problem«, sagt Koller, legt beide Hände auf ihre Brüste und fängt an, sie zu massieren.
»Ey, sag mal, spinnst du, oder was?«, fahre ich ihn an. »Was soll das denn werden?«

»Erste Hilfe«, grinst er mich glückselig an und knetet weiter. »Man muss das Blut in Wallung bringen. Guckst du nie *Notruf*?«
»Ja, ja, von wegen, ich geb dir gleich *Notruf*! Hör sofort auf damit!«
Ich packe ihn an den Handgelenken und versuche, seine dreckigen Griffel von ihren heiligen Hügeln wegzuziehen, aber er ist zu stark.
»Was ist? Willst du auch mal?«, grinst er mich an, während ich mit aller Kraft an ihm zerre. »Okay, kein Problem«, sagt er, und zieht seine Arme mit einem Ruck nach oben.
Meine Hände rutschen von seinen Gelenken ab, ich verliere das Gleichgewicht, kippe nach vorne und lande mit dem Gesicht genau in ihrem Dekolleté.
»Was ist ... Wo ... Was ist ... Was ist passiert?«, dringt ihre Stimme über ihren Brustkorb gedämpft an mein Ohr.
Na, klasse. Natürlich muss sie genau jetzt wieder zu Bewusstsein kommen. Hätte es nicht eine Minute, oder nur eine halbe Minute früher sein können? Dann wäre ich ihr Held gewesen, der tapfere Prinz, der sie wagemutig vor den vor Geilheit triefenden Klauen des Sex-Monsters beschützt. Und jetzt? Was bin ich jetzt?
»Sind wir ... Das Auto ... Hat es uns erwischt? ... Geht's euch gut? ... Hey! Was soll denn das werden, du mieser Perversling?«
Genau das hatte ich befürchtet. Nicht, dass ich es ihr verdenken kann. Ich würde mich an ihrer Stelle auch für einen Perversling halten, keine Frage.
Sie greift in meine Haare und zieht meinen Kopf nach oben. Unsere Gesichter berühren sich fast, sie funkelt mich böse an, ich verziehe meinen Mund zu dem Versuch eines Lächelns.
»Ich wollte bloß ... Ich hab mir Sorgen gemacht ... Ich hatte Angst, du wärst tot, und da wollte ich nur hören, ob dein Herz noch schlägt. Sonst nichts, ehrlich, ich schwöre!«
»Und? Bin ich noch am Leben?«, fragt sie spitz und zieht kräftiger an meinen Haaren.

»Es ... aua ... ja, sieht ganz so aus.«
»Gut. Dann kannst du ja jetzt aufhören, mir den Ausschnitt voll zu sabbern.«
Sie stößt mich weg, richtet sich auf und fängt an, mit zwei Fingern vorsichtig Glassplitter von ihren nackten Beinen zu schnippen.
»Au, Mist!«, flucht sie.
»Was ist? Hast du dich geschnitten?«, frage ich besorgt und auf Wiedergutmachung hoffend.
»Ich glaube, ich hab mich gerade in eine Scherbe gesetzt.«
Sie hebt ihre linke Pobacke, greift darunter und zieht ein fingerkuppengroßes Stück Glas hervor.
»Du blödes Ding! Hättest du dir nicht einen anderen Hintern zum Aufschlitzen aussuchen können?«, faucht sie den Splitter an und wirft ihn aus dem scheibenlosen Fenster.
»Blutet's?«, frage ich vorsichtig, jeden Blick in die delikate Wundenzone vermeidend.
»Ja, ein bisschen. Habt ihr ein Pflaster? Nein, was frage ich überhaupt. Natürlich habt ihr kein Pflaster. Typen wie ihr haben nie Pflaster.«
»Wir haben Tampons«, sagt Koller schnippisch. »Wir haben jede Menge Tampons.«
»Oh, wie schön!«, frotzelt Cassidy zurück. »Du hast nicht nur überlebt, du hast auch deinen sensationell witzigen Humor gleich wieder gefunden! Idiot.«
»Ich habe ein Pflaster«, lasse ich locker und so nebensächlich und selbstverständlich wie möglich fallen. *Freundin,* Juni oder Juli, *10 Dinge, die der perfekte Mann immer zur Hand haben sollte,* endlich kommt dieses Pflaster mal zum Einsatz.
»Echt?«, fragt sie und sieht mich verwundert an.
»Klar«, antworte ich souverän lächelnd, ziehe das Pflaster aus meinem Portemonnaie und halte es demonstrativ in die Luft »Gehört doch zur Grundausstattung.«
»Kaum zu glauben«, sagt sie und verdreht die Augen. »Kann ich es dann bitte haben? Oder musst du dafür erst noch mal meinen Herzschlag überprüfen?«

Sie schnappt sich das Pflaster aus meinen Fingern und reißt die Schutzhülle ab. Noch nicht mal ein kleines *Danke*? Na, prima, das lief ja wieder bestens.
»Fünf Kondome, 20 standhafte Zentimeter und genug Bargeld für ein Taxi danach«, sagt Koller. »Das ist die Grundausstattung, kein dämliches Pflaster.«
»Aha. Und wovon bezahlst du den Notarzt, wenn wieder mal eine abnippelt?«, entgegne ich.
»Was ist eigentlich mit dem anderen Auto?«, fragt Cassidy, während sie sich verrenkt, um das Pflaster an die richtige Stelle zu kriegen. »Den muss es doch auch erwischt haben, oder?«
»Stimmt!«, fährt Koller hoch. »Diesen Bastard hätt ich ja fast völlig vergessen!«
Er öffnet die Fahrertür, steigt aus und schaut sich um.
»Da! Da hinten steht dieser Mistkerl!«, ruft er. »Und er hat noch nicht mal einen Kratzer!«
Ich schaue durchs Heckfenster. Tatsächlich. Der Mercedes steht schräg etwa hundert Meter hinter uns auf dem Standstreifen und scheint völlig unbeschädigt zu sein. Es ist schwer zu erkennen, aber ich glaube, da sitzt jemand hinter dem Steuer. Sonst kann ich niemanden entdecken.
»Hey, du krankes Stück Scheiße!«, schreit Koller, zieht seinen Lemmy aus der Jacke und läuft los. »Was sollte das werden? Hä? Wenn du unbedingt sterben willst, hätte ich hier jemanden, mit dem du mal reden solltest! Mein Freund Lemmy hier ist nämlich Experte, wenn's ums Sterben geht! Stimmt's, Lemmy? Genau!«
»Koller, nicht!«, rufe ich ihm hinterher, aber er ist schon zu weit weg, um mich zu hören.
»Als ob du ihn aufhalten könntest«, sagt Cassidy und rüttelt an der Tür. »Hilf mir lieber mal, hier rauszukommen, bevor ich mir noch die ganzen Beine aufschneide. Mist, das Ding ist total verzogen!«
Ich versuche es mit meiner Tür, erfolglos.
»Wir müssen drüben aussteigen, warte!«, sage ich und klettere vorsichtig über den Fahrersitz nach draußen.

Ich öffne die hintere Tür, ziehe meine Jacke aus und lege sie über die mit Glassplittern übersäte Rückbank.
»Setz dich da drauf und rutsch rüber«, sage ich und reiche ihr meine Hand.
»Das … Das ist aber lieb … Danke.«
Na also, geht doch. Sie klettert ohne Kratzer aus dem Auto und zieht sich zuallererst die Jeans wieder an. Ich schaue währenddessen rüber zu dem Mercedes. Koller steht vor der geöffneten Fahrertür, fuchtelt wild mit Lemmy herum und schreit irgendetwas ins Wageninnere.
»Ich glaube, ich gehe besser mal nach Koller gucken«, sage ich zu Cassidy.
»Ja, mach das. Ich komme gleich nach.«
Ich laufe los und merke, dass ich hinke. Mein rechtes Bein schmerzt ein bisschen beim Auftreten, aber es ist nicht so schlimm, nur eine kleine Prellung wahrscheinlich.
»Hey! Ich hab dich was gefragt, Alter!«, höre ich Koller schreien. »Was ist los? Hast du deine Zunge verschluckt? Antworte mir gefälligst!«
Koller sieht mich kommen und reißt genervt und ratlos beide Arme in die Luft.
»Ich weiß nicht, was mit dem Kerl los ist! Ich schreie ihn an, ich halte ihm Lemmy direkt in die Fresse, nichts! Keine Reaktion! … Was? Was ist? … Lemmy sagt, ich soll ihm in den Arm schießen, dann würde er schon reagieren! Gute Idee, Lemmy! Das machen wir! … Hörst du mich, Alter? Wir schießen dir jetzt in den Arm!«
»Nein, Koller! Lass den Scheiß!«, rufe ich und renne das letzte Stück.
»Das glaub ich jetzt ja wohl nicht!«, brüllt Koller, als ich am Wagen angekommen bin. »Da, guck dir das an! Der hat sie doch nicht mehr alle, oder? Hast du so was schon mal gesehen, Rocket? Völlig durchgeknallt, der Alte!«
»Was denn?«, frage ich und schiebe Koller zur Seite.
Nein, so was habe ich tatsächlich noch nicht gesehen. Da sitzt ein kleiner, hagerer, alter Mann hinter dem Lenkrad –

mindestens 60, würde ich schätzen – den Kopf auf die Brust gesenkt und den linken Arm seitlich ausgestreckt.
»Hallo?«, spreche ich ihn an und knie mich zu ihm herunter. »Alles in Ordnung mit Ihnen? Sind Sie verletzt?«
Nichts, keine Reaktion. Ich fasse an sein Kinn und drehe seinen Kopf zu mir. Sein Blick ist starr und abwesend, Tränen fließen aus beiden Augen, aber er gibt nicht einen Laut von sich, nicht mal ein kleines Schluchzen. Mir läuft es kalt den Rücken runter.
»Irgendetwas stimmt nicht mit ihm, Koller.«
»Ach was? Echt? Wann ist dir denn das aufgefallen? Als er uns platt machen wollte, oder jetzt erst? Mann, ich sage, ich schieße ihm gleich in den Arm, und er streckt ihn mir sofort hin! Natürlich stimmt mit dem was nicht, aber ganz gewaltig!«
»Immerhin hat er dich gehört und verstanden. Das heißt, er kriegt genau mit, was gerade abläuft.«
»Ist das wahr, Alter? Kannst du mich hören und verstehen? Dann pass mal gut auf, okay? Wenn du jetzt nicht gleich was sagst, irgendwas, scheißegal was, dann schieße ich dir wirklich in den Arm. Hast du das kapiert? Ich schieße, da hab ich gar kein Problem mit. Wäre ja nicht das erste Mal. Stimmt's, Lemmy? Also, was ist jetzt?«
Der Arm des Alten streckt sich ein Stück höher in Richtung Koller, ansonsten keine Reaktion.
»Na gut, wenn du es unbedingt so haben willst«, sagt Koller, schnappt sich den Arm und hält Lemmy darauf. »Ich drücke jetzt ab. Es sei denn, du sagst, ich soll es nicht tun. Wie bitte? Ich höre dich so schlecht. Hast du was gesagt? Nein? Okay, dann schieße ich jetzt.«
»Ach komm, lass ihn, Koller«, sage ich und ziehe ihn von dem Alten weg. »Was soll denn das bringen?«
»Was weiß ich, was das bringen soll. Aber er will es doch anscheinend so. Er will, dass ich ihm in den Arm schieße, also lass mich ihm doch den Gefallen tun.«
»Schau ihn dir doch an, Koller. Sieht so jemand aus, der weiß, was er will? Der Mann ist doch völlig apathisch,

wahrscheinlich der Schock. Oder er ist in so einer Art Wachkoma, soll's ja geben. Vielleicht glaubt er in irgendeinem Teil seines Gehirns, er ist schon tot und will jetzt überprüfen, ob er noch etwas fühlt.«
»Sag ich doch. Wir tun ihm einen Gefallen, wenn ich auf ihn schieße. Wir holen ihn damit zurück ins Leben. Ist doch 'ne gute Sache.«
»Ja, aber nicht so«, sage ich und beuge mich zu dem Alten hinunter. »Da gibt's bestimmt noch andere Möglichkeiten. Los, pack mal mit an. Wir schaffen ihn erst mal aus der Karre raus.«
Ich befreie ihn vom Gurt und umgreife dann seine Beine. Koller packt ihn an beiden Armen, wir drehen ihn zur Seite, ich stelle seine Füße auf dem Boden ab. Wir greifen jeweils unter eine Schulter und hieven ihn hoch. Sein Kopf knallt oben an den Türrahmen, wir lassen ihn in den Sitz zurück fallen.
»Mensch, pass doch auf!«, motze ich Koller an.
»Was denn? Wieso ich? Hey, vielleicht hat ihn das ja zurückgeholt? Er guckt schon irgendwie anders, oder? Komm, wir hauen ihn noch mal dagegen!«
»Nein, das machen wir nicht! Wir holen ihn jetzt da raus und sonst nichts. Los, pack noch mal an, aber vorsichtig! Erst nach vorne, dann hoch.«
Diesmal klappt es. Wir richten ihn auf und lehnen ihn mit dem Rücken gegen das Auto. Sein Kopf fällt sofort wieder auf die Brust, aber sonst scheint er stabil zu stehen. Wir lassen ihn los.
»Und jetzt?«, fragt Koller.
»Keine Ahnung«, antworte ich und fange an, die Taschen des Alten zu durchwühlen. »Vielleicht hat er Familie, die könnten wir anrufen, damit sie ihn abholen.«
»Oder vielleicht reicht es ja auch, wenn ich ihm nur in den Fuß schieße. Könnte doch sein. Nur einmal ganz kurz. Vielleicht kommt er dann aus diesem Komadingsbums zurück. Soll ich?«
»Nein, du sollst nicht! ... Warte, hier ist was.«

Ich ziehe eine Brieftasche aus der Innentasche seines Jacketts und öffne sie. Ein bisschen Bargeld, ich stecke es ein. Jede Menge unterschiedlicher Visitenkarten. Da, ein Personalausweis.

»Er heißt Hubert. Hubert Kluser. Und er wohnt in ...«

Ein lauter Knall unterbricht mich, ich zucke erschreckt zusammen und lasse die Brieftasche fallen.

»Scheiße, spinnst du?«, schreie ich Koller an. »Ich hab doch gesagt, du sollst nicht auf ihn schießen, verdammt!«

»Hab ich auch nicht. War doch nur in die Luft. Ich dachte, das erschreckt ihn vielleicht.«

»Mich hast du jedenfalls fast zu Tode erschreckt, du Vollidiot!«

»Ach was, stell dich nicht so an, du Weichei. Wie heißt der Typ noch mal? Hubert?«

»Ja, Hubert.«

»Okay, Hubertchen«, sagt Koller und nimmt den Kopf des Alten zwischen beide Hände. »Ich weiß, dass du mich hören kannst, also lass jetzt mal diesen Komascheiß und sag uns, was mit dir nicht stimmt. Warum versuchst du fremde Leute über den Haufen zu fahren, Hubertchen? Hm? Komm, sag's uns.«

Die Miene des Alten bleibt unverändert, und es laufen immer noch Tränen aus seinen leblos starrenden Augen.

»Es hat keinen Sinn, Koller. Lass ihn.«

»Was ist denn hier los?« Cassidy steht plötzlich neben mir. »Das war doch ein Schuss eben. Müsst ihr denn immer gleich losballern? Wer ist das? Der Fahrer?«

Und wieder sagt sie *ihr*! Verdammt noch mal! Ich habe überhaupt noch nie auf jemanden geschossen und werde es auch nie tun. Wann wird sie endlich begreifen, dass es hier nur einen schießwütigen Vollidioten gibt, und das bin *nicht* ich! Wenn ich nicht bald dieses *ihr* aus ihr herauskriege, wird das nie was.

»Das ist Hubertchen«, erklärt Koller. »Hubertchen, sag Hallo zu der Kleinen. Nicht? Du musst Hubertchen entschuldigen, Kleine. Er redet nicht mit jedem.«

Cassidy geht auf den Alten zu und betrachtet ihn sich ausführlich.

»Ojeh, er weint ja! Und er hat Blut am Mund!« Sie zieht ein Taschentuch aus ihrer Hose, spuckt drauf und wischt ihm das Blut ab. »Was habt ihr mit ihm gemacht?«

So, jetzt reicht's aber endgültig mit diesem *ihr*.

»*Ich* habe nichts mit ihm gemacht, verdammt nochmal!«, fahre ich Cassidy an. »Ich habe bis jetzt überhaupt gar nichts gemacht, okay? Ich habe deine Freundin nicht totge... na, du weißt schon! Ich habe dich nicht mitgeschleppt! Und ich habe auch nicht auf diesen Jackendieb geschossen! Alles, was ich bisher gemacht habe, ist dafür zu sorgen, dir das Ganze hier so erträglich wie möglich zu gestalten! Also, kannst du jetzt bitte endlich mal damit aufhören, mich für jeden Mist, der passiert, mitverantwortlich zu machen? Geht das vielleicht?«

Sie schaut mich an, zuerst überrascht, dann mitleidig sanft. Sie dreht sich zu Koller.

»War dein Bruder immer schon so ein Pflänzchen?«

»Ja, furchtbar, nicht?«, antwortet Koller und verdreht dabei die Augen.

»Ich bin überhaupt kein Pflänzchen!«, stampfe ich wütend auf den Boden.

Das hat mir gerade noch gefehlt! Jetzt hält sie mich für einen weichgespülten Super-Softie! Das darf doch alles nicht wahr sein!

»Fängt er jetzt etwa auch noch gleich an zu weinen?«, fragt Cassidy höhnisch.

»Kann sein«, grinst Koller mit Blick zu mir. »Wäre nicht das erste Mal.«

»Hey, ich habe das letzte Mal geheult, als ich Clyde auf dem Küchentisch fand! Das ist über sechzehn Jahre her, und das weißt du ganz genau, Koller! Hör gefälligst auf, so einen Mist zu erzählen! Ich bin verflucht noch mal kein Pflänzchen! Ist das klar?«

»Ja ... ähm ... ist klar«, Koller räuspert sich und starrt auf den Boden.

Seltsam, so reagiert er immer, wenn die Sprache auf Clyde kommt. Er weiß etwas, das ich nicht weiß, ganz sicher. Vielleicht kann mir Onkel Otto ja sagen, was damals wirklich passiert ist, aus Koller habe ich nie etwas raus gekriegt, aus Mama auch nicht. Na ja, das hat Zeit bis später. Hauptsache, ich bin bei Cassidy wieder einigermaßen rehabilitiert, und sie hält mich nicht mehr für einen Waschlappen, hoffentlich.

»War's das? Seid ihr fertig?«, fragt Cassidy. »Dann kann mir vielleicht langsam mal einer erklären, was mit diesem armen alten Mann hier los ist? Wer von euch hat ihn so zum Weinen gebracht? Das Pflänzchen oder der Psychopath? Ich tippe ja auf den Psychopathen.«

»Aber der war doch schon so, als ich ihn gefunden habe! Ehrlich!«, protestiert Koller. »Ich habe Hubertchen nicht angerührt, echt nicht! Stimmt's, Rocket?«

»Ja. Koller hat ausnahmsweise mal nichts damit zu tun. Ich weiß nicht, was mit dem Alten los ist. Er kann uns hören und verstehen, aber er reagiert auf nichts.«

»Er hat mir seinen Arm hin gehalten, damit ich auf ihn schieße. Hab ich aber nicht. Auch nicht in den Fuß. Nur in die Luft.«

Cassidy hebt den Kopf des Alten an und bewegt ihren Zeigefinger vor seinen Augen hin und her.

»Hm, schon komisch«, sagt sie. »Keine Ahnung, was mit ihm los ist.«

»Zeig ihm doch mal deine Möpse«, schlägt Koller vor. »Dann wacht er bestimmt wieder auf.«

»Ich kann dir auch mal kräftig in den Schritt treten. Von dem Schrei wird selbst Lady Di wieder wach.«

»Wenn du dir unbedingt den Fuß brechen willst, nur zu. Ich kann …«

»Und was machen wir jetzt mit ihm?«, gehe ich dazwischen. »Wir können ihn ja wohl schlecht hier in diesem Zustand stehen lassen.«

»Wieso nicht?«, entgegnet Koller. »Ihm ist es doch wohl ziemlich egal. Oder, Hubertchen? Was dagegen, wenn wir dich hier lassen? Wir setzen dich da drüben ins Gras und du lässt dir ein bisschen die Sonne auf den kaputten Schädel knallen. Und um dein Auto kümmern wir uns selbstverständlich auch. Keine Angst, wir passen natürlich gut drauf auf. Na, ist das ein Vorschlag, Hubertchen? Sag einfach nichts, wenn du damit einverstanden bist. Wie bitte? Hast du was gesagt? Nein? Okay, Leute. Wir reisen ab jetzt in der S-Klasse. Danke, Hubertchen, bist echt ein Guter.«

»Das können wir nicht machen, Koller«, sage ich.

»Klar, können wir. Hubertchen schuldet uns schließlich was. Guck dir doch deine Karre an.«

»Ich meine doch nicht das Auto. Logisch nehmen wir den Benz. Aber wir können ihn nicht einfach hier lassen. Was, wenn er plötzlich auf die Fahrbahn springt?«

»Dann hat er's am Ende doch noch geschafft. Sterben wollte er ja wohl anscheinend sowieso. Und so wie er jetzt drauf ist, wäre ich an seiner Stelle auch lieber tot.«

»Das Pflänzchen hat recht. Wir nehmen ihn mit«, sagt Cassidy bestimmt, schiebt den Alten zur Seite und öffnet die hintere Wagentür.

Ich bin kein Pflänzchen! Ich bin kein gottverdammtes Pflänzchen, okay? Ich heiße Rocket, schlicht und einfach Rocket! Nenn mich Schätzchen oder Liebling, das sind Bezeichnungen, mit denen ich sehr gut leben könnte. Aber hör bitte mit diesem Pflänzchen auf! Das tut weh.

»Moment mal.« Koller wirft die Tür wieder zu. »Seit wann triffst du denn hier die Entscheidungen, Kleine?«

»Ich treffe überhaupt keine Entscheidungen, du Schwachkopf. Ich bin nur die einzige, die hier ein bisschen mitdenkt, so wie es aussieht. Was ist denn besser, du Schlaumeier? Eine Geisel oder zwei?«

»Oh, Rocket, hast du das gehört? Die Kleine denkt mit! Und sie kann sogar bis zwei zählen! Das muss an diesen beiden vorne gelagerten, höckerartigen Hirnersatzhälften liegen. Dann erklärt uns Miss Nobelpreis doch bitte auch noch, was uns eine Geisel bringen soll, die den Büffel in etwa so viel interessiert wie ein Pickel am Arsch eines chinesischen Reispflückers? Hubertchen bringt uns gar nichts als Geisel, null! Hubertchen ist kein Druckmittel gegen den Büffel und eine Geisel, die kein Druckmittel ist, ist erstens wertlos und zweitens in diesem Fall schon tot, bevor der Büffel einmal ausgeatmet hat. Das mit dem Mitdenken kannst du in Zukunft ruhig sein lassen, Kleine. Das bisschen schaff ich auch alleine.«

»Ich bitte vielmals um Verzeihung«, faucht Cassidy ihn an. »Aber was ist denn mit der Polizei? Bei der funktionieren alte, tattrige Männer als Druckmittel nämlich ganz gut. Daran hast du nämlich nicht gedacht, Mister Allwissend!«

»Die Bullen? Was sollen die denn damit zu tun haben?«

»Ja, glaubst du denn, die setzen sich erst mal hin und lutschen Lollies, wenn am helllichten Tag auf einer Tankstelle jemand angeschossen wird? Die sind doch längst hinter euch her, mit allem, was sie haben. Und da wäre eine zweite Geisel für den Notfall eventuell gar nicht so unbrauchbar, oder sehe ich das falsch?«

»Punkt für Miss Nobelpreis, Koller«, muss ich ihn angrinsen. Cassidy hat natürlich recht, und etwas Schlimmeres als eine Frau, die recht hat, kann es für Koller nicht geben. Er steht da, zähneknirschend die Lippen aufeinander gepresst, die Hand um Lemmy gekrallt, der ihm wahrscheinlich gerade zuflüstert ›Knall sie ab! Jag ihr eine Kugel durch ihren verfluchten besserwisserischen Schädel!‹ Aber bevor es soweit kommt, löse ich die Situation auf, indem ich die hintere Wagentür wieder öffne und den Alten versuche hinein zu bugsieren.

»Vielleicht hilft mir mal jemand hier?«, motze ich mit Blick auf Koller, und seine Anspannung löst sich.

»Na gut, meinetwegen«, nuschelt er vor sich hin, während wir den Alten in den Wagen schaffen. »Dann kommt Hubertchen eben mit. Aber macht mich gefälligst nicht dafür verantwortlich, wenn ihm etwas passiert.«

Als der Alte verstaut ist, holen wir noch unsere Sachen aus meinem Auto und steigen alle in den Benz. Koller dreht den Zündschlüssel und drückt ein paarmal kräftig aufs Gas.

»Geile Kiste!«, grinst er. »Was die wohl bringt? Hey, Hubertchen, wieviel bringt die Schüssel hier? 280 Spitze? Mindestens, oder? Hubertchen? Schnall dich an, okay? Wie bitte? Hast du was gesagt? Nein? Okay, wie du willst. Lass dich bloß nicht drängen. Aber irgendwann krieg ich dich noch zum Reden, wart's ab.«

TONY

»Was kommt dabei heraus, wenn man Polio mit einer Schildkröte kreuzt?«
»Oh, nein, nicht noch einer! Können Sie ihrem Hündchen nicht einen Maulkorb verpassen? Das geht jetzt schon seit einer halben Stunde so. Und ich habe nicht einmal gelacht.«
»Tony, es reicht jetzt mit deinen dummen Witzen. Lass Polio in Ruhe.«
»Danke, Chef.«
»Schon gut, mach dir einfach nichts draus, Junge. Tony meint es nicht so. Nicht wahr, Tony?«
»Er wird doppelt so schnell und wesentlich hübscher! Ha,ha, ha!«
»Okay, das ist mehr als genug, ich hab's mir anders überlegt. Erschießen Sie mich bitte, jetzt sofort. Noch so einen Kalauer überlebe ich nämlich sowieso nicht.«
Was denn? War doch ein Brüller! Humorlose Bande! Und ganz besonders diese miese Zicke von Kollers Mutter! Was glaubt die eigentlich, wer sie ist? Tut so, als gehöre sie dazu, nur weil sie dem Chef imponiert hat. Aber freu dich mal nicht zu früh, du blöde Kuh. Du bist genauso tot wie deine bekloppten Söhne, du weißt es nur noch nicht. Und wenn es soweit ist, werde ich den Chef höchstpersönlich darum bitten, dir dein vorlautes Maul für immer stopfen zu dürfen. Mal sehen, ob du das dann vielleicht witzig findest.

»Stultus de stulto eludet, quod nil ei callidi venit in mentem.«
Auch das noch! Jetzt geht's wieder los, Bölke auf dem Römertrip. Immer das Gleiche auf längeren Fahrten. Irgendwann fängt Bölke an Latein zu faseln und von den alten Römern zu erzählen. Das kann er stundenlang, und es gibt nichts Langweiligeres.
»Das stimmt allerdings«, sagt die Zicke und grinst mich hämisch an.
»Was denn?«, fragt Polio. »Was stimmt? Was hat Bölke gesagt?«
»Er sagte, dass sich dieser Friedhofskasper nur über dich lustig macht, weil er selbst bescheuert ist.«
»Hi, hi!«, kichert Polio in sich hinein.
»Sie können Latein?«, fragt Bölke überrascht.
Von wegen, die kann Latein! Das war doch nur geraten. Die tut nur so, um sich wichtig zu machen.
»Großes Latinum, an der Abendschule. Ich dachte, ich mache noch mal etwas Sinnvolles, als die Jungs aus dem Haus waren. Finis discendi, finis intelligendi. Stimmt's, du degenerierter Witzbold? Wann hast du aufgehört zu lernen? Kurz vor der Ejakulation deines Vaters?«
Polio kichert wieder, Bölke lacht, und sogar der Chef kann sich kaum halten und klopft sich auf die Schenkel. Die hat sie wohl nicht mehr alle! Mich hier vor versammelter Mannschaft zur Lachnummer zu machen mit ihrem Scheiß-Latein und diesen Fremdwörtern! Ich weiß genau, was eine Ejakulation ist, hatte selbst schon mal eine, mindestens. Mich macht hier jedenfalls niemand lächerlich, erst Recht keine Zicke wie du.
»Ich zeig dir gleich mal, was ich von meinem Vater gelernt habe«, sage ich, ziehe mein Butterfly aus der Hosentasche und halte es ihr unter die Nase. »Dann vergeht dir die Klugscheißerei aber ganz schnell.«
Sie zuckt nicht mal. Sie grinst nur. Gleich raste ich aus.
»Dein Vater hat dir beigebracht, mit Messern in fremden Nasen zu popeln? Reife Leistung.«

»Jetzt halt endlich die Klappe!«, schreie ich sie an. »Ich stech dich ab, ich schwör's! Ein Wort noch, und ich …«
»Tony!«, brüllt mich der Chef an. »Steck sofort das Ding weg, sonst mach ich es! Und du weißt, wo du es dann suchen kannst!«
Wahrscheinlich klingt das jetzt unheimlich feige, aber ich klappe sofort und wortlos das Messer zusammen, stecke es ein und drücke mich fest in den Sitz. Wer den Chef einmal hat brüllen hören, wird mich verstehen. Dieser Ton lässt einen innerlich schrumpfen, so als ob sich sämtliche Eingeweide hinter sich selbst zu verstecken versuchen. Er schlägt in dich ein wie ein Blitz, und man gehorcht ihm besser ganz schnell, sonst wird man vom Donner erwischt, den bis jetzt noch keiner überlebt hat. Nein, stimmt nicht, Alfred hat es überlebt. Obwohl, kann man das Leben nennen, so ganz ohne Zunge und mit einem abgebrochenen Stück Schraubenzieher im Schädel? Na ja, immerhin arbeitet Alfred noch für den Chef; er trennt den Müll in seiner Villa.
Ich schließe meine Augen und tue so, als ob ich schlafe, um jeden weiteren Ärger zu vermeiden. Macht doch, was ihr wollt, ich halte mich von jetzt ab raus. Aber glaub bloß nicht, dass es das war, du blöde Zicke. Ich bin noch nicht fertig mit dir, noch lange nicht. Ich kann warten. Ich habe Zeit. Im Gegensatz zu dir. Deine Zeit läuft ab. Mit jedem Kilometer, den wir hinter uns lassen, schrumpft, was dir noch an Zeit übrig bleibt. Aber keine Angst, ganz so schnell wird es dann doch nicht gehen. Ich werde dafür sorgen, dass dir deine letzten Minuten wie Stunden vorkommen. Mit deinem ach so coolen Grinsen fange ich an. Ich schneide es dir einfach aus dem Gesicht und klebe es Polio auf die Stirn … Hey, das ist es überhaupt! Das wird der Brüller des Jahres! Ich muss nur noch was Passendes finden … Und dann? Was dann? Dann nehme ich mir deine Augen vor, nein, nur eins, das reicht, du sollst ja noch etwas von der Show sehen. Ich steche nur kurz hinein, ganz fein mit der Spitze. Hast du schon mal gesehen, wie ein Auge ausläuft? Nein? Kein

Problem, ich habe immer einen kleinen Spiegel dabei. Als nächstes …

»Wenn Sie schon Latein können«, zerreißt Bölke meine kleine private Vorschau, »interessieren Sie sich dann zufällig auch für das alte Rom?«

Ich wusste es. Das Grauen nimmt seinen Lauf. Jetzt wäre genau der richtige Zeitpunkt, um wirklich einzuschlafen.

»Nein, eigentlich nicht besonders«, antwortet die Zicke. »Geschichte hat mich immer gelangweilt.«

Der erste Pluspunkt für dich. Vielleicht lasse ich dafür deine Ohren am Stück. Aber nur vielleicht.

»Langweilig? Das ist nicht Ihr Ernst! Geschichte, und vor allem die des römischen Reichs, ist alles andere als langweilig. Komplotte, Intrigen, Schlachten, Kriege, gibt es etwas Aufregenderes?«

»Im Fernsehen, meinetwegen. Da gucke ich mir so was mal ganz gerne an. Den *Gladiator* fand ich zum Beispiel recht nett.«

»Ach, immer dieser beschönigte Hollywoodquatsch! Das ist doch nichts! Diese Filmchen zeigen nicht im entferntesten, wie es wirklich war. Die Realität sah damals ganz anders aus, viel härter, viel brutaler, die abgrundtiefste Rohheit menschlicher Grausamkeiten, wissen Sie?«

»Aha. Sie waren wohl live dabei, nehme ich an?«

Ich drehe mich schnell zur Seite und kichere in die Polster. Noch so ein Spruch, Zicke, und ich fange an, dich zu mögen.

»Meine Privatbibliothek über das römische Reich umfasst über tausend wissenschaftliche Titel, die ich natürlich alle gelesen habe. Glauben Sie mir, es gibt kaum jemanden im privaten Sektor, der mehr über diese Zeit weiß als ich.«

»Schön für Sie. Andere Leute sammeln Bierdeckel.«

Okay, du hast gewonnen, Zicke. Eine Kugel in den Kopf, kurz und schmerzlos. Das ist es mir wert.

»Auf meinem Spezialgebiet bin ich sogar dermaßen bewandert, dass mich letztes Jahr ein Professor aus Berlin kontaktiert und um Rat gefragt hat. Ein echter Professor! Das müssen Sie sich einmal vorstellen! Natürlich habe ich ihm geholfen. Das versteht sich ja von selbst, so quasi unter Kollegen.«

Und das Schärfste an der Sache ist: Bölke merkt noch nicht mal, wie sie ihn verarscht. Er hat wahrscheinlich kein Wort von dem gehört, was sie gesagt hat. Es interessiert ihn auch wohl nicht die Bohne, solange er nur über seine blöden Römer quatschen kann.

»Wissen Sie, was mein Spezialgebiet ist? Es ist unglaublich faszinierend.«

»Keine Ahnung. Altrömische Bierdeckel?«

»Exekutionen!«

»Was Sie nicht sagen! Na, wer hätte das gedacht? Bei Ihrem doch so friedliebenden Beruf!«

»Zu dieser Zeit war man außerordentlich kreativ, wenn es darum ging, Verbrecher hinzurichten.«

»Oder Frauen, Kinder, Gottessöhne …«

»Kreuzigungen waren unheimlich populär damals, aber nicht besonders kreativ. Kreuzigungen wurden gerne für Gruppenhinrichtungen genommen, das machte optisch mehr her. Wenn es sich allerdings um einen einzelnen, einen ganz besonderen Fall handelte, sagen wir mal, um es mit heute zu vergleichen, einen Terroristen, einen Staatsfeind ersten Ranges, wissen Sie, auf welche Weise man solch einen Verbrecher hingerichtet hat?«

»Man hat ihm ganz langsam ein Geschichtsbuch vorgelesen?«

»Er wurde gevierteilt, mitten in der Arena! Die Vierteilung! Ein Meilenstein in der Exekutionsgeschichte! Das waren noch Hinrichtungen damals. Ich habe leider bis heute noch nicht herausfinden können, welcher geniale Kopf auf diese eindrucksvollste und spektakulärste aller Hinrichtungsarten gekommen ist, es wird seltsamerweise nirgends erwähnt.«

»Ja, seltsam, allerdings. Ich finde es auch beschämend, dass geisteskranken Psychopathen zu wenig Beachtung geschenkt wird.«

»Bölke, wie geht denn Vierteilung?«, fragt Polio und lehnt sich nach vorne. »Kann ich das auch?«

»Du kannst doch noch nicht mal bis vier zählen, ohne dir was zu brechen«, rutscht es aus mir heraus.

»Natürlich könntest du das auch, Polio«, ignoriert Bölke meinen Spruch und fährt fort. »Du brauchst nur vier Pferde dazu, das ist das Problem.«

»Was macht man denn mit den Pferden, Bölke?«

»Gut, pass auf, das ist eigentlich ganz einfach, aber genial. Der zum Tode Verurteilte wird flach auf den Boden gelegt, mit dem Gesicht nach oben. Dann legt man ihm Ketten an, jeweils an beiden Händen und Füßen. Jede dieser Ketten wird an ein Pferd gebunden, und dann ...«

»Was?«, höre ich den Chef brummeln. »Wer hat ein Pferd gefunden? Sind wir schon da?«

»Nein, Chef«, sagt Bölke leise. »Schlafen Sie ruhig weiter. Ich erkläre Polio nur gerade, wie eine Vierteilung abläuft.«

»Ach so, Vierteilung. Feine Sache, nur etwas aufwändig.«

»Ja, das sagte ich auch gerade. Vier Pferde stehen ja nicht einfach immer so in der Gegend herum, wenn man sie mal braucht.«

»Mein Großväterchen in der alten Heimat hat Ochsen genommen. Ich sehe es noch genau vor mir. Er hatte diesen Hühnerdieb erwischt, einen dreckigen Landstreicher, davon gab es eine Menge damals bei uns, arme verlauste Schweine. Großväterchen war kein Unmensch, dieser Strolch hätte nur fragen müssen, und Großväterchen hätte ihm sofort eine warme Mahlzeit und ein Dach für eine Nacht angeboten. Aber nein, dieser Strolch musste sich ja unbedingt an unseren Hühnern vergreifen.«

»Ochsen gehen also auch?«, fragt Polio. »Gehen auch noch andere Tiere?«

»Ich weiß nicht«, antwortet Bölke. »Wenn sie stark genug sind. Weißt du, es ist ja so, der Verurteilte liegt auf dem Boden, und die Tiere laufen dann in alle vier Himmelsrichtungen los, bis es den Kerl auseinander reißt.«

»Der Mann wird auseinander gerissen?«, wundert sich Polio. »Ich dachte, die Tiere trampeln ihn tot?«

»Nein. Wie kommst du denn darauf? Deswegen heißt es ja Vierteilung. Der Verurteilte wird in vier Teile gerissen und stirbt dann natürlich.«
»Ach so ist das. Jetzt verstehe ich es.«
»Eines Tages werde ich einer solchen Vierteilung beiwohnen. Mehr verlange ich dann auch nicht mehr vom Leben. Nur eine einzige Vierteilung.«
»Ja, Bölke«, tätschelt der Chef ihm sanft das Bein. »Du kriegst schon noch deine Vierteilung, bestimmt. Hast ja bald Geburtstag, nicht? Wart's mal ab.«
Bölke läuft rot an und lächelt verlegen.
»Aber Chef ... das ist ... das ist wirklich nicht nötig.«
»Schon in Ordnung, alter Junge.« Bölke kriegt einen Klaps auf die Backe. »Nur das Beste für meinen Besten.«
»Ähm ... Du, Bölke?«, rückt Polio vorsichtig nach vorne. »Ich muss mal.«
»Was denn, jetzt?«
»Ganz dringend. Tut mir echt Leid, Bölke. Aber es drückt schon ganz doll.«
»Ja, bei mir auch«, sagt die Zicke. »Zu viel Kaffee. Und ein bisschen frische Luft täte wohl allen ganz gut.«
»Das stimmt allerdings«, sagt der Chef. »Ich könnte auch ein wenig Bewegung vertragen. Fahr an der nächsten Tankstelle raus, Bölke.«
Eine Tankstelle, gute Idee. Ich muss zwar nicht, aber dort finde ich bestimmt etwas für meine Polio-Idee. Das wird ein Brüller, jede Wette. Da wird sich selbst der Chef wegschmeißen vor Lachen, auf jeden Fall.
»Geht klar, Chef«, nickt Bölke und drückt aufs Gas.

KARLCHEN

»Alles? Das können Sie nicht machen! Das verstößt gegen die Pressefreiheit!«
»Aber, Herr Fischkopp, ich habe es Ihnen doch gerade eben bereits erklärt. Die Aufnahmen sind Beweismaterial und somit komplett beschlagnahmt. Ich kann verstehen, dass Sie darüber verärgert sind, aber es nützt keinem, wenn Sie mich hier weiter anschreien. Ich mache auch nur meine Arbeit, sonst nichts.«
»Ach ja? Und Ihre Arbeit ist wohl mehr wert als meine, oder was? In diesen Aufnahmen steckt ein ganzer Tag harter Arbeit und vor allem jede Menge Geld. Wissen Sie, was so ein Dreh kostet? Hä, wissen Sie das?«
»Nein, das weiß ich nicht. Aber das tut auch gar nichts zur ...«
»Aber Sie wissen doch, was Geld ist, oder? Das ist das, womit Sie bezahlt werden, unter anderem auch von mir. Und ich bezahle Sie bestimmt nicht dafür, meiner Karriere im Weg zu stehen, indem Sie mir das beste Material wegnehmen, das ich seit Jahren vor die Kameras bekommen habe! Das können Sie vergessen, Sie mieser, kleiner Furz von Staatslakai!«
»Da Sie gerade von Geld sprachen, Herr Fischkopp: Ist Ihnen bekannt, wie hoch die Strafe für Beamtenbeleidigung ist?«
»Beamtenbeleidigung? Na, so teuer kann das nicht sein! Ich dachte immer, Menschen, die auf der untersten Evolutionsstufe stehen, können gar nicht beleidigt werden!«
Ich glaube, nein, ich bin mir absolut sicher, Franz ist das größte Arschloch, das ich kenne. Ich hasse ihn, aufrichtig und abgrundtief, und das, obwohl ich in meinem ganzen Leben noch nie jemanden wirklich gehasst habe. Das ganze Team hasst ihn, wir wollten sogar schon einen Club grün-

den. Seit über zwanzig Jahren arbeite ich nun als Kameramann, und in diesem Geschäft gibt es jede Menge Arschlöcher, aber Franz übertrifft sie alle um Längen. Franz ist ein egomanischer, skrupelloser Bastard. Wenn seine Tochter, für die er aus gutem Grund kein Sorgerecht mehr hat, direkt vor seinen Augen vergewaltigt würde, würde Franz zuallererst nach einer Kamera suchen. Das ist jetzt kein Witz, das sagte er neulich ganz beiläufig in der Kantine zwischen zwei Bissen Kartoffelsalat, ich schwöre es. Was würde ich dafür geben, wenn dieser Polizist jetzt seine Pistole ziehen und ihm damit sein gehässiges Maul stopfen würde. Leider greift er nur an seine Mütze, schiebt sie ein Stück nach hinten und lächelt leicht gequält.

»Sagen Sie mal, Herr Fischkopp, haben Sie jemals etwas vom Fall Schneider gehört?«

»Immobilien-Schneider? Klar. Wieso? Was hat denn das jetzt …«

»Nicht dieser Schneider, Herr Fischkopp. Ich meine den Fall Helmut Schneider. Wissen Sie, das war so: Ein gewisser Helmut Schneider wurde eines Nachts von einem meiner Kollegen wegen Trunkenheit am Steuer zum Ausnüchtern auf die Wache gebracht. Ein ganz unangenehmer Bursche, krakeelte ständig herum und wollte einfach nicht damit aufhören, mich und die anderen drei Diensthabenden zu beleidigen. Als wir ihn dann nach unten in die Zelle bringen wollten, rutschte er ganz unglücklich aus, er hatte immerhin 2,6 Promille, und fiel die gesamten 18 Stufen unserer Steintreppe hinunter. Dabei brach er sich die Nase sowie drei Rippen, verlor zwei Zähne und hatte ziemlich üble Prellungen im ganzen Gesicht. Natürlich riefen wir sofort die Ambulanz, und er verbrachte die Nacht im Krankenhaus. Am nächsten Mittag dann …«

»Warten Sie, lassen Sie mich raten: Er hat euch natürlich verklagt, weil ihr ihn die Treppe runtergestoßen habt, und er hat verloren, weil euer ganzer korrupter Verein dicht gehalten hat. Diese Story ist so alt, die kannte Derrick schon als Säugling. Was soll das? Wollen Sie mich zu Tode lang-

weilen, damit ich Ihnen die Aufnahmen vererbe, oder was?«
»Mitnichten, Herr Fischkopp, mitnichten. Lassen Sie mich bitte nur kurz zu Ende erzählen, dann verstehen Sie vielleicht, worauf ich hinaus will. Also, in einem Punkt hatten Sie Recht, dieser Helmut Schneider hat Anzeige wegen schwerer Körperverletzung gegen mich und meine drei Kollegen erhoben. Es kam zur Verhandlung, und als Herr Schneider in den Zeugenstand gerufen wurde, sagte er folgendermaßen aus. Er behauptete, meine Kollegen und ich hätten ihn stehend an ein Heizungsrohr gekettet. Dann hätten wir uns alle vier splitternackt ausgezogen und uns gegenseitig die Unterhosen über die Köpfe gestreift. Weiterhin hätten wir unsere Genitalien mit Luftschlangen verziert und uns gegenseitig mit Lippenstift Gesichter auf unsere Allerwertesten gemalt. In dieser Aufmachung wären wir dann *So ein Tag, so wunderschön wie heute* singend mit unseren Schlagstöcken abwechselnd auf ihn einprügelnd eine halbe Stunde lang um ihn herumgetanzt, bis er vor Schmerzen ohnmächtig zusammengebrochen sei. Außerdem gab er noch an, dass er am nächsten Morgen nach dem Aufwachen im Krankenhaus ein heftiges, unerklärliches Brennen in seinem Anus verspürte. Und jetzt frage ich Sie, Herr Fischkopp, würden Sie glauben, dass deutsche Staatsbeamte zu einer derartig verrückten, durch und durch kranken Tat fähig sind?«
Franz schluckt zweimal und wird einen Kopf kleiner. Tausend Dank, Herr Staatsbeamter! Nicht für diese abartige Geschichte, ihr seid wirklich ein sehr, sehr kranker Verein, und ich werde ab heute alles nur Menschenmögliche dafür tun, niemals eine Polizeiwache betreten zu müssen. Aber dass ich Franz einmal eingeschüchtert und mit vollen Hosen sehen durfte, das war es wert. Zu köstlich, wie er da steht, die Schultern und den Blick gesenkt, keinen fiesen Spruch auf den Lippen. Alles, was er zustande bringt, ist ein zaghaftes Kopfschütteln.
»Nein? Das dachte ich mir, Herr Fischkopp. Der Richter sah

es genauso und sprach mich und meine Kollegen frei. Unglaublich, was für abartige Fantasien manche Menschen entwickeln können, nicht wahr? Aber genug der Geschichten, zurück zu uns, Herr Fischkopp. Wie wollen wir denn jetzt weiter verfahren? Händigen Sie mir die Beweismittel nun aus, oder ziehen Sie es vor, mich und meinen Berufsstand weiterhin zu beleidigen? In diesem Falle müsste ich Sie allerdings höflichst bitten, mich auf die Wache zu begleiten und eine Nacht bei uns zu verbringen. Wobei ich natürlich nicht gewährleisten kann, dass Sie morgen früh auch wieder dort aufwachen. Ha, ha! Nur ein Scherz, Herr Fischkopp, nur ein Scherz! Also, wie haben Sie sich entschieden?«

»Gib ihm die Aufnahmen«, nickt Franz mir mit immer noch gesenktem Kopf zu.

Ich packe alle Kassetten aus den Kameras zusammen in eine Tüte und reiche sie dem Polizisten.

»Sehr vernünftig, Herr Fischkopp«, sagt dieser und nimmt die Tüte an sich. »Ich wusste, wir würden uns einig werden. Es tut mir sehr Leid, Ihnen derartige Probleme bereitet zu haben. Ich kann nur hoffen, dass Sie jetzt keinen Groll gegen mich und meinen Berufsstand hegen. Wie gesagt, wir machen alle nur unsere Arbeit, Herr Fischkopp. Also, nichts für ungut und auf Wiedersehen.«

Franz schaut dem Polizisten nach, bis er in einen Streifenwagen gestiegen ist.

»Hast du schon jemals so ein widerliches Arschloch gesehen, Karlchen?«, fragt er mich und spuckt verächtlich auf den Boden.

»Ja, leider ständig, Franz«, antworte ich.

»Echt? Ich wusste gar nicht, dass du Bullen in der Familie hast.«

»Hab ich auch nicht.«

Der Streifenwagen fährt los, und nach und nach verlassen alle Einsatzfahrzeuge die Tankstelle. Franz kratzt sich am Hinterkopf und seufzt.

»Tja, das ist nun wirklich ganz dumm gelaufen«, sage ich. »Ein voller Drehtag umsonst. Aber was soll's, ist ja nicht das

erste Mal. Hauptsache, dem Jungen geht es einigermaßen. Ich fang dann mal an einzupacken.«
»Was? Den Teufel wirst du tun! Hier wird gar nichts eingepackt! Wir drehen weiter, dass das klar ist! Ein Franz Fischkopp lässt sich von solchen Kleinigkeiten nicht unterkriegen! Wäre doch gelacht!«
»Aber ... aber Franz! Was soll denn das jetzt noch bringen? In einer Stunde ist Redaktionsschluss. Die können das heute sowieso nicht mehr senden, das schaffen wir nie.«
»Dann senden sie's eben morgen, mir doch egal! Wenn Franz Fischkopp einen Auftrag annimmt, dann wird er auch ausgeführt! Haben wir noch genug Material?«
»Ja, aber ...«
»Nix, aber! Wir drehen weiter!«
»Aber wir haben doch noch nicht mal mehr einen Lockvogel, Franz!«
»Dann steh hier nicht blöd rum, sondern besorg mir gefälligst einen! Kann doch nicht so schwer sein!«
»Ich bin Kameramann, Franz! Nicht dein Laufbursche! Du willst einen neuen Lockvogel? Such dir selbst einen!«
»Du undankbarer, kleiner Wurm! Wer sorgt denn dafür, dass du immer Arbeit hast, Herr von und zu Kameramann? Hä? Wer stellt denn die Teams zusammen? Wenn du morgen auch noch einen Job haben willst, bewegst du jetzt deinen trägen Arsch und organisierst mir einen verfickten Lockvogel! Ist das klar?«
Wenn ich meine Kamera nehme und sie ihm mit voller Wucht mitten in sein arrogantes Gesicht ramme, kriege ich dann das Bundesverdienstkreuz? Verdient hätte ich es jedenfalls. Nicht nur, dass er das größte Arschloch der Welt ist, nein, er hat auch noch Recht, was den Job betrifft. Er sucht die Teams aus, und ich brauche diesen Job. Also heißt es wie immer klein beigeben. Gott, wie ich das hasse! Aber irgendwann ist er dran, das schwöre ich. Irgendwann wird er den Sender verlassen, von mir aus auch nach Hollywood, wie er immer prahlt, und dann kriegt er ein Abschiedsgeschenk, das er nicht so schnell vergessen wird.

»Also, was ist jetzt, Karlchen? Hopp, hopp! An die Arbeit!«
»Ja, ja, schon gut, ich mach ja schon! Was darf's denn sein? Alt, jung, männlich, weiblich?«
»Jung, ein Kerl natürlich. So wie der Praktikantenbengel in etwa. Könnte auch gerne ein bisschen gefährlicher aussehen, so der Typ Claude Oliver Rudolph, nur in jung, das wäre nicht schlecht.«
Sein Blick überfliegt das Tankstellengelände.
»Da! Siehst du den Kleintransporter da drüben auf dem Parkplatz?«
»Den mit den Tarnfarben?«
»Genau den. Die Typen sehen doch ideal aus. Geh mal rüber und frag sie.«
»Das sind Skinheads, Franz, wenn ich das richtig sehe.«
»Echt? Tatsache. Nein, ein typischer Skinhead wäre dann doch zu viel an Klischee. Aber der eine hat Haare, oder? Siehst du den, da links hinter dem Transporter? Der sieht gut aus, frag den.«
Ich schnappe mir meine Kamera und laufe los. Als Privatmann würde ich nicht so einfach auf eine Gruppe Skinheads zugehen, aber das ist das Schöne an meinem Job. Mit einer Kamera auf der Schulter ist man fast überall willkommen, zumindest bei Otto Normalbürger. Es gibt kaum jemanden, der nicht ins Fernsehen will; davon leben wir schließlich.
Ich nähere mich dem Transporter, es sind fünf Jungs, Anfang zwanzig vielleicht. Sie sitzen auf dem Boden und trinken Bier aus Dosen. Der, den ich ansprechen soll, ist tatsächlich der Einzige, der Haare auf dem Kopf hat. Sieht eher aus wie ein Punk, wenn die Bomberjacke nicht wäre. Ein kurzer Blick in den Transporter; er ist voller Musiker-Equipment, Schlagzeugteile, Gitarrenkoffer, Verstärker, scheint eine Band zu sein.
Ich bleibe drei Meter vor ihnen stehen.
»Hi«, sage ich mit Blick durch die Kamera; natürlich läuft sie nicht, das wäre Verschwendung.

Die fünf schauen skeptisch von ihren Bierdosen zu mir hoch.
»Hat einer von euch Bock ins Fernsehen zu kommen?«, locke ich sie.
»Der Typ ist vom Fernsehen, Goppel«, sagt ein kleiner Skinhead zu einem dicken.
Der Dicke steht auf und kommt auf mich zu, bis er direkt vor meiner Linse steht. Er verzieht sein äußerst hässliches Gesicht zu einer noch hässlicheren Fratze.
»Wir sind das asoziale Gesindel!«, schreit er direkt in die Kamera.
Die anderen vier reißen ihre Arme in die Luft und brüllen gemeinsam:
»Und wir sind stolz darauf!«
»Oi ist die Macht!«, brüllt der Dicke alleine und geht langsam rückwärts zu den anderen.
»Ihr seid also eine Band?«, frage ich gekonnt naiv.
»Wir sind das asoziale Gesindel!«, wiederholt der Dicke. »Wir machen Oi! Oi ist die Macht!«
»Aha, okay. Cooler Name«, lüge ich. »Seid ihr auf Tour, oder was macht ihr hier?«
»Wir spielen auf einem Festival unten im Süden«, antwortet der Dicke.
»Aber nur als eine von vier Vorgruppen«, sagt einer der anderen mit enttäuschter Stimme.
»Klappe, Knickel!«, fährt ihn der Dicke an und dreht sich wieder zu mir. »Wir spielen auf dem größten Oi-Festival Deutschlands! Oi ist die Macht!«
Ach ja, da ist dieses Skinhead-Festival irgendwo in der tiefsten Provinz. Die Redaktion hat ein anderes Team hingeschickt, für eine halbstündige Reportage. ›Rechtskultur – Kahle und Randale‹ oder so ähnlich.
»Was verdient man denn so als Oi-Band?«, frage ich erneut naiv. »Könnt ihr davon leben?«
»Ja, von wegen!«, brummt der Skinhead namens Knickel. »Wir zahlen noch drauf! Scheiße aber auch!«
»Hey, Klappe, hab ich gesagt!«, fährt ihn der Dicke wieder

an. »Wir machen das nicht für die Kohle«, wendet er sich mir zu. »Wir machen das, weil es uns Spaß macht. Und weil es eine Ehre ist, dabei zu sein.«
»Ja, nur leider läuft diese Kiste da nicht mit Ehre!«, zeigt Knickel auf den Transporter. »Weißt du, was alleine der Sprit bis da runter kostet, Goppel? Hä? Weißt du das? Die Kohle, die wir für den Auftritt kriegen, reicht gerade so für die Hinfahrt! Und wir wissen noch nicht mal, ob wir da unten wenigstens die Getränke frei haben!«
»Ich hab dir schon tausendmal gesagt, das mit den Schoppen regle ich schon, verdammt! Und wenn du jetzt nicht gleich die Fresse hältst, kannst du sowieso nur noch aus'm Strohhalm trinken, kapiert? Du gehst mir schon die ganze Fahrt über mit diesem Scheiß auf'n Sack!«
»Dieser Scheiß kostet uns mindestens 'nen Fuffi pro Mann! Das rechnet sich einfach nicht! Oder hast du vielleicht zufällig im Lotto gewonnen, du Arschloch? Ich hab's jedenfalls nicht so dicke!«
»Du willst's dicke? Kein Problem, kannst du haben!«, springt Goppel auf und packt den anderen am Kragen. »Wohin hättest du's denn gerne? In die …«
»Hey, hey! Immer langsam, Leute!«, gehe ich dazwischen. »Das ist doch wirklich nicht nötig. Wenn ihr Geld braucht, hätte ich da einen kleinen Vorschlag zu machen. Vorausgesetzt, ihr habt noch ein Stündchen Zeit. Länger wird's bestimmt nicht dauern.«
Goppel lässt von dem anderen ab und geht drei Schritte auf mich zu.
»Und was wäre das für ein Vorschlag? Für Kohle machen wir fast alles. Ach, ich weiß! Ihr braucht mal wieder getürkte Aufnahmen von Skins, rechte Gewalt und so, diese Kiste, kenn ich schon. Sollen wir die Tanke auseinander nehmen? Gar kein Problem. Oder, Männer? Nur eine Bedingung: Keine Nahaufnahmen von unseren Gesichtern! Halt! Zwei Bedingungen! Unser Band-T-Shirt muss mindestens einmal groß und deutlich lesbar im Bild sein! Das wär der Hammer! Oder Männer? Wir wären mit einem Schlag berühmt in der Szene.

So was ist unbezahlbar als Werbung. Was natürlich nicht heißt, dass wir auf die Kohle verzichten! Wie viel gibt's überhaupt dafür? Ein Kumpel von mir hat mal für so was …«

»Sorry, wenn ich euch enttäuschen muss«, unterbreche ich seine Euphorie. »Aber es geht hier nicht um getürkte Aufnahmen, nicht diesmal.«

»Was? Och, Kacke!«, lässt Goppel die Schultern sinken.

»Wir drehen da drüben nur einen kleinen Beitrag für unser Boulevardmagazin und bräuchten dringend einen Lockvogel, der so tut, als würde er die Leute beklauen, während sie drinnen am Bezahlen sind. Wie wär's denn mit dir?«, nicke ich dem mit den Haaren zu.

»Vinnie?«, wundert sich Goppel. »Wieso denn ausgerechnet Vinnie? Der hat doch noch nicht mal 'ne Glatze!«

»Hey, er hat mich gefragt, Goppel! Also halt jetzt mal für einen Moment die Klappe, okay?«

»Ein richtiger Skinhead wäre zu viel Klischee, sagt mein Boss«, erkläre ich. »Die Bomberjacke müsstest du dann auch ausziehen. Wäre das okay?«

»Aber das T-Shirt! Das T-Shirt behält er an! Sonst macht er's nicht!«

»Was ich hier mache oder nicht, hast du ja wohl kaum zu bestimmen, Goppel! Kann ich das T-Shirt anbehalten?«

»Klar, das dürfte kein Problem sein, denke ich. Du machst es also?«

»Was ist mit der Kohle?«, fragt der, den Goppel vorhin am Kragen hatte.

»Genau, die Kohle!«, stimmt Goppel mit ein. »Was gibt's dafür?«

»Vierzig Euro«, antworte ich. »Das ist der normale Satz für Statisten.«

»Was, nur vierzig Hühner? Bisschen wenig«, mault der andere.

»Sorry, aber mehr ist leider nicht drin, diese Summen sind tariflich festgelegt.«

»Okay, ich mach's«, sagt der mit den Haaren.

»Gut, prima. Wie war noch mal dein Name?«
»Vinnie.«
»Also, Vinnie, dann kommst du am besten gleich mit rüber. Mein Boss erklärt dir dann genau, wie das alles abläuft.«
»Geht klar.«
Vinnie zieht seine Bomberjacke aus und wirft sie Goppel zu.
»Na dann, bis später, Männer!«
Wir laufen langsam los in Richtung Tankstelle.
»Die Kamera war nicht einen Moment lang an, oder?«, fragt mich Vinnie mit einem Grinsen im Gesicht.
»War sie nicht?«, grinse ich zurück.
»Ich bin nicht ganz so dumm, wie meine Kumpels aussehen.«
Ich lache laut auf, dieser Vinnie gefällt mir. Hoffentlich schießt niemand auf ihn.
»Hey, Moment mal!«, ruft uns Goppel hinterher. »Dürfen wir nicht zugucken?«
»Sorry!«, rufe ich zurück, ohne mich umzudrehen. »Geht leider nicht. Wir drehen mit versteckter Kamera!«
»Och, Kacke!«
Wir laufen weiter, und ich sehe Franz, wie er ungeduldig zu uns herüber schaut und hektisch winkt.
»Hopp, hopp!«, ruft er uns entgegen. »Nicht einschlafen, Karlchen! Wir haben nicht mehr lange Licht!«
»Das ist mein Boss«, flüstere ich Vinnie zu. »Ein Riesenarschloch. Befolge einfach seine Anweisungen und beachte ihn nicht weiter.«
Vinnie nickt, bevor wir bei Franz ankommen.
»Franz, das ist Vinnie«, sage ich. »Vinnie, das ist Franz Fischkopp, unser Aufnahmeleiter.«
Vinnie prustet kurz los, fängt sich aber sehr schnell und tarnt sein Lachen als Husten. Verdammt, ich hätte ihn vorwarnen sollen. Bei Fremden ruft Franz' Nachname immer wieder verständlicherweise diese Reaktion hervor; wir können schon lange nicht mehr darüber lachen. Franz schaut ihn skeptisch an.
»Tschuldigung«, hüstelt Vinnie. »Verschluckt.«

»So, so, verschluckt«, sagt Franz mit zweifelndem Blick. »Na, ja, wie auch immer, lasst uns loslegen. Was'n das für ein hässliches T-Shirt? Das asoziale Gesindel? Wer ist das? Deine Familie? Das geht nicht, zieh das aus, du kriegst was von uns.«
»Aber ...«
»Das ist die Band von den Jungs, Franz.«
»Ich bin der Sänger.«
»Und was geht mich das an? Ich bin doch kein Werbeblock! Zieh es aus, hab ich gesagt!«
»Aber, Franz, ich hab es ihnen doch versprochen! Ich dachte ...«
»Ach so! Kameramänner werden jetzt fürs Denken bezahlt! Das ist ja ganz was Neues. Ich war immer der festen Überzeugung, ihr seid nur in diesem Geschäft, weil ihr diese schwarzen Kisten länger als Affen auf der Schulter balancieren könnt.«
Ich ramme dir gleich meine schwarze Kiste mitten in deine überhebliche arrogante Fresse, du verfluchter Kotzbrocken! Irgendwann, ich schwöre, irgendwann hast du mich zum letzten Mal beleidigt!
»Franz, bitte! So schlimm ist dieses T-Shirt doch gar nicht! Und es passt sogar irgendwie zum Thema! Asozial, Diebe, hat das nicht was?«
»Ach, von mir aus! Macht doch, was ihr wollt! Ich habe keine Lust, meine Zeit mit solchen Kinkerlitzchen zu verplempern. Können wir dann? Weiß der asoziale Sängerknabe, was Sache ist?«
»Ich weiß Bescheid«, nickt Vinnie. »Ich soll die Leute beklauen, wenn sie drinnen zum Bezahlen sind. Kein Problem.«
»Falsch. Das war das alte Set-Up«, stöhnt Franz. »Bin ich denn nur von Schwachköpfen umgeben?«
»Es gibt ein neues Set-Up?«, frage ich erstaunt. »Davon weiß ich noch nichts.«
»Ich hab's doch vorhin extra lang und breit erklärt, Karlchen!«

»Wann vorhin?«
»Na, vor nicht mal einer Viertelstunde, als du ... Ach dann erklär ich's eben nochmal!«
Er kann es nicht. Er kann nicht einmal zugeben, dass er im Unrecht ist. Natürlich war ich gerade drüben bei den Skinheads, als er das neue Set-Up verkündet hat, das weiß er ganz genau! Aber nein, kein Wort der Entschuldigung, nichts!
»Also, pass gut auf, Sängerknabe«, legt er seinen Arm um Vinnies Schulter. »Das mit dem Klauen hat nicht so gut funktioniert, deswegen machen wir das jetzt folgendermaßen: Du wartest, bis die Leute drin sind zum Zahlen, und bevor sie zurückkommen, setzt du dich in ihr Auto auf den Fahrersitz.«
»Aber ich habe keinen Führerschein, Herr ...«
»Hab ich irgendwas von Fahren gesagt, du asozialer Schlaumeier? Hm? Ich glaube nicht. Ich sagte lediglich, du sollst dich hinters Steuer setzen. Braucht man dafür etwa einen Führerschein? Hm? Nein? Na also.«
»Und dann? Was soll das? Ich sitze im Auto. Und weiter?«
»Nichts weiter. Dein Job ist damit praktisch erledigt. Die Leute kommen zurück, sehen wie du mit deinem hässlichen T-Shirt in ihrem Auto sitzt und reagieren irgendwie darauf. Und darum geht es hier einzig und allein, um die Reaktionen von ganz normalen Trotteln, die zu blöd sind, ihr Auto abzuschließen. Das filmen wir und dann geht es auf Sendung, damit sich all die anderen ganz normalen Trottel vor den Fernsehern freuen können, dass es nicht sie erwischt hat. Alles klar, Sängerknabe? Hast du das kapiert?«
»Klar. Ins Auto setzen und abwarten, kein Problem.«
»Gut, dann los. Am besten, du drückst dich in der Nähe der Zapfsäulen herum, bis einer kommt, der sein Auto nicht abschließt. Sind alle auf Position?«
»Alle bereit!«, streckt Gunther, unser Tontechniker, den Daumen in die Luft.
Und wieder einmal beginnt das Warten. Neunzig Prozent unseres Jobs besteht daraus. Wir stehen oder liegen irgendwo

in einem Versteck und warten. Ich fange Vinnie mit der Kamera ein, wie er offensichtlich gespielt unauffällig um die Zapfsäulen herumschleicht. Ich höre ein Auto kommen und schwenke die Kamera, es ist ein dicker BMW. Er hält an der zweiten Säule, der Fahrer steigt aus. Er tankt. Vinnie beobachtet ihn aus den Augenwinkeln. Jetzt ist er fertig. Mist! Er drückt auf den Sender seiner ferngesteuerten Zentralverriegelung. Das war nichts.
»Scheiß moderne Technik!«, flucht Franz neben mir.
Und weiter warten. Ein Auto nach dem anderen fährt vor zum Tanken, aber keiner der Fahrer lässt seinen Wagen offen.
»Was ist denn hier los?«, meckert Franz. »Warum schließen die denn alle plötzlich ab? Hat RTM vielleicht gestern Abend schon den gleichen Test gemacht? Ist ja zum Kotzen, diese Abschließerei!«
»Da kommt wieder einer«, sagt Gunther. »Wetten, der schließt nicht ab? Einen Zehner?«
»Bevor ich den letzten Zehner nicht hier in meiner Tasche habe, kannst du dir deine Wetten von mir aus sonst wohin schieben.«
»Du kriegst ihn schon noch, Franz! Wie oft muss ich das denn noch sagen? Du kriegst ihn morgen früh, okay? Ich hab kein Bargeld mehr dabei.«
»Ja, ja, morgen früh, wie immer Gunther. Klappe jetzt!«
Ein dunkelblauer BMW fährt vor und hält an der zweiten Zapfsäule.
»Das wird wieder nichts«, winkt Franz ab. »Die Kiste ist voll mit fünf Mann und dieses Modell schließt ferngesteuert, Scheiße.«
Alle Türen des BMW öffnen sich gleichzeitig. Fünf Leute steigen aus, vier Männer, eine Frau. Der Mann, der auf dem Beifahrersitz saß, gähnt und streckt sich ausgiebig.
»Dieser Anzug ist ein Vermögen wert«, nickt Franz in seine Richtung. »Da müsst ihr einen Monat für arbeiten und es reicht noch nicht.«
Hinter dem Mann mit dem teuren Anzug steht ein Berg von einem Kerl in einem beigen Trenchcoat, zugeknöpft, bei

dieser Hitze. Er gähnt ebenfalls und streckt sich, wobei er allerdings die rechte Hand in der Manteltasche behält, was sehr seltsam und unfreiwillig komisch aussieht.
»Hast du den drauf?«, stupst Franz mich an. »Der muss auf die Freak-Reel. Das wird ein Brüller bei der nächsten Weihnachtsfeier.«
Die Freak-Reel. Franz' alljährliche Sammlung an Pleiten, Pech und Peinlichkeiten. Das hat mich vorletztes Jahr meine Ehe gekostet. Dieses Schwein hatte eine Kamera auf der Redaktionstoilette versteckt. Und er wusste ganz genau, dass meine Frau auf der Weihnachtsfeier sein würde; sogar meine Eltern waren dabei. Die Freak-Reel war eigentlich schon zu Ende, der Abspann lief bereits, musikalisch untermalt von *Last Christmas*. Die meisten Leute schauten schon gar nicht mehr hin und widmeten sich bereits anderen Angelegenheiten, als ich plötzlich überlebensgroß an der Wand auftauchte. Die Kamera war an der Decke angebracht und zeigte mich von schräg oben, wie ich auf dem Klodeckel stand, die Hände links und rechts an die Seitenwände gepresst, und mein bestes Stück rhythmisch im Mund dieser Praktikantin verschwindend. Meine Frau verschwand dann auch ganz schnell und für immer, und meine Eltern sind seit diesem Abend der festen Überzeugung, nie ein Kind gezeugt zu haben. Und der einzige Grund, warum ich überhaupt noch meinen Job habe, ist die Tatsache, dass der Redaktionsleiter sich ebenfalls gerne mal auf den Klodeckel stellte und ich das wusste.
»Das könnte doch noch was werden«, sagt Franz. »Sie gehen alle, bis auf den Fahrer. Wenn er vergisst auf den Knopf zu drücken, sind wir drin.«
Tatsächlich, der Riesenkerl im Trenchcoat läuft mit der Frau in Richtung Toiletten, und der im teuren Anzug geht mit dem anderen, der hinten saß, direkt ins Gebäude. Der Fahrer tankt noch. Jetzt ist er fertig. Er hängt die Zapfpistole ein, klappt den Tankdeckel zu und läuft los, ohne sich noch einmal umzudrehen und die Fernsteuerung zu betätigen.

Vinnie will schon starten, aber Franz hält ihn mit einem Handzeichen zurück, bis der Fahrer schließlich im Gebäude verschwunden ist.
»Sind alle weg?«, fragt Franz.
Ich schwenke mit der Kamera auf den Kassenbereich.
»Der Fahrer steht an der Kasse, der mit dem Anzug trinkt einen Kaffee und der andere läuft zwischen den Regalen herum«, berichte ich.
»Die Toiletten?«
»Niemand zu sehen.«
»Okay, dann los!«, winkt er Vinnie zu.
Vinnie drückt sich an der Zapfsäule vorbei, öffnet die Fahrertür und krabbelt gebückt in den Wagen. Sein ausgestreckter Daumen erscheint kurz im Fenster, dann ist er von uns aus nicht mehr zu sehen.
»Ein einziges Hupen, und es war der letzte Ton, den dieser asoziale Sängerknabe von sich gegeben hat«, zischt Franz durch die Zähne.
Und wieder einmal warten wir. Meine Kamera läuft, abwechselnd zwischen dem Auto, dem Gebäude und den Toiletten hin und her schwenkend. Fünf Minuten vergehen. Nichts tut sich.
»Was machen die denn?«, fragt Franz ungeduldig. »Das kann doch nicht so lange dauern mit dem Bezahlen.«
»Sie trinken jetzt alle drei Kaffee an einem Stehtisch neben der Kasse«, erkläre ich.
»Und die anderen beiden?«
Ich schwenke zu den Toiletten.
»Die Frau kommt gerade raus. Sie zündet sich eine Zigarette an und läuft hin und her. Sieht so aus, als würde sie über irgendwas angestrengt nachdenken. Sie bleibt stehen. Der Kerl mit dem Trenchcoat kommt aus der Herrentoilette.«
»Welcher Vollidiot trägt eigentlich bei dieser Hitze einen Trenchcoat? Hat er immer noch die Hand in der Tasche?«
»Ja. Und es sieht so aus, als hätte er sich vollgepisst. Der Trenchcoat hat unterhalb der Hüfte lauter Flecken. Könnte aber auch Wasser sein, vom Hände waschen.«

»Klar, vom Hände waschen«, grinst Franz gehässig.
Die Frau zieht ein Taschentuch aus ihrer Hose und reicht es dem Typ. Er reibt damit über die Flecken, immer noch die eine Hand fest in der Tasche des Trenchcoats. Die Frau zeigt mit fragendem Gesicht auf die Hand in der Tasche.
»Ja, das wüsste ich allerdings auch gerne«, sage ich leise zu mir selbst.
»Was? Was denn?«, drängelt Franz. »Ist was passiert? Was machen sie?«
»Ich glaube, sie hat ihn gerade gefragt, was mit der Hand ist.«
»Und?«
»Er zieht sie in eine Ecke. Sie stehen mit dem Rücken zu mir. Ich glaube, er nimmt die Hand aus der Tasche und zeigt sie ihr, aber ich kann's nicht genau sehen. Jetzt steckt er sie wieder ein. Sie streicht ihm über die Schulter. Sieht aus, als ob sie ihn tröstet. Vielleicht ist die Hand ja verkrüppelt, oder so. Achtung! Sie kommen rüber!«
»Was denn, jetzt schon? Scheiße!«, flucht Franz. »Können die nicht alle zusammen zurückkommen? Das wäre bestimmt ein schönes Chaos geworden.«
»Sie sind gleich am Auto.«
Sie steigen gleichzeitig ein, die Frau hinter dem Fahrersitz, der Kerl auf der anderen Seite. Beide Türen schließen sich. Vinnie ist nicht zu sehen, und sie haben ihn auch anscheinend noch nicht entdeckt, denn sie unterhalten sich angeregt.
»Haben wir Ton da drüben?«, will Franz wissen.
»Nicht, solange die Fahrertür zu ist«, erklärt Gunther. »Das Mikro ist an der Zapfsäule.«
»Mist! Kannst du was mit dem Zoom erkennen, Karlchen? Was passiert da drin?«
»Nicht viel. Sie haben ihn noch nicht gesehen. Warte! Der Typ beugt sich nach vorne zum Autoradio. Jetzt sieht er Vinnie! Er … Oh, Scheiße!«
»Was? Was denn? Ich kann nichts erkennen, das ist zu weit weg! Was ist denn los?«
»Eine Knarre! Das war es, was er die ganze Zeit in der Ta-

sche versteckt hatte! Der Kerl hat eine verdammte Knarre!«
»Nein! Nicht schon wieder!«, stöhnt Franz.
»Doch! Er hält sie dem Jungen gerade an den Kopf!«
»Das darf doch nicht wahr sein! Was ist das hier eigentlich? Das Hauptquartier der Durchgeknallten-Infanterie? Ich fass es nicht!«
»Diesmal ruf ich aber die Polizei«, sagt Gunther und greift nach seinem Handy.
»Auf gar keinen Fall!«, reißt Franz es ihm aus der Hand. »Die haben uns heute schon genug versaut!«
»Franz, dieser Typ hält eine Knarre an den Kopf unseres Lockvogels!«, versuche ich mich als Stimme der Vernunft. »Einen haben wir schon ins Krankenhaus befördert, und der da drinnen ist noch nicht mal versichert, wenn er was abkriegt!«
»Na und? Ist doch nicht mein Problem! Außerdem: Wisst ihr, was hier los ist, wenn jetzt die Bullen anrücken? Dann dreht dieser Bekloppte mit Sicherheit durch und fängt an, wild in der Gegend rumzuballern! So sieht's nämlich aus! Habt ihr Lust, euch 'ne Kugel einzufangen? Ich jedenfalls nicht! Nein, keine Bullen! Wir warten erst mal ab, bis die anderen drei Gestalten zurückkommen. Vielleicht regelt sich dann ja alles von selbst. Wie sieht's denn aus, da drinnen? Wie geht's dem Sängerknaben?«
»Na, was glaubst du wohl, wie's ihm geht? Wahrscheinlich macht er gerade mit dem Kerl ein Fass auf und die zwei lassen sich abwechselnd einen von der Frau blasen! Wie's ihm geht! Wie soll es einem schon gehen, wenn man eine geladene Pistole an der Schläfe hat? Beschissen, natürlich!«
»Mir schon klar, dass es ihm beschissen geht, du Schlaumeier! Aber wie beschissen, will ich wissen! Hält er das durch oder bricht er gleich flennend und in die Hosen scheißend zusammen?«
»Er sieht eigentlich ganz gefasst aus, den Umständen entsprechend. Er redet die ganze Zeit.«
»Er redet? Was redet er denn?«
»Wenn ich von den Lippen ablesen könnte, wäre ich taubstumm, Franz, nicht Kameramann.«

»Hey, das wär's doch mal! Ein taubstummer Kameramann. Gibt's so was bei euch? Dann müsste ich mir nicht mehr deine blöden Kommentare anhören.«
»Ja, und er sich nicht deine dummen Sprüche von der Seite.«
»Die anderen kommen zurück«, flüstert Gunther.
Ich schwenke die Kamera auf den Eingang. Der mit dem teuren Anzug und der Fahrer laufen nebeneinander und unterhalten sich. Der andere folgt fünf Schritte hinter ihnen und betrachtet sich grinsend etwas in einer kleinen Plastiktüte. Er greift hinein und zieht ein golfballgroßes Ding heraus; es ist gelb, mehr kann ich nicht erkennen. Er lässt es immer noch grinsend in seiner Hosentasche verschwinden und wirft die Tüte auf den Boden. Die drei sind am Auto angelangt.
»Ihr werdet's sehen«, sagt Franz. »Der Typ mit dem Anzug regelt das schon. Die Sache hat sich gleich erledigt.«
Der Fahrer öffnet seine Tür, sieht Vinnie, zieht eine Pistole hinter seinem Rücken hervor und hält sie auf Vinnie gerichtet ins Wageninnere.
»Tony!«, brüllt er dem anderen zu, der sofort die hintere Tür aufreißt und ebenfalls eine Kanone zieht. Der Typ in dem teuren Anzug wirft sich flach auf den Boden.
»Na, das hat sich ja toll erledigt«, brumme ich Franz zu.
»Was ist hier los, Polio?«, brüllt der Fahrer ins Auto. »Was ist das für ein Penner? Und wie kommt er hier rein?«
»Wir haben jetzt Ton«, flüstert Gunther.
»Ach komm, echt?«, zischt Franz zurück. »Und ich dachte, irgendjemand hätte das Radio eingeschaltet! Vollidiot!«
»Wer das ist, habe ich gefragt, Polio!«, brüllt der Fahrer weiter.
»Das ist ein Sänger, hat er gesagt«, antwortet der Riesenkerl von der Rückbank aus. »Der war schon hier, als wir eingestiegen sind.«
»Ich glaube, er ist harmlos«, sagt die Frau neben ihm.
»Wer hat dich denn gefragt, Zicke?«, fährt der andere sie an

und richtet die Pistole kurz auf sie. »Du hältst gefälligst die Schnauze, kapiert?«
»Sag mal, wie ist das eigentlich?«, erwidert sie. »Wenn du dir einen runter holst, hältst du die Kanone dann in derselben Hand oder in der anderen?«
Franz prustet, sich die Hand vor den Mund haltend, neben mir los.
»Die ist gut«, kichert er. »Die gefällt mir. Hat so'n bisschen was von der Rudnik.«
»Sieht eher aus wie die Speidel, finde ich«, sagt Gunther.
»Die Speidel?«, tippt Franz sich an den Kopf. »Machst du deswegen Ton? Weil du was an den Augen hast? Die sieht nicht im entferntesten auch nur irgendwie aus wie die Speidel. Also wirklich! Das wäre ja, als würde man …«
»Hey! Seid ihr eigentlich noch ganz sauber?«, gehe ich dazwischen. »Da drüben sitzt einer von unseren Jungs mit drei Knarren am Kopf! Findet ihr nicht auch, dass das eventuell ein ganz kleines bisschen wichtiger ist, als die Frage, wem diese Tussi da ähnlicher sieht?«
»Ja, ja, schon gut, Mr. PC«, verdreht Franz die Augen. »Man wird doch wohl noch ein wenig fachsimpeln dürfen, oder? Also, wie ist die Lage?«
»Nicht besser. Der Fahrer tastet Vinnie gerade ab.«
»Alles klar, Boss!«, ruft er dem Mann in dem teuren Anzug zu. »Der Typ ist sauber!«
Er rappelt sich auf, streicht seinen Anzug glatt, öffnet die Beifahrertür und setzt sich ins Auto.
»So, was haben wir denn hier?«, sagt er ruhig und mustert Vinnie ausführlich. »Einen kleinen, schmutzigen Autodieb, nehme ich an.«
»Das ist ein Sänger, Boss«, erklärt der Riese auf der Rückbank.
»Ich bin kein Dieb«, krächzt Vinnie kaum hörbar. »Das müssen Sie mir glauben. Ich …«
»So, so, kein Dieb. Und was hast du dann in meinem Wagen zu suchen, wenn du kein Dieb bist?«
»Ich weiß es!«, ruft der, der sich mit der Frau angelegt hat.

»Das ist ein Perverser! Das ist so ein Fetischist, ein Auto-Fetischist. Das gibt's. Die kriegen nur einen hoch, wenn sie in fremden Autos sitzen, oder so. Schaut mal nach, bestimmt hat er irgendwo hingew...«

»Nein, nein!«, unterbricht ihn Vinnie panisch. »Ich bin kein Perverser! Echt nicht! Das ist doch nur ein bescheuerter Test hier! Ich mach das doch bloß wegen der Kohle, verfluchte Scheiße aber auch!«

»Ein Test? Was denn für ein Test?«, will der mit dem teuren Anzug wissen.

»Na, fürs Fernsehen! Mit versteckter Kamera! Die testen, wie die Leute reagieren, wenn plötzlich jemand in ihrem Auto sitzt. Und ich gehöre eigentlich gar nicht dazu. Die haben mich da drüben auf dem Parkplatz angequatscht, ob ich ihnen helfe, für vierzig Euro. Klar, mach ich, hab ich gedacht, kein Problem. Und jetzt sitze ich hier und bin gleich tot, verdammt nochmal! Dabei haben wir doch heute Abend unseren Auftritt bei dem Festival! Nicht, dass ich so scharf drauf war, die Band geht mir tierisch auf den Sack mittlerweile, besonders Goppel, dieser Idiot! Aber immer noch besser, als mir hier für diese Fernsehheinis den Schädel wegpusten zu lassen. Ich ...«

»Moment, Momentchen mal, Junge«, stoppt ihn der mit dem Anzug. »Ich höre immer nur Fernsehen. Willst du damit sagen, wir werden die ganze Zeit gefilmt? Jetzt auch? Wo denn? Ich sehe niemanden.«

Vinnie streckt seinen Mittelfinger direkt in unsere Richtung. »Da hinten, rechts neben dem Laster haben sie sich versteckt. Vielen Dank auch für die Hilfe, ihr Arschlöcher!«

»Dieser undankbare Bastard!«, zischt Franz.

»Und diese Leute haben das alles jetzt gefilmt, verstehe ich das richtig?«

»Genau«, nickt Vinnie. »Und heute Abend läuft es dann als Sensation in den Nachrichten. Massaker vor laufender Kamera, das blutige Ende eines blutjungen Sängers. Exklusiv und ungeschnitten, nur bei Sat7! Na, vielen Dank auch.«

»Das glaube ich nicht«, sagt der mit dem Anzug bestimmt.

»Bölke! Tony! Kümmert euch um diese Fernsehleute!«
Der Fahrer und der andere stecken ihre Kanonen ein und laufen direkt auf uns zu.
»Oh, Scheiße!«, keucht Franz, lässt alles fallen, krabbelt unter dem Lastwagen durch und nimmt die Beine in die Hand.
»Du gottverdammtes Arschloch!«, brülle ich ihm hinterher, während Gunther versucht, sich neben mir in einen Alukoffer zu quetschen, den Deckel aber nicht zukriegt.
»Setz dich drauf, Karlchen!«, wimmert er mich an. »Bitte! Setz dich drauf! Schnell!«
»Aber klar, Gunther. Für dich tue ich doch alles«, sage ich und lasse mich mit voller Wucht auf den Koffer fallen. »Es reicht ja auch vollkommen, wenn nur einer von uns drauf geht und wenn ich dieser eine bin. Ist es nicht schön, Kollegen zu haben, auf die man sich verlassen kann?«
»Au! Mein Rücken! Du brichst mir ja das Kreuz!«, jammert er aus dem Koffer.
»Gern geschehen. Keine Ursache, Kollege. Kann ich sonst noch was für dich tun, bevor mich die erste Kugel trifft?«
Der Galgenhumor vergeht mir im nächsten Augenblick, als diese zwei Gestalten vor mir stehen. Sie sagen nichts, sie ziehen noch nicht mal ihre Kanonen. Sie bauen sich einfach nur vor mir auf und starren mich an wie hundert Jahre Mafia. Der Fahrer zeigt auf meine Kamera und streckt fordernd seine Hand danach aus. Da ich bezweifle, dass er weiß, wie man eine solche Kamera öffnet, tue ich es. Ich nehme die Kassette heraus und reiche sie ihm.
»Ist das alles?«, fragt er, während er das Band aus dem Gehäuse zieht.
Ich nicke.
»Wo sind die anderen?«
»Abgehauen.«
»Feine Kollegen.«
»Sie sagen es.« Ich drücke mich noch einmal schwer auf den Koffer.
Er kramt ein Feuerzeug aus seiner Hosentasche und entzündet das aufgewickelte Band am Boden.

»Deinen Perso«, fordert er.
Im ersten Augenblick verstehe ich nicht, was er meint und schaue ihn fragend an.
»Deinen Ausweis«, sagt er. »Gib mir deinen Personalausweis.«
»Ach so, ja, Moment«, erwidere ich.
Ich ziehe meine Brieftasche hinten aus der Hose, fummle den Ausweis aus der Klarsichthülle und reiche ihn herüber.
»Aufschreiben«, sagt er und gibt ihn an den anderen weiter. Der andere notiert etwas in einen kleinen Notizblock, wobei er den Rücken des Fahrers als Unterlage benutzt, dann gibt er ihm den Ausweis zurück.
»So,«, sagt der Fahrer mit Blick auf den Ausweis. »Karl Joswig, Haydnstraße Nummer 7a. Wir wissen jetzt, wo du wohnst. Dir ist klar, was das bedeutet?«
Ich nicke wieder.
»Hast du eine Frau? Kinder?«
»Nur eine Ex«, schüttle ich den Kopf.
»Mein Beileid, das sind die teuersten.«
»Allerdings. Die Hälfte meines Gehalts geht für sie drauf.«
»Willst du sie loswerden?«
Und wieder kapiere ich nicht gleich, was er meint.
»Wie bitte?«, frage ich.
»Verstehe«, zwinkert er mir zu.
Er schnappt sich den Notizblock des anderen, schreibt etwas auf einen Zettel, faltet ihn zusammen und drückt ihn mir in die Hand.
»Das ist mein Handy«, erklärt er. »Überleg's dir. Wir arbeiten sauber und zuverlässig. Nicht ganz billig, aber in drei Monaten hast du das locker wieder drin.«
»Äh ... ja ... danke«, lächle ich ihn unsicher an und stecke den Zettel in meine Brieftasche.
Ich kann mir nicht helfen, aber das ist irgendwie ein verdammt cooles Gefühl, diesen Zettel zu besitzen. Nicht, dass ich sein Angebot jemals wahrnehmen würde, natürlich nicht. Aber allein überhaupt diese Möglichkeit zu haben, ist unbeschreiblich stimulierend und machterfüllend. Dieser

Zettel ist ab jetzt mein heiliger Gral, aus dem ich nie trinken werde, die Garantie für ein wesentlich stressfreieres Leben im Umgang mit meiner Ex. Wenn sie mich das nächste Mal ankeift, weil ihr der Unterhalt nicht reicht, muss ich nur die Hand auf meine Brieftasche legen, und alles, was sie sagt und brüllt und schreit, verschwindet leise und friedlich unter dem Grabstein, dessen Datierung mir allein vorbehalten ist. Ich kriege einen Ständer.

»Gut«, sagt das gnadenlose Werkzeug meiner göttlichen Macht. »Dann bräuchten wir nur noch die Namen deiner Kollegen.«

»Was?«

»Die Namen deiner feinen Kollegen hätten wir gerne noch.«

»Ach, so, ja, natürlich. Franz Fischkopp. So heißt mein Chef. Wie der Fisch und der Kopf ohne f mit zwei p.«

»Schreibst du mit, Tony?«, fragt er den anderen.

»Fischkopp, Franz, mit zwei p, gebongt«, antwortet dieser.

»Weiter. Wer noch?«

»Unser Tontechniker«, sage ich und wippe ein bisschen auf dem Koffer. »Ein Neuer. War heute zum ersten Mal dabei. Wie heißt der noch gleich? Ach ja, Gerhard, glaube ich. Oder Gunther? Nein, es war Gerhard, ganz sicher. Den Nachnamen weiß ich aber nicht. Wie gesagt, er ist neu bei uns. Ein unangenehmer Typ, übrigens. Stinkt, als würde er sich mit Knoblauch die Zähne putzen und mit Bier hinterher gurgeln. Echt widerlich. Aber so was kann man ja einem Kollegen nicht sagen, nicht wahr?«

»Tontechniker, Gerhard«, notiert der andere in sein Notizbuch.

»Gut, dann hätten wir das«, sagt der Fahrer und tritt ganz nah an mich heran. »Die übliche Leier kann ich mir wohl sparen. Ich denke, du weißt, was Sache ist.«

»Keine Polizei, ich habe euch nie gesehen, es ist nichts passiert«, bete ich herunter.

»Exakt. Und genau so erklärst du das auch deinen feinen Kollegen, wenn sie sich wieder blicken lassen.«

»Worauf Sie einen lassen können«, nicke ich.

»Sehr gut, dann war's das. Abmarsch, Tony.«
»Warte!«, hält ihn der andere an der Schulter fest. »Müssen wir ihm nicht noch eine verpassen, um unsere Forderungen zu unterstreichen? Zumindest eine blutige Nase sollte er schon haben, oder? Ich meine, sonst kommen seine Kollegen zurück, und er hat noch nicht mal eine blutige Nase und keiner nimmt uns ernst, das geht doch nicht. Lass mich ihm kurz eine verpassen, Bölke. Sicher ist sicher.«
Der Fahrer kratzt sich am Kinn schaut nachdenklich den anderen an. Ich schlucke zweimal tief. Man nimmt so viele Sachen in seinem Leben als selbstverständlich hin, ohne sie wirklich zu würdigen. Ich fasse mir an die Nase, nur um zu wissen, wie sie sich eigentlich ungebrochen anfühlt.
»Nein«, sagt der Fahrer kopfschüttelnd und legt seinen Arm um die Schulter des anderen. »Nicht bei ihm. Weißt du, Tony, das ist eben etwas, das du nie kapiert hast und weswegen du es auch nie weit bringen wirst in diesem Job. Du hast kein Gespür dafür, wann es genügt, Gewalt nur anzudrohen. Du haust immer gleich drauf, obwohl es in den meisten Fällen gar nicht notwendig ist. Das ist …«
Sie gehen Richtung Auto, und ich atme kräftig aus. Eigentlich hatte ich noch fragen wollen, was jetzt mit Vinnie passiert, aber ich nehme an, sie werden mit ihm genauso verfahren wie mit mir.
»Sind sie weg?«, tönt Gunthers' Stimme dumpf aus dem Koffer.
»Ja«, antworte ich und lasse mich noch einmal schwer darauf fallen, bevor ich ihn öffne. »Komm raus, du Held.«
Gunther schält sich ächzend und stöhnend aus dem Koffer. Er richtet sich langsam auf, die Hände in sein Kreuz gestützt. »Du hast mich da drinnen zwar fast umgebracht mit deiner Hüpferei«, sagt er mit schmerzverzerrtem Gesicht. »Aber trotzdem: Danke, Karlchen! War ein feiner Zug, meinen Namen da rauszuhalten.«
»Ach so, du heißt gar nicht Gerhard?«
»Ha, ha. Nein, im Ernst, ich schulde dir was.«
»Ich werd's mir merken.«

»Sag mal«, hält er sich die Hand vor den Mund und haucht hinein. »Ich stinke nicht wirklich, oder? Das war nur ein Scherz.«
»Gunther, du stinkst wie ein toter Fisch, der in Knoblauchsauce eingelegt seit einem Monat bei 35 Grad im Schatten in einer Bierpfütze treibt. Das war kein Witz. Es ist ein Wunder, dass du in dem Koffer nicht an deinen eigenen Ausdünstungen erstickt bist.«
»Ja, stimmt, es hat schon etwas streng gerochen da drin. Aber ich dachte, das wäre der Koffer.«
»War es auch«, grinse ich ihn an. »Sorry, ich konnte nicht widerstehen. War echt nur ein Scherz.«
Gunther atmet erleichtert auf. Ich schaue zu dem Wagen hinüber; der Fahrer und der andere kommen gerade dort an.
»Haben wir noch Ton?«, frage ich.
»Müsste eigentlich«, antwortet er und setzt seinen Kopfhörer auf. »Ja, glasklar.«
Ich schnappe mir meinen Kopfhörer und beobachte weiter den Wagen. Der Fahrer steht wieder in der offenen Tür neben Vinnie, der andere setzt sich hinten auf die Rückbank.
»Alles klar, Boss«, sagt der Fahrer. »Wir haben die Namen, wir haben eine vollständige Adresse, ich glaube nicht, dass es Ärger gibt.«
»Gute Arbeit, Bölke«, sagt der, den sie Boss nennen. »Aber ich traue diesen Fernsehtypen nicht, in diesem Geschäft gibt es keine Ehre. Wir gehen auf Nummer sicher.«
»Tja«, legt der Fahrer eine Hand auf Vinnies Schulter. »Das bedeutet dann wohl, dass du uns die nächsten 48 Stunden begleitest ... Wie heißt du eigentlich?«
»Vinnie. Aber ...«
»Keine Angst, Vinnie. Wenn in den nächsten 48 Stunden nichts passiert, lassen wir dich laufen, mein Wort drauf. Weißt du, wir brauchen nur eine kleine Rückversicherung, falls deine Kollegen da drüben doch noch auf die äußerst blöde Idee kommen, die Polizei zu verständigen.«
»Das sind nicht meine Kollegen! Ich bin doch nur zufällig hier. Ich hab doch gar nichts mit der ganzen Sache zu tun!«

»Vorsicht ist besser als gar keine Geisel«, sagt der Riesenkerl von hinten. »Stimmt's, Bölke?«
»Richtig, Polio.«
»Ja, aber der Auftritt«, versucht Vinnie sich zaghaft zu wehren. »Die Jungs brauchen mich doch. Ich bin doch der Sänger. Ich muss unbedingt zu diesem Auftritt. Ich kann nicht mit Ihnen fahren, das geht nicht.«
»Hast du nicht vorhin noch gesagt, dass dir diese Band eigentlich gar keinen Spaß mehr macht? Na also! Sieh es einfach als ersten Schritt in Richtung Ausstieg. Und immerhin kannst du ja alles auf uns schieben, auf die bösen Gangster, die dich gekidnappt haben. Also, keine Diskussionen mehr, steig aus, du sitzt hinten neben Tony.«
Vinnie seufzt tief und will sich gerade aus dem Sitz erheben, als ihm der, den sie Boss nennen, seinen linken Arm quer über die Brust legt und ihn zurück hält.
»Warte!«, sagt er und lehnt sich über Vinnie dem Fahrer zu. »Bist du nicht müde von der Fahrt, Bölke? Lassen wir den Jungen doch fahren, dann kannst du dich hinten ein bisschen ausruhen.«
»Soll mir Recht sein, ich könnte schon ein Päuschen vertragen.«
Er öffnet die hintere Tür, quetscht sich zu uns auf die Rückbank und beugt sich zu Vinnie vor.
»Sie zeigt dir den Weg«, sagt er und deutet auf die Frau.
»Ja, aber ich bin doch noch nie …«, antwortet Vinnie, wird aber gleich wieder unterbrochen.
»Nichts, aber«, unterbricht ihn der Boss. »Fahr los. Wir haben schon genug Zeit verplempert.«
»Aber ich kann doch überhaupt nicht …«
»Papperlapapp! Keine Widerrede! Wer sich in fremde Autos setzen kann, kann auch die Konsequenzen tragen. Also, los geht's!«
»Okay«, seufzt Vinnie resignierend. »Wie Sie wollen. Sie sind der Boss.«
Er steckt den Schlüssel ins Zündschloss, startet den Wagen, schließt die Tür, schnallt sich an und fährt los. Das Auto

springt fünf Meter nach vorne und geht aus. Er startet erneut, das gleiche Ergebnis, aber diesmal bleibt der Motor an und es geht ruckweise weiter über die Tankstelle in Richtung Ausfahrt.
Gunther und ich schauen dem ruckenden und springenden Fahrzeug nach, bis es außer Sichtweite ist.
»Der Junge hat noch keinen Führerschein«, erkläre ich.

HUBERTCHEN

»R. Kelly, Dr. Dre, Missy Elliot, Tupac ... Alles nur diese HipHop-Scheiße. Guck dir den Müll an, Rocket! Das ist nur Drecksmucke! Kapier ich nicht. Wer hört denn HipHop in diesem ... Wie alt bist du eigentlich, Hubertchen?«
»Er ist 1936 geboren, steht in seinem Ausweis.«
»Du sollst mir hier keine Rechenaufgaben stellen, Kleine. Ich habe gefragt, wie alt er ist.«
»Achtundsechzig, Koller. Der Mann ist achtundsechzig. Du musst wissen, Cas, Koller hat Mathe nach der ersten Klasse abgegeben.«
»Zusammen mit dem Rest seines Hirns, nehme ich an.«
»Ha, ha! Superwitzig, ihr zwei. Seht euch Hubertchen an, der bricht gleich zusammen vor Lachen. Was ist das denn? Eminem? Das ist nicht dein Ernst, Hubertchen! Nicht Eminem! HipHop allein ist ja schon schlimm genug, aber dieser kleine blonde Wichser ist definitiv die Krönung des schlechten Geschmacks.«
»Ich find ihn ganz gut.«
»Ja, so siehst du auch aus, Kleine. Genau so siehst du aus.«
»Was soll das denn heißen? Wie sehe ich denn aus?«
»Na, wie jemand, der Eminem hört eben.«
»Also, ich finde, du siehst sehr gut aus, Cas. Wenn ich das sagen darf.«
»Oh, Mann, klasse! Ich sitze hier mit einer Eminem-Tussi

und einem Liebeskasper in einem Auto, in dem es nur Hip-Hop gibt! Kann mir mal irgendjemand verraten, womit ich das verdient habe? Du vielleicht, Hubertchen? Nein? Ach, komm schon, rede mit mir, Hubertchen! Nur ein einziges Wort! Dann leg ich auch Eminem für dich ein, versprochen! Oder irgendeine andere deiner CDs, egal was! Hubertchen?«
»Ich bin überhaupt kein Liebeskasper! Ehrlich nicht, Cassidy. Hör nicht auf ihn.«
Das sind nicht meine CDs. Das ist noch nicht einmal mein Wagen. Das ist Jacks Wagen. Jacks Wagen stand heute Mittag auf meinem Parkplatz vor meinem Haus. Die Vorstandssitzung endete früher als geplant. Sie endete mit meinem Rücktritt. Aus gesundheitlichen Gründen, habe ich ihnen gesagt. Das stimmt nicht ganz. Natürlich bin ich nicht mehr der Jüngste. Hier und da ein Zwicken oder ein schmerzendes Gelenk, die Jahre fordern ihren Tribut. Aber davon abgesehen bin ich kerngesund. Ich hätte diese Arbeit mit Leichtigkeit noch einige Jahre bewältigen können. Doch es gibt Wichtigeres, dachte ich. Du musst zuallererst deine Ehe retten, dachte ich. Es stimmt, ich habe viel zu wenig Zeit zu Hause verbracht und vernachlässigt, was mir das Liebste im Leben war. Deswegen trat ich heute Morgen zurück. Für die Liebe meines Lebens. Es sollte eine Überraschung sein. Die ist mir allerdings gelungen. Als ich Jacks Auto auf meinem Parkplatz sah, wusste ich sofort Bescheid. Jack. Der lange Jack. So nennen sie ihn. Weil er ja schließlich ein Schwarzer ist. Und Schwarze haben immer den Ruf, lang zu sein. So lang ist er gar nicht. Ich habe ihn gesehen, als er ihn aus meinem Schnuckelchen zog. Er ist dicker als ich, zugegeben. Aber viel länger ist er nicht.
Ich konnte die beiden bereits hören, als ich die Haustür aufschloss. Dieses Stöhnen würde ich unter Tausenden erkennen. So oft zuvor hatte es mir gegolten. Nur mir. Und selbst in diesem Augenblick bekam ich einen Ständer davon. Es kam aus dem Wohnzimmer. Ich zog leise die Haustür zu und blieb an der Garderobe stehen. Und ich wartete stumm, bis die beiden fertig waren. Alles für mein Schnuckelchen. Ich

weiß, ich bin zu weich. Ich war immer zu weich, wenn ich liebte. Das Stöhnen steigerte sich in die mir wohl vertraute Orgasmusarie und kulminierte in einem noch Sekunden danach im Raum vibrierenden Schrei primärer, ganzheitlicher Lust. Ich spritzte ab. Es war mir zu peinlich, den beiden mit einem Ständer gegenüberzutreten. Ich spritzte in die Innentasche von Jacks braunem Lederblouson, der an der Garderobe hing und wischte mir die Hand an seinem Kragen ab. Dann betrat ich das Wohnzimmer. Sie hingen erschöpft keuchend, die Gesichter nach unten, über dem Esstisch. Jack sah mich zuerst. Er lächelte mich verlegen, aber ohne einen Funken Schuld in den Augen an, glitt rückwärts aus meinem Schnuckelchen heraus und räusperte sich absichtlich. Schnuckelchen drehte sich um, entdeckte mich, zuckte kurz erschreckt zusammen und sagte im selben Augenblick aufatmend: ›Ach, du bist's nur, Bertie. Ich dachte schon, es wäre ein Einbrecher. Was machst du denn so früh hier? Das ist übrigens Jack. Aber ich glaube, ihr kennt euch bereits. Oder Jack? Du kennst doch Bertie?‹ Jack nickte, wischte sich die Hand an meinem Vorhang ab und hielt sie mir hin. Ich schüttelte sie kurz und wortlos. Schnuckelchen zündete sich eine Zigarette an, steckte sie Jack zwischen die Lippen, nahm seinen Schwanz in die Hand, schwenkte ihn grinsend hin und her und sagte: ›Nicht schlecht, oder?‹ ›Ja, nicht schlecht‹, sagte ich und versuchte die Tränen zurückzuhalten, die dieser Anblick zu produzieren begann. Ich schluckte tief und sagte mit zittriger Stimme: ›Ich bin gerade zurück getreten, Claus. So wie du es dir immer gewünscht hast.‹ Er ließ den gar nicht so langen Jack los, hielt sich die Hand vor die Nase und sog laut seinen klebrigen Geruch ein.
›Heißt das, du bist jetzt immer hier?‹, fragte er, sich die Innenseite der Hand ableckend. ›So wie du es dir immer gewünscht hast‹, antwortete ich. ›Von immer war nie die Rede‹, sagte er und legte die Hand auf Jacks Hintern. ›Abends ein bisschen früher, wegen Essen und so. Das hätte es auch getan. Aber egal, irgendwie komme ich schon damit zurecht. Lass uns das später klären, Jack und ich brauchen jetzt erst

mal eine heiße Dusche. Nicht wahr, Jack, mein Großer?‹ Er nahm Jack bei der Hand und führte ihn lächelnd zwinkernd an mir vorbei. Ich brach zusammen. Ich fiel auf die Knie, ein jämmerlicher, schluchzender Haufen Elend. ›Warum tust du das, Claus?‹, heulte ich ihm hinterher. ›Wir sind doch verheiratet! Hat das denn gar keine Bedeutung mehr für dich?‹ Er drehte sich um, kam auf mich zu und blieb dicht vor mir stehen, die Hände in die Hüften gestützt und das, was nicht lange zuvor noch mir gehörte, direkt vor meinen Augen baumelnd. ›Ach, Bertie‹, sagte er. ›Wir haben geheiratet, weil wir es plötzlich durften. Alle haben damals geheiratet. Das war doch nur eine Riesengaudi, sonst nichts. Mensch, jetzt nimm das doch nicht so schwer, Bertie. Stellst dich ja an wie ein Hetero.‹ Das hätte er nicht sagen dürfen. Nicht zu mir. Ich war der erste Homosexuelle in Deutschland, der das in seinen Lebenslauf geschrieben hat. Was habe ich dafür alles einstecken müssen. Aber ich habe nie aufgegeben. Ich habe mich nie versteckt. Ich habe immer gekämpft. Es waren Homosexuelle wie ich, die es überhaupt erst möglich gemacht haben, dass Berlin jetzt einen schwulen Bürgermeister hat. Und das ist verdammt noch mal gut so! Niemand nennt mich Hetero. Auch nicht die Liebe meines Lebens. ›Ich bin jung, Bertie‹, machte er weiter. ›Ich bin erst siebenundzwanzig. Ich will ficken, solange ich noch ohne Viagra einen hoch kriege. Und ich will gefickt werden, wann immer mir danach ist. Und genau das bringst du eben auf Dauer nicht. Ist ja auch ganz normal in deinem Alter, da funktioniert eben manches nicht mehr so gut. Aber das macht ja nichts, dafür gibt's ja …‹ Der Rest dieses Satzes wich einem Schrei, der dem eines frisch abgestochenen Schweins glich, nur um einiges lauter. Meine Zähne funktionierten anscheinend noch sehr gut für mein Alter. Ich hatte zugebissen. Ich hatte ihn abgebissen, ohne auch nur einen Moment darüber nachgedacht zu haben. Und ich wunderte mich noch darüber, wie leicht es gegangen war, als ich schon aufsprang und los rannte. Jacks Schlüsselbund lag auf der Anrichte, und ich schnappte ihn mir reflexartig im Vorbeihasten. Ich konnte

Claus noch schreien hören, als ich bereits in Jacks Wagen saß und die Auffahrt hinunterrollte. Mein armes, geliebtes Schnuckelchen. Was hatte ich bloß getan? Es tat mir unsagbar weh, ihn so leiden zu hören. Es zerriss mir den letzten Rest Herz, den seine Worte nicht zerfetzt hatten.
An einer Ampel hielt ich an und sank schluchzend über dem Lenkrad zusammen. Mir war, als könnte ich ihn immer noch schreien hören, mein armes, armes Schnuckelchen. Ich sah ihn vor mir, am Tag unserer Hochzeit, wie wir uns küssten, und ich spürte förmlich den Geschmack seines Kusses auf meiner Zunge. Nein, das war nicht der Geschmack seines Kusses. Das war er. Ich hatte ihn noch immer im Mund. Vielleicht ist es ja noch nicht zu spät, dachte ich für einen Moment lang enthusiastisch. Wenn ich jetzt schnell zurück fahre, dann ist er eventuell noch zu retten. Doch sehr bald darauf hatte sich diese Hoffnung von selbst erledigt.
Mittlerweile war die Information, was ich dort im Mund hatte, bis in den Teil meines Hirnes vorgedrungen, dem das ganz und gar nicht schmeckte. Ein Würgereiz umklammerte meinen Rachen, und bevor ich mich dagegen wehren konnte, ließ ich auch schon das Fenster herunter und entleerte meinen Mund auf den Asphalt. Das letzte bisschen, das ich von meiner großen Liebe hatte, sprang auf dem Pflaster auf, drehte sich zweimal um sich selbst in der Luft und kullerte auf einen Kanaldeckel zu, kam aber gerade noch rechtzeitig kurz vor der Öffnung zum Stillstand. Erleichtert atmete ich auf. Hinter mir hupte es. Die Ampel war längst wieder auf Grün gesprungen. Es gab Wichtigeres. Ich öffnete die Tür. Gerade als ich aussteigen wollte, fuhr ein Wagen neben mir vor, ein großer Geländewagen, und versperrte mir den Weg. Der Fahrer ließ das Fenster auf meiner Seite herunter. ›Ey, Opa!‹, beugte er sich zu mir rüber. ›Wartest du auf Joschka Fischer, oder warum ist dir das nicht grün genug?‹ Ich reagierte nicht. Alles, was ich fassungslos tun konnte, war, auf sein rechtes Vorderrad zu starren, das zur Hälfte auf dem Kanaldeckel stand. Er zeigte mir noch einen Vogel und fuhr langsam los. Und da sah ich mein Schnuckelchen zum letzten Mal. Er

klemmte in einer Profilrille der dicken Reifen des Geländewagens und verabschiedete sich im Umdrehungsabstand des Rades immer wieder kurz aufblitzend von mir. Ich winkte ihm nach, bis er um eine Ecke verschwunden war, und von diesem Augenblick an betrachtete ich mich als tot.

Ich startete Jacks Wagen und fuhr los, ohne Sinn, ohne Ziel, ohne Liebe, ohne Leben. Wie ich auf die Landstraße in diese Gegend kam, weiß ich nicht. Aber plötzlich war ich dort, und ich dachte, dieser Platz ist genau so gut zum Entledigen dessen, was mich noch atmen lässt, wie jeder andere. Also fuhr ich einfach weiter, immer schneller, aber es wollte sich niemand meines Elends erbarmen. Sie wichen mir alle aus, und ich fing an, sie dafür zu hassen. Dieses rücksichtslose, egoistische Pack. Denken immer nur an sich und ihr eigenes kleines Dasein. Was wisst ihr denn schon von echter, wahrer Liebe? Es gibt kein Mitgefühl heutzutage. Da wird vielleicht gerade noch einem alten Mütterchen über die Straße geholfen, aber wenn dann mal einer über den Jordan will, rührt keiner einen Finger. Es blieb mir nichts anderes übrig, als es zu erzwingen. Zu dumm, dass es nicht funktioniert hat.

Aber egal, tot bin ich ja bereits, den Rest werde ich auch noch los, besonders in dieser Gesellschaft. Ich weiß nicht, was diese drei jungen Heteros für Probleme haben, aber umsonst läuft niemand mit einer Pistole herum. Sie scheinen auf der Flucht zu sein. Ich hoffe, es ist etwas Lebensbedrohliches, und ich befinde mich mittendrin, wenn es los geht. Oder dieser Junge, den sie Koller nennen, überlässt mir seine Pistole für einen kurzen Augenblick. Das muss ja nicht freiwillig sein. Ich schaffe das schon irgendwie. Denn alles, was ich zu verlieren gehabt hätte, verschwand heute Mittag unter dem Rad eines Geländewagens.

»Also, jetzt mal ehrlich, Kleine. Was findest du denn an diesem Eminem so gut? Kannst du mir das verraten?«

»Na ja, im Gegensatz zu dir ist er zum Beispiel schon mal sehr witzig.«

»Witzig? Was ist denn an diesem Wichser bitteschön witzig?«

»Ach, Koller, was bringt es denn, sich über Eminem aufzure-

gen? Das ist doch so was von egal, egaler geht's gar nicht.«
»Ach ja, auf einmal! Auf einmal ist es egal! Neulich war es noch nicht egal, da hast du dich über eine halbe Stunde lang über Eminem aufgeregt, und zwar vom Feinsten! Aber das geht jetzt natürlich nicht, denn die Kleine findet Eminem ja so super, und du willst ihr an die Wäsche, und darum ...«
»Ich will überhaupt niemandem an die Wäsche, verdammt! Und wenn du nicht bald mal mit diesem Mist aufhörst, gehe ich dir gleich an die Wäsche, kapiert! Tut mir Leid, Cassidy. Ich weiß wirklich nicht, wie er darauf kommt. Ich ...«
»Schon gut, Rocket. Er ist eben ein Idiot. Lass dich nicht provozieren. In Wirklichkeit ist er es nämlich, der mir an die Wäsche will.«
»Ja, genau, träum weiter, Kleine! Wenn einer jahrelang Porsche fährt, wird er bestimmt nicht mehr in einen Käfer steigen.«
»Na, da bin ich aber beruhigt. Wir wissen schließlich alle nur zu gut, was aus deinem letzten Porsche geworden ist.«
»Genau, Koller! Und außerdem ist Cassidy überhaupt kein Käfer! Sie ist ... Sie ist ein Ferrari, mindestens.«
»Oho, schau an! Jetzt ist sie also schon ein Ferrari! Dann musst du mir nur noch eins verraten, Bruderherz. Wie willst du jemals Ferrari fahren, wenn du nicht mal die Tür aufkriegst?«
»Ich will doch gar nicht fahren, verdammt! Wer hat denn irgendwas von fahren gesagt? Es ging doch überhaupt nicht ums fahren! Ehrlich nicht, Cassidy! Das musst du mir glauben!«
Also, ich bin sehr viel gefahren, bevor mir mein Ferrari gestohlen wurde. Mein wunderschöner Ferrari. Ich weiß nicht, was mit dem letzten Porsche dieses Jungen passiert ist. Aber bestimmt hat ihm niemand den Motor abgebissen.
Eins steht fest, und das nicht erst seit eben. Diese Heteros werde ich wohl nie verstehen. Der, den sie Koller nennen, der geht ja noch. Der gibt wenigstens offen zu, dass er gerne fickt. Der steht zu seinen Trieben. Auch wenn er es in Metaphern ausdrückt, was aber wahrscheinlich nur an der An-

wesenheit des Mädchens liegt. Aber der andere, sein Bruder. Warum sind Heteros so verklemmt, wenn es um ihre Triebe geht? Er will dieses Mädchen ficken, das ist offensichtlich. Und so ganz abgeneigt scheint sie auch nicht zu sein. Wobei es mir schon immer schwer fiel, das bei Hetero-Weibchen exakt festzustellen. Hetero-Weibchen sind Meister der Tarnung, was ihre Triebe anbelangt. Jedenfalls wurde sie rot und hielt sich die Hand vor ein Lächeln, als er sagte, sie sei ein Ferrari. Eigentlich steht einem gesunden Austausch von Trieben hier also nichts im Wege. Aber es kommt eben nicht dazu. Weil er sich nicht traut, es offen auszusprechen, und sie sich als ordentliches Hetero-Weibchen zieren muss. Wahrscheinlich möchte sie klassisch umworben und erobert werden. Ein Kinobesuch, ein Treffen im Restaurant, lange Telefonate, dann irgendwann Wochen später ein privates Abendessen, und wenn er alles richtig macht, wenn er jede einzelne Wertschätzungsprüfung bestanden hat, kommt man endlich zu dem, um das es von Anfang an eigentlich ging. Die spinnen doch, die Heteros. Jack hat mit Sicherheit keine zehn Sekunden gebraucht, um mein Schnuckelchen davon zu überzeugen, sich von ihm ficken zu lassen. ›Hi, Claus‹, wird er gesagt haben. ›Geiles Wetter heute. Lass uns ficken.‹ Das war's, mehr braucht es nicht, gesagt, getan. So habe ich das auch immer gehalten, als ich jung war. Ich habe keine Gelegenheit an keinem Ort ausgelassen. Mein Gott, die ständig pulsierende Geilheit der Jugend. Das war ein ewig erigiertes Fest schweißnasser Lust. Wann bin ich eigentlich so spießig geworden? Claus ist siebenundzwanzig. Natürlich will er so viel wie irgend möglich ficken. Es steht mir nicht zu, ihn dafür zu verurteilen.

»Oh, Scheiße!«, flucht der Verklemmte und schaut in den Außenspiegel.

»Was denn?«, fragt sein Bruder. »Was ist los?«

»Hinter uns.«

Das Mädchen dreht sich um.

»Die Bullen«, sagt sie.

»Das war's dann wohl«, seufzt der Verklemmte.

»Quatsch war's das! Bei dir geht immer gleich die Welt unter, wenn's ein bisschen regnet, Rocket. Wart's doch erst mal ab. Ist vielleicht nur 'ne Routinekontrolle, wenn überhaupt.«
»Und wenn nicht? Du hast vor ein paar Stunden einem Typ ins Bein geschossen, falls du das vergessen hast! Und wie Cassidy vorhin schon sagte, die haben hundert pro längst 'ne Fahndung nach uns laufen.«
»Aber nicht in dieser Karre. Wenn, dann suchen die drei Leute in einem Opel, nicht vier in einem Benz. Also macht euch ganz locker. Hubertchen, reich mir mal die Papiere vor.«
»In seiner Brieftasche waren keine Autopapiere«, bemerkt der Verklemmte.
»Dann guck im Handschuhfach nach.«
Der Verklemmte öffnet das Handschuhfach, greift hinein und zieht eine braune Ledermappe hervor. Er klappt sie auf und hält einen Fahrzeugschein in die Luft.
»Bingo, hab sie!«
»Die Bullen haben ihr Blaulicht eingeschaltet«, berichtet das Mädchen. »Und der eine hat schon die Kelle in der Hand.«
»Okay, ganz cool bleiben, verstanden? Gib mir die Papiere, Rocket.«
»Scheiße, gib Gas, Koller! Los, drück drauf, sonst sind wir am Arsch!«
»Hey, cool, hab ich gesagt! Tief durchatmen! Ganz locker bleiben, Rocket! Nimm dir ein Beispiel an Hubertchen, der ...«
»Der hat diese Karre geklaut, Koller! Das ist nicht sein Benz! Die Kiste gehört einem gewissen Jack Zuckanal, hier steht's, guck!«
Er hält ihm Jacks Fahrzeugschein unter die Nase.
»Oh, verflucht! Sag mal, spinnst du, Hubertchen? Du kannst uns doch hier nicht in 'ner gerippten Karre durch die Gegend fahren lassen, ohne was zu sagen! Und überhaupt: Wieso klaut einer wie du eigentlich Autos? Siehst nicht so aus, als hättest du es ...«
»Sie setzen zum Überholen an!«, ruft das Mädchen.
»Scheiße! Festhalten, Leute!«

Er gibt Gas, der Wagen schnellt vorwärts, die Fliehkraft drückt mich in den Sitz. Ich vergewissere mich, dass ich nicht angeschnallt bin und rutsche mehr in die Mitte, damit sich kein Sitz zwischen mir und der Frontscheibe befindet. Gut, von mir aus kann es losgehen. Vollgas, Junge. Und vergiss die Bremsen, wenn uns ein Brückenpfeiler entgegenkommt.

Der Streifenwagen ist dicht hinter uns und hat mittlerweile auch die Sirene eingeschaltet. Wir wechseln die Spur ganz nach links. Der Streifenwagen zieht hinterher. Ich schaue auf den Tacho. Wir sind bei knapp 200 km/h. Da ist mehr drin, Junge. Bloß nicht nachlassen jetzt.

»Okay, Rocket, pass auf: Etwa einen Kilometer nach der nächsten Kurve müsste eine Ausfahrt kommen. Merk dir die Ortsangaben auf dem Schild.«

»Gebongt. Was hast du vor?«

»Das wirst du schon sehen. Mit dem richtigen Timing müsste es klappen.«

Wir rasen um die Kurve. Ich muss mich festhalten, um meine Position in der Mitte nicht zu verlieren. Der Wagen schlingert am Ende der Kurve kurz. Ja, das war es doch schon fast! Weiter so!

»Okay, die Show geht los, Leute. Hebt eure Arme in die Luft. Wir geben auf.«

Das Mädchen und der Verklemmte schauen sich kurz verwundert an und strecken dann langsam ihre Arme in die Höhe.

Wie bitte? Nein! Das kann doch nicht sein! Lasst eure Hände unten! Hier wird nicht aufgegeben, bis ich endlich tot bin! Was soll das denn jetzt? Er schaltet den Warnblinker an. Er wird langsamer. Er geht auf die rechte Spur. Der Streifenwagen fährt hinterher und setzt zum Überholen an. Wir fahren nur noch 120 km/h. Der Streifenwagen ist direkt neben uns. Ein Polizist gibt uns per Handzeichen zu verstehen, dass wir rechts auf den Standstreifen fahren sollen. Der Junge drückt wieder aufs Gas. Wir beschleunigen auf 180 km/h. Der Streifenwagen neben uns kann gerade noch mithalten.

Jetzt weiß ich, was er vorhat. Das klappt nie und nimmer. Wir sind viel zu schnell für diese Ausfahrt. Diese Kurve ist definitiv zu eng. Es wird uns heraus schleudern, direkt in die Bäume dahinter. Guter Junge.
Wir sind circa fünfzig Meter vor der Ausfahrt, der Tacho zeigt 160 km/h. Der Junge tritt voll auf die Bremse, das ABS-System greift, und er reißt das Steuer nach rechts. Das Mädchen krallt ihre Hand in meinen Oberschenkel. Der Verklemmte hält sich beide Arme vor die Augen. Wir schießen sehr dicht an der linken Leitplanke der Ausfahrt vorbei. Noch etwa dreißig Meter geradeaus, dann kommt ein scharfer Knick. Wir sind zu schnell, das müsste genügen. Der Junge lenkt leicht nach links. Wir schrammen an der Leitplanke entlang. Nein, das wird nicht reichen. Vergiss es, Junge. Er zieht die Handbremse. Der Wagen bricht hinten aus und zerfetzt die Leitplanke. Wir schlittern seitlich auf die Kurve zu. Er löst die Handbremse, reißt das Steuer nach rechts und gibt leicht Gas. Der Wagen dreht sich, die Leitplanke der Kurve mit dem Heck streifend, um 180 Grad und kommt schließlich in einem letzten Ruck zum Stillstand. Verflixt, das war knapp! Es gibt wohl solche Tage, an denen einfach nichts klappen will.
»So viel dazu«, grinst der Junge in den Rückspiegel. »Alles in Ordnung bei euch? Hubertchen, alter Autoknacker? Da bist du sprachlos, was?«
»Das ... Das war ...«, stottert der Verklemmte.
»Völliger Wahnsinn!«, schreit das Mädchen los. »Du bist doch echt nicht mehr ganz sauber! Normalerweise würden wir jetzt alle da drüben an einem Baum kleben, du durchgeknallter Vollidiot! Mach so was nie wieder, hörst du!«
Ich löse vorsichtig ihre sich immer noch festkrallende Hand von meinem Bein.
»Finger weg, Alter!«, schreit sie mich an und gibt mir eine Ohrfeige. »Erst ein Auto klauen und uns zweimal fast damit umbringen, und jetzt auch noch rumtatschen!«
»Hey, Kleine, jetzt reg dich ab! Es ist doch überhaupt nichts passiert! Und du solltest Hubertchen lieber dankbar sein,

statt auf ihn einzudreschen. Perfekte Wahl, Hubertchen! Das hätte mit den meisten anderen Karren nicht so gut geklappt. Die Kiste hat genau so reagiert, wie sie sollte.«

»Ja, ja, jetzt tu noch so, als wäre das alles Absicht gewesen!«, keift ihm das Mädchen in den Nacken. »Das kannst du von mir aus deinem bescheuerten Lemmy erzählen! Das war reines Glück, sonst nichts! Unsere Chance, das zu überleben, war in etwa so groß wie die Wahrscheinlichkeit, dass eine kerngesunde Zwanzigjährige beim Vögeln tot umkippt!«

»Dafür kann ich nichts! Wie oft muss ich das denn noch sagen? Aber fahren kann ich, sonst würdest du jetzt nicht mehr da hinten sitzen und mich anplärren!«

»Ich wusste nicht, dass du fahren kannst«, sagt sein Bruder. »Ich meine, so fahren. Ich meine, woher auch? Meistens hab ich dich ja gefahren.«

»Das ist Büffel-Standard. Er schickt jeden, der für ihn arbeitet, zu so einem Fahrertraining. Eine Woche auf dem Hockenheimring. Das war im März, hab ich dir das nicht erzählt?«

Der Verklemmte schüttelt den Kopf.

Das Mädchen fängt plötzlich an zu lachen.

»Wisst ihr eigentlich, wie paradox das alles ist? Ihr fahrt quer durchs Land, um euch vor dem Büffel zu verstecken. Dank dieses Fahrertrainings, dass er bezahlt hat, seid ihr gerade noch so am Leben und den Bullen entkommen, nur um irgendwann doch von ihm erwischt und auf der Stelle kalt gemacht zu werden. Wenn ich nicht gerade hier mittendrin in diesem Schlamassel sitzen würde, wäre das eine wirklich komische Geschichte. Aber ...«

»Weißt du was?«, dreht sich dieser Koller zu ihr um. »Verpiss dich! Hau ab! Du gehst mir schon die ganze Zeit so was von auf die Eier mit deinem Rumgemeckere. Es war ein Fehler, dich mitzunehmen. Wir brauchen keine Geisel. Du bist frei, da ist die Tür, verschwinde!«

Also, ich bleibe ganz bestimmt. Ich weiß zwar nicht, wer oder was dieser Büffel ist, aber es klingt so, als bräuchte ich ihm nur einmal ans Schienbein zu treten, um endlich sterben zu

dürfen. Wenn er es auf das Leben dieser beiden Jungs abgesehen hat, wird ihm ein alter Mann zusätzlich wohl auch nichts mehr ausmachen.
Das Mädchen ist auf einmal ganz still geworden und hat den Kopf auf die Brust gesenkt. Ich hätte sie nie für eine Geisel gehalten. Sie wirkte die ganze Zeit über so, als gehöre sie dazu. Sie machte nicht den Eindruck, unfreiwillig mit diesen zwei Jungs unterwegs zu sein.
Der Verklemmte dreht sich zu ihr um und sieht sie traurig an.
»Geh, Cassidy. Es ist besser so.«
Sie hebt ihren Kopf und schaut ihm ins Gesicht. Ihre Wangen beginnen zu zittern. Tränen schießen in ihre Augenwinkel.
»Ihr wollt mich also auch nicht!«, schluchzt sie laut los und vergräbt das Gesicht in den Händen.
»Oh, Mann, das glaub ich ja jetzt wohl nicht!«, stöhnt dieser Koller.
»Niemand will mich!«, heult sie noch lauter auf. »Noch nicht mal zwei Idioten wie ihr!«
»Aber nein, Cassidy. Das stimmt doch gar nicht«, versucht der Verklemmte sie zu beruhigen.
»Du musst nicht gehen, wenn du nicht willst. Niemand schickt dich weg, bestimmt nicht. Stimmt's, Koller? Cassidy kann natürlich bleiben, wenn sie will.«
»Ach, macht doch, was ihr wollt! Wenn du hier unbedingt weiter den Frauenversteher spielen willst, mir doch egal! Ich kümmere mich jetzt erstmal darum, diese Karre los zu werden, sonst können wir gleich eine Dauerreservierung im Hotel Grün/Weiß ausfüllen. Hoffentlich springt die Kiste nach diesem Manöver wieder an.«
Das Mädchen lässt erleichtert schniefend ihren Kopf fallen und schließt die Augen.
Koller versucht den Wagen zu starten. Beim dritten Anlauf funktioniert es und wir setzen uns in Bewegung. Es scheppert am Heck und vom vorderen linken Radkasten ist deutlich ein Schleifgeräusch zu hören.

»Weit kommen wir eh nicht mehr in diesem Zustand«, sagt Koller besorgt. »Wird uns nichts anderes übrig bleiben, als ihn hier irgendwo im Wald abzustellen und den Rest zu laufen.«
»Laufen? In einer halben Stunde ist es stockdunkel, und da draußen scheint nichts außer Wald zu sein. Wie weit ist es denn noch zu Onkel Otto?«, fragt sein Bruder.
»Kann nicht so weit sein. Ich glaube, es wäre die nächste Ausfahrt gewesen. Hast du dir gemerkt, was auf dem Schild stand?«
»Da stand irgendwas von Unterkleinerdingen, oder so.«
»Ich rufe Onkel Otto an, sobald wir die Karre los sind. Der wird uns dann den Weg schon erklären. Und vielleicht haben wir ja Glück und Hubertchen klaut uns einfach ein neues Auto. Oder, Hubertchen? Das würdest du doch bestimmt für uns tun, nicht wahr? Wie bitte? Hubertchen? Komm schon, rede mit mir! Nur ein einziges Mal! Hm? Ach, ich geb's auf!«

REBECCA

»Ich glaub, jetzt hab ich's raus. Mann, ist das geil! Ich muss unbedingt bald den Führerschein machen. Wenn das nur nicht so scheißteuer wäre.«
»Lassen sie mich wieder fahren, Chef. Mir ist nicht wohl bei der Sache. Der Junge hat doch überhaupt keine Erfahrung, geschweige denn die Nerven, falls es kritisch wird.«
»Ich weiß, Bölke. Und du hast natürlich Recht. Aber wir fahren ja nur ein bisschen spazieren. Der Bursche macht das doch ganz gut. Dem Nachwuchs eine Chance, Bölke. Was er heute lernt, vergisst er nie.«
»Trotzdem, das macht mich nervös, Chef. Man weiß schließlich nie, was alles passieren kann. Lassen sie uns bitte bei der nächsten Gelegenheit tauschen. Der Junge wird in seinem Leben noch genügend Gelegenheit haben ein Auto zu fah-

ren, und ich wäre wesentlich beruhigter, was unsere und vor allem ihre Sicherheit angeht.«
»Ach, guter, alter Bölke. Immer in loyaler Sorge um seine Getreuen. An dir ist wahrhaftig ein Russe verloren gegangen, und ich weiß das zu schätzen. Aber selbst für den gewissenhaftesten Mann kommt manchmal der Zeitpunkt, sich zurückzulehnen und durchzuatmen. Und jetzt ist so ein Zeitpunkt, Bölke. Lehn dich zurück und versuch ein wenig zu schlafen, so wie Polio. Schaut ihn euch an. Wenn man Polio beim Schlafen zusieht, erscheint die ganze Welt plötzlich leise und friedlich wie ein russischer Sommer auf dem Land.«
Genau, es war im Sommer. Er trug ein braunes, kurzärmeliges Hemd. Und er war viel jünger, hatte noch keinen Bart. Und kleiner war er, viel kleiner. Aber das kann eigentlich nicht sein. Ich glaube, er hat gesessen, und ich stand irgendwie vor ihm. Im Schwimmbad? Nein, es war nicht im Schwimmbad. Das macht mich wahnsinnig. Woher kenne ich den Büffel, verdammt noch mal! Seit heute Morgen in meiner Küche muss ich daran denken. Ich kenne dieses Gesicht, das weiß ich ganz genau. Nur woher will mir einfach nicht einfallen. Aber es war mit Sicherheit keine normale Begegnung. Er ist mir nicht beiläufig in der U-Bahn über den Weg gelaufen, oder im Supermarkt, oder an sonst einem öffentlichen Ort. Es muss irgendetwas Ungewöhnliches passiert sein, als ich ihn gesehen habe. Wenn mir nicht bald einfällt, was das war, drehe ich noch durch. Es gibt nichts Nervtötenderes, als zu wissen, dass man etwas weiß, und nicht drauf zu kommen. Hör auf drüber nachzudenken, Becca. Lenk dich ab, denk an etwas anderes, dann fällt es dir von alleine wieder ein.
Der Sicherheitsbeauftragte und Hinrichtungsfanatiker Bölke neben mir hat sich brav zurückgelehnt und die Augen geschlossen, so wie sein Herrchen es ihm befohlen hat, aber er schläft nicht wirklich. Bei jeder scharfen Kurve, bei jedem Ruck, den der Wagen macht, verzieht sich sein Gesicht in Sorgenfalten. Für ihn gibt es wahrscheinlich nichts Schlim-

meres, als die Verantwortung für seinen Chef an einen Grünschnabel abgeben zu müssen. Der Grünschnabel selbst ist eigentlich ganz süß. Knackiger Hintern, gut gebaut, und er hat dieses Lächeln, bei dem mit Sicherheit die eine oder andere schwach wird, ohne zu wissen, wie ihr geschieht. Tja, wenn ich nur dreißig Jahre jünger wäre, dann ... müsste ich jetzt nicht in diesem Auto sitzen und drei Gangstern den Weg zu meinen Söhnen zeigen, damit sie beide umbringen können. Ich traue diesem Büffel nicht, nicht für eine Sekunde. ›Ihrem Robert wird kein Haar gekrümmt, das verspreche ich ihnen.‹ Ja, genau. Und im Vatikan eröffnet übermorgen eine Abtreibungsklinik. Ich stehe auch auf seiner Liste, das ist mir klar. Er wäre dumm, wenn das nicht so wäre, und keiner, der in diesem Geschäft dumm ist, erreicht sein Alter. Keine Zeugen, keine unangenehmen Überraschungen. Vertrauen ist gut, tot ist besser. Und Tote wird es geben, so viel steht fest. Ich bin nur mitgekommen, um vielleicht dafür sorgen zu können, dass es nicht die Falschen trifft. Ob und was ich dazu beitragen kann, weiß ich noch nicht, aber es ist besser hier zu sein, als zu Hause zu sitzen und auf einen Anruf zu warten. Außerdem habe ich ja noch Otto, und Otto fällt immer etwas ein. Wenn mir nur endlich einfallen würde, woher ich diesen verdammten Büffel kenne! Eine Kneipe? Eine Disco? Nein, auch nicht. Aber es ist mindestens zwanzig Jahre her, wenn nicht noch länger. Beim Arzt vielleicht? Ich komme schon noch drauf! Und wenn es das Letzte sein wird, an das ich mich erinnere.

»Sag mal ... Vinnie war dein Name, oder?«

Nein, seine Stimme hilft mir auch nicht weiter. Unsere Begegnung muss ohne Worte abgelaufen sein.

»Ja, Vinnie«, nickt der Grünschnabel.

»Also, sag mal, Vinnie, womit verdienst du eigentlich dein Geld, wenn du dir noch nicht einmal den Führerschein leisten kannst?«

»Och, ich brauch ja sonst nicht viel. Ich hab gerade Abi gemacht und wohne noch bei meinen Alten. Ein bisschen Kohle kommt durch die Band rein, aber das ist auch nicht mehr so das Wahre. Ich fang im Oktober an zu studieren. Mal gucken, ob das was für mich ist.«

»Eine gute Ausbildung ist wichtig, das sagte schon mein Großvater damals. Nur dass es in der alten Heimat für jemanden vom Land keinerlei Möglichkeiten gab, sich auszubilden. Deswegen ging ich mit siebzehn nach Deutschland zu meinem Vetter Pjotr, der hier einige, sagen wir mal, sehr lukrative, wenn auch nicht ausgesprochen legale Geschäfte betrieb. Das erste, was Vetterchen Pjotr tat, als ich bei ihm ankam, war, mich in einen Deutschkurs zu schicken. Die ersten zwei Jahre hier bestand meine einzige Beschäftigung darin, perfekt Deutsch zu lernen. ›Wenn du die Gesetze eines Landes zu brechen gedenkst, musst du zuallererst seine Sprache beherrschen‹, sagte Vetterchen Pjotr immer. Der gute, alte Pjotr. Ich habe ihm sehr viel zu verdanken. Aber zurück zu dir, Vinnie. So ein Studium kostet Geld. Wie planst du, das zu finanzieren?«

»Keine Ahnung. Hab ich mir noch keine Gedanken drüber gemacht. Ich nehme an, meine Alten werden mich unterstützen.«

»Sicher werden sie das. Aber wärst du nicht lieber ein wenig unabhängiger? Gerade als junger Mensch gibt es kaum ein beruhigenderes Gefühl, als ein Bündel eigener Geldscheine in der Tasche stecken zu haben und sie auch ausgeben zu können, ohne darüber nachdenken zu müssen, wie lange der Monat noch ist. Wo wirst du studieren, Vinnie?«

»In Frankfurt. Ich wohne da in der Nähe. Warum?«

»Frankfurt, aha. Nur so ein Gedanke, Vinnie. Was würdest du davon halten, wenn ich dir den Führerschein plus einwöchiges Fahrertraining in Hockenheim bezahle? Ich habe in Frankfurt ein paar Geschäfte laufen, die mir Sorgen machen. Ich könnte gut einen jungen, nicht zimperlichen und loyalen Mann gebrauchen, der vor Ort ist und mir regelmäßig Bericht erstattet. Natürlich müsstest du auch kleinere Aufgaben übernehmen, Botengänge und ähnliches, das wäre deine offizielle Arbeit, denn es soll natürlich niemand wissen, dass du als Beobachter für mich tätig bist. Wenn das klappt, musst du dir um die Finanzierung deines Studiums jedenfalls keine Gedanken mehr machen.«

»Was ... was sind das denn für Geschäfte?«

»Bordells. Vornehmlich Luxusbordells für gehobenere Klientel. Und ich werde das Gefühl nicht los, dass mein Mann dort beginnt, sein eigenes Ding abzuziehen. Und mein Gefühl täuscht sich so gut wie niemals.«

»Ich soll in einem Puff arbeiten?«

»In mehreren. Hättest du damit ein Problem?«

»Ob ich damit ein Problem hätte, in einem Luxuspuff zu arbeiten? Meister, das ist der coolste Job, den ich mir überhaupt vorstellen kann! Das wäre ein absoluter Traum!«

»Sehr gut. Aber denk nochmal in Ruhe darüber nach. Wir besprechen dann die Einzelheiten, wenn diese Sache hier erledigt ist. Ach ja, und meine Leute nennen mich Chef, nicht Meister.«

»Geht klar, Chef! Mann, wie endgeil das ist! Ich werde in einem Puff arbeiten! Luxusweiber für lau bis zum Abwinken! Echt abgefahren!«

Süß, knackig und naiv bis zum Mond, der Grünschnabel. In solchen Läden gibt es keinen Mitarbeiterrabatt. Und seine Hauptarbeit wird daraus bestehen, labbrig klebende Kondome zu entsorgen und verwichste Bettlaken zu waschen. Aber ich will ihm seinen Traum nicht zerstören; das wird er selbst früh genug merken.

So schnell geht das also. Der Büffel hat ein neues Hündchen. Wahrscheinlich muss er sich ständig neue zulegen, weil keiner von ihnen sehr alt wird, nicht einmal in Hundejahren gezählt.

Mensch, könnte es vielleicht in dem Laden gewesen sein, in dem ich damals einen Monat lang gestrippt habe, um die was weiß ich wievielte Kaution für Kollers Vater zusammenzukriegen? Das würde zumindest erklären, warum ich ihn sitzend und mich über ihm stehend in Erinnerung habe. Aber, nein, so weit unter mir sehe ich ihn dann doch nicht. Das passt nicht in das verschwommene Bild, das mein Hirn zermartert.

»Sagen sie, Gnädigste«, dreht sich mein Peiniger zu mir um. »Wie lange wird denn diese Fahrt noch dauern?«

Ich fixiere ihn starr. Gleich hab ich's, ganz sicher. Diese Augen, ich kenne diese Augen. Für einen kurzen Moment starrt auch er mich an, dasselbe Fragezeichen auf den Pupillen. Ja, wir haben uns schon mal gesehen, Herr Büffel. Mist, er weiß es auch nicht. Aber er hat darüber nachgedacht. Wenn ich es nicht gleich rauskriege, fange ich an zu schreien!

»Gnädigste? Geht es ihnen gut? Sie machen einen leicht abwesenden Eindruck.«

»Wie bitte, was?«

Es hat keinen Sinn, ich komme einfach nicht drauf. Jedenfalls nicht mit Gewalt.

»Ob es ihnen gut geht, hatte ich gefragt.«

»Nein, nein, alles in Ordnung. Wahrscheinlich die Müdigkeit.«

»Wie lange werden wir denn noch unterwegs sein?«

»Es ist nicht mehr sehr weit, eine dreiviertel Stunde, schätzungsweise.«

»Gut. Dann werde ich jetzt auch noch mal für ein Weilchen meine alten Äuglein ausruhen. Sie sagen dem Jungen doch, wo es lang geht?«

»Ja, sicher.«

Er räkelt sich in seinen Sitz und fängt kurz darauf an leise zu schnarchen. Ich überlege, ob ich den Grünschnabel anspreche, um mich ein bisschen abzulenken, beschließe aber, dass es mir doch lieber ist, wenn er sich voll und ganz auf die Straße konzentriert. Dieser widerliche Tony neben mir richtet sich auf und beugt sich über den schlafenden Riesen, den sie Polio nennen. Er zwickt ihn leicht in die linke Backe ohne eine Reaktion hervorzurufen, dann dreht er sich breit und schmierig grinsend zu mir und hält sich einen Zeigefinger vor die Lippen. Ich entgegne ihm mit einem anderen Finger. Er streckt mir seine eklige Zunge entgegen und rutscht tiefer in die Rückbank, um besser an seine Hosentasche zu kommen, aus der er etwas herauszieht. Es ist gelb und hängt an

einer kleinen Kette. Ah, ja, das ist ein Schlüsselanhänger. Und das gelbe Ding ist, glaube ich, ein Pockemop, oder wie diese komischen Viecher heißen. Es sieht aus wie ein haarloses, gelbes Meerschweinchen mit langen, spitzen Ohren, und genau so quiekt es, wenn man drauf drückt, was dieser debile Schwachkopf natürlich immer wieder macht. Er greift in seine andere Hosentasche, zieht sein Messer hervor und beginnt am Kopf des Pockemops, dort wo der Anhänger befestigt ist, herumzustochern. Die Kette löst sich, er legt sie neben sein Bein und langt in die Innentasche seiner Jacke. Er hält mir eine kleine Tube entgegen und zwinkert mich an. Superkleber? Was soll das denn werden, du Matschbirne? Hast du jetzt den Anhänger extra abgeschnitten, um mir zu zeigen, wie du ihn wieder dran klebst? Wenn Dummheit jucken würde, bräuchte dieser Depp zehn Arme zum Kratzen. Er schraubt die Tube auf, hält das Pockemop zwischen zwei Fingern vor sich und bestreicht die Rückseite einen Streifen breit mit dem Kleber. Dann dreht er sich damit vorsichtig dem schlafenden Riesen zu, hält kurz an, weil er kichern muss, und drückt ihm das Ding vorsichtig und nur ein ganz leises Quieken erzeugend mitten auf die Stirn. Der Riese bewegt nicht einen Muskel und atmet ruhig und tief weiter. Nach ein paar Sekunden lässt er es los und betrachtet sein Werk. Er zupft mich am Ärmel und zeigt auf sein Opfer, sich fast an unterdrücktem Lachen verschluckend. Ich zeige ihm einen Vogel und schaue demonstrativ aus dem Fenster. Er zupft mich weiter am Ärmel.
»Jetzt guck doch mal, du Zicke«, flüstert er kichernd. »Das ist der absolute Brüller.«
Ich dreh mich ihm wieder zu und tippe mir gegen die Stirn, werfe aber doch einen Blick auf diesen armen, verunstalteten Polio. Dieses Pockemop thront auf seiner Stirn wie eine riesige unförmige Beule, auf die man ein Gesicht gemalt hat. Und wenn er ausatmet zittert es ganz leicht, als würde es tanzen. Nein, ich werde nicht lachen. Auf gar keinen Fall. Den Gefallen tue ich diesem Idioten bestimmt nicht. Er fasst seinem Opfer ans Kinn und wackelt dessen Kopf hin und her.

Das Pockemop wackelt mit. Er piekst mit einem Finger in den Bauch des Pockemop. Ein lautes Quieken ertönt. Der schlafende Riese verzieht das Gesicht, wedelt mit der Hand vor seiner Stirn, als ob er eine Mücke vertreiben wolle, und streift dabei das Pockemop, das ihm wiederum mit einem kurzen Quieken antwortet. Ich kann nicht mehr. Rockets Vater hat immer gesagt, ich lache wie dieses *La Linea*-Männchen aus dem Fernsehen, diese Zeichentrickfigur, die nur aus einer Linie besteht und ständig auf einem Strich hin und her läuft. Manchmal sieht es dann etwas Komisches und fängt plötzlich an zu lachen, und genauso würde es sich bei mir auch anhören, hat Rockets Vater jedenfalls behauptet. Es beginnt mit einem lauten Prusten und wechselt übergangslos in ein schallendes, klares, prägnantes Lachen. Und es ist so gut wie unmöglich, es zu stoppen, wenn ich einmal angefangen habe.

»Shhht! Nicht so laut!«, zischt der Idiot, wobei er sich selbst immer noch vor Lachen die Hand vor den Mund halten muss. »Du weckst sie noch alle auf!«

Ja, kann ich denn etwas dafür, du dämlicher Scherzkeks? Wer wollte mich denn unbedingt zum Lachen bringen? Glaubst du, ich mache das freiwillig? Meine Lache hat keinen Lautstärkeregler, tut mir wirklich unendlich Leid, du bescheuerter Witzbold.

»Was ... was ist los?«, öffnet Bölke neben mir schläfrig zwinkernd die Augen und greift instinktiv nach seiner Kanone. »Nein, Chef, ich schlafe nicht! Bin hellwach! Alle auf den Boden! Die Chinesen greifen an!«

Aufhören! Sofort aufhören, sonst breche ich gleich ohnmächtig zusammen!

»Na, euch scheint's ja gut zu gehen da hinten«, sagt der Grünschnabel und dreht sich zu uns um. »Darf man mitlachen?«

»Beide Hände ans Lenkrad!«, schnellt ihm Bölkes Pistole vor die Nase. »Augen auf die Straße! Sofort!«

Der Junge erschreckt sich, dreht sich ruckartig nach vorne und verreißt dabei das Steuer. Der Wagen vollzieht einen kräftigen Schlenker, der zur Folge hat, dass der Schädel des schlafenden Riesen sich kurz von der Scheibe löst und gleich darauf wieder, begleitet von einem lauten Quieken seines Pockemop-Stirnschmucks, dagegen stößt. Ich kriege keine Luft mehr. Wie viel Sauerstoff ist eigentlich in so einem Auto? Und warum kann man so schlecht gleichzeitig hysterisch lachen und atmen? Dieser Idiot von Tony ist vom Sitz gerutscht und schlägt mit beiden Händen flach auf die Polster. Ich halte mir mit beiden Armen den Bauch.

»Sehen sie, Chef, genau das meine ich!«, sagt Bölke und steckt seine Kanone wieder ein. »Wäre jetzt einer neben uns gefahren, hätte es gekracht. Der Junge ist dem Auto nicht gewachsen. Ich bestehe darauf, bei der nächsten Möglichkeit zu tauschen. Nachwuchsförderung hin oder her, das ist … Chef?«

»Er schläft«, sagt der Grünschnabel, ohne seinen Kopf einen Millimeter zu bewegen. »Und keine Sorge, das kommt nicht wieder vor. Ich konzentriere mich nur noch auf die Straße, hundert pro, Meister.«

»Ja, ja, hundert pro. Du fährst hundert pro beim nächsten Parkplatz raus. Und ihr zwei kriegt euch langsam mal wieder ein. Was ist denn überhaupt so lustig hier? Hat Polio mal wieder im Schlaf *Anton aus Tirol* gesungen? So witzig ist das mittlerweile auch nicht mehr, Tony.«

Und ich war gerade dabei, wieder einigermaßen atmen zu können.

»Das macht er wirklich!«, brüllt Tony los und hämmert glucksend seinen Kopf auf das Polster. »Und einmal … einmal hat … einmal hat er *Biene Maja* gesungen! Ich dachte, ich sterbe gleich!«

Eins steht fest: Wenn dieses Pockemop-bestirnte Riesenbaby jetzt auch noch anfängt zu singen, reißt meine Bauchdecke. Alles, was ich noch zustande bringe, ist ein krächzendes Japsen. Mehr kann ein einzelner Mensch nicht lachen, also bitte, bitte, hört auf damit!

Tony wischt sich die Tränen aus den Augen. Er fingert die

kleine Tube mit dem Superkleber aus der Ritze hinter ihm und hält sie mir vor die Nase.
»Der beste Scherzartikel der Welt. So viel Spaß wie mit diesem Zeug hatte ich noch nie.«
»Oh, nein!«, stöhnt Bölke. »Sag mir, dass du nicht schon wieder irgendwas Saublödes mit Polio angestellt hast. Heute morgen hat er dem armen Polio schon die Pistole an die Hand geklebt«, erklärt er mir. »Tony macht immer nur Witze auf anderer Leute Kosten. Was hast du diesmal ... Verdammt, du hast ihm doch nicht etwa den Kopf an die Scheibe geklebt, du Irrer? Wenn du das gemacht hast, dann ...«
Er beugt sich über uns und schüttelt Polio an der Schulter.
»Polio! Hey, Polio! Aufwachen! Kannst du deinen Kopf bewegen? Polio!«
»Oh, Mann, ich hab ihm seinen blöden Kopf nicht an die Scheibe geklebt«, stöhnt der Idiot neben mir. »Für wie bescheuert hältst du mich? Lass ihn schlafen. Der wacht noch früh genug auf, um sich zu wundern.«
»Wundern? Worüber wundern? Du sagst mir jetzt sofort, was du mit ihm gemacht hast!«
»Nichts Schlimmes, echt nicht. Aber ein absoluter Brüller. Wirst's ja sehen.«
Ein leises Quieken ertönt von rechts. Das Riesenbaby hat den Kopf von der Scheibe gelöst und öffnet blinzelnd die Augen.
»Was ist los?«, fragt er. »Sind wir schon da? Ich hab was ganz Komisches geträumt. Hab ich etwa wieder gesungen?«
Er fasst sich an die Stirn, und bleibt dabei an dem Pockemop hängen.
»Ah! Hilfe!«, schreit er panisch. »Was ist das? Macht das weg! Tony! Mach es weg! Schnell! Sonst beißt es mich!«
Tony liegt bereits wieder zusammengekrümmt vor Lachen zwischen Boden und Rückbank.
»Das ist nicht lustig, Tony!«, rüttelt das Riesenbaby an ihm. »Mach es weg! Bitte! Hilf mir, Tony!«
Er schüttelt seinen Kopf heftig hin und her, das Pockemop quiekt leise im Takt.
»Geh weg, du komisches Viech!«, brüllt er seine Stirn an,

öffnet hektisch das Fenster und streckt seinen Schädel hinaus in den Fahrtwind. Das Pockemop flattert an seiner Stirn wie ein Wackeldackel im Zeitraffer.
Bölke beugt sich über uns und zieht ihn am Ärmel zurück ins Auto.
»Ganz ruhig, Polio«, redet er ihm zu. »Brauchst keine Angst haben. Dieses Ding tut dir nichts. Es ist aus Gummi. Tony hat mal wieder versucht auf deine Kosten lustig zu sein.«
Das Riesenbaby starrt ihn fünf Sekunden verständnislos an, hebt langsam seine Hand in Richtung Stirn und tastet zögerlich nach dem Pockemop. Er befingert es, erst ganz sanft, beinah ohne es zu berühren, dann, als er erleichtert festgestellt hat, dass es tatsächlich aus Gummi ist und keine Gefahr darstellt, fester drückend und knetend, von einem ständigen Quieken begleitet. Er versucht daran zu zerren und es von seiner Stirn zu lösen, zieht aber nur die Haut damit straff und gibt es schnell wieder auf. Er schielt nach oben, um zu sehen, was dort so hartnäckig an seiner Stirn festhält, kann es aber aus diesem Blickwinkel nicht erkennen. Den Vordersitz mit beiden Händen umklammernd erhebt er sich von der Rückbank und streckt sich in die Wagenmitte, um sich im Rückspiegel betrachten zu können.
»Pikachu!«, ruft er seinem Spiegelbild entgegen. »Das ist Pikachu! Das ist ein Pokemon. Das beste Pokemon überhaupt. Mann, ist das cool!«
Er dreht seinem Spiegelbild noch verzückt grinsend beide Profile entgegen und lässt sich wieder in die Rückbank fallen.
»Hallo, Pikachu«, sagt er und lässt es drei Mal quieken. »Mein Pikachu. Danke, Tony, das war echt eine Super-Idee!«
Tony setzt sich wieder aufrecht hin.
»Du … Du findest das gut?«, fragt er das Riesenbaby fassungslos.
»Supergut, ja! Mensch, das ist Pikachu, Tony!«
»Ja, aber es klebt mitten auf deiner Stirn!«
»Na und? Ich wollte immer schon mal was haben, was sonst keiner hat. Und das hat bestimmt keiner, nur ich.«
»Polio, du siehst total bescheuert aus mit diesem Ding an der

Birne! Das kann man nicht gut finden! Niemand kann das gut finden! Das ist ...«

»Das ist mir scheißegal!«, brüllt das Riesenbaby ihn an. »Wenn ich nur noch einmal, egal von wem, höre, dass ich bescheuert aussehe, dann hat der, der das sagt, ein großes Loch genau da, wo jetzt bei mir Pikachu wohnt! Und das ist kein Spaß, kapiert?«

»Ja, Polio, schon gut«, redet Bölke auf ihn ein. »Beruhig dich wieder. Der Chef schläft nämlich. Und wir wollen ihn doch nicht aufwecken, nicht wahr?«

»Zu spät«, brummt es auf dem Vordersitz. »Bei dem Lärm würde sogar Väterchen Lenin wieder aufwachen.«

»Entschuldigung, Chef«, druckst das Riesenbaby. »Das wollte ich nicht. Aber Tony hat ...«

»Aha, Tony mal wieder«, dreht sich der Büffel um.

Seine Augen schweifen mit ernstem Blick von Tony zum Riesenbaby, wobei er keine Miene verzieht, wieder zu Tony, an mir vorbei und bleiben schließlich fragend bei Bölke stehen.

»Tony hat mal wieder versucht witzig zu sein«, erklärt er. »Er hat Polio dieses Ding angeklebt, während er geschlafen hat.«

»Das ist Pikachu!«, wirft das Riesenbaby stolz ein.

Der Büffel dreht sich komplett in seinem Sitz um, die Knie auf das Polster gestützt, und fixiert Tony mit bitterernster Miene.

»Aber er findet es gut, Chef!«, fängt Tony an, sich zu verteidigen. »Nicht wahr, Polio? Er hat sich total darüber gefreut! Ehrlich, Chef! Ich habe ihm sozusagen einen Gefallen damit getan! Es macht ihm überhaupt nichts aus! Stimmt's, Polio? Du findest es ...«

»Was habe ich heute Morgen zu dir gesagt, Tony?«, unterbricht ihn der Büffel.

»Aber er hat sich ...«

»Habe ich dir nicht gesagt, du sollst Polio in Ruhe lassen?«

»Ja, schon, aber er hat sich doch darüber gefreut, Chef!«

»Den Kleber, Tony.« Der Büffel streckt ihm die offene Hand entgegen.

»Och, Chef. Muss das sein?«, mault Tony. »Ich verspreche auch hoch und heilig …«
»Den Kleber, hab ich gesagt. Sofort.«
Zögernd und mit murrender Miene fingert Tony die Tube hervor.
»So«, sagt der Büffel, während er den Schraubverschluss des Klebers öffnet. »Und jetzt komm mal ein bisschen näher, Tony.«
»Aber, Chef, das ist doch …«
»Was hier nötig ist und was nicht, bleibt immer noch mir überlassen. Los, nach vorne beugen!«
Der Büffel packt ihn an einem Schopf seiner tiefschwarzen, nach hinten gegelten Haare. Er setzt die Tube auf seiner Stirn an und bestreicht dort mittig eine Fläche in der Breite eines Zigarettenpäckchens. Dann klappt er den Haarschopf, den er immer noch festhält, komplett nach vorne und drückt ihn mit der flachen Hand platt auf die Stirn des entsetzt aufschreienden Tony.
»Nein, Chef! Bitte nicht die Haare! Oh, Scheiße!«
»Kein Wort mehr! Oder willst du deinen Superkleber als Labello benutzen?«
Der Büffel dreht sich wieder nach vorne.
»Die übernächste Abfahrt müssen wir raus«, sage ich und muss wieder mein Lachen unterdrücken. Mit dem Teppich auf der Stirn sieht Tony aus wie das Produkt Jahrhunderte langen Inzests einer Frisördynastie der inneren Mongolei.
Wir fahren um eine langgezogene Kurve, ja, jetzt bin ich mir ganz sicher, da ist die Ausfahrt Unterkleinerdingen.
»Scheiße!«, ruft der Grünschnabel. »Da vorne! Die Bullen!«
Er hat recht, ungefähr dreihundert Meter hinter der Ausfahrt steht ein Streifenwagen mit Blaulicht auf der Standspur.
»Ganz locker bleiben, Junge!«, sagt Bölke bestimmt. »Fahr ganz normal dran vorbei. Die wollen nichts von uns.«
»Und wenn doch?«, fragt der Grünschnabel ängstlich. »Was mach ich denn dann?«
»Es wird nichts passieren, glaub mir. Siehst du die Brems-

spuren, die bis kurz unter ihre Hinterräder führen? Das ist keine Verkehrskontrolle, die haben andere Probleme. Fahr einfach weiter.«

Mit schweißnassen Händen und krampfhaft nach vorne schauend fährt der Grünschnabel weiter. Wir passieren den Streifenwagen, zwei Uniformierte stehen links und rechts neben dem Wagen, der eine schreit etwas in ein Funkgerät, und der andere trommelt mit beiden Fäusten und wütendem Gesicht auf das Autodach.

»Siehst du, gar kein Problem«, klopft Bölke dem Grünschnabel auf die Schulter, als wir an den Polizisten vorbei sind.

»Puh, selten so geschwitzt«, atmet der Grünschnabel auf. »Und jetzt die nächste Ausfahrt da vorne?«

»Genau«, bestätige ich.

»Und sie wollen uns immer noch nicht verraten, wohin uns diese Reise führt, Gnädigste?«, dreht sich der Büffel zu mir um.

»Es ist nicht mehr weit, soviel kann ich sagen«, antworte ich ihm.

»Und wie weit ist in ihren Augen nicht mehr weit?«

»In einer halben Stunde sind wir da.«

Wir verlassen die Autobahn und gelangen auf eine enge Landstraße, die von nichts als Wald umschlossen ist. Otto liebt die Abgeschiedenheit, und abgeschiedener als in dieser Gegend kann man wohl nicht leben. Sein Einsiedlerhof ist nur über einen unbefestigten Weg zu erreichen. Das nächste Dorf befindet sich über zehn Kilometer entfernt, und selbst dort weiß niemand, wo genau Ottos Hof ist. Otto war schon immer so. Frische Luft, reine Natur, seine geliebten Tiere, mehr braucht er nicht.

»Das ist aber schön hier«, sagt das Riesenbaby und schaut aus dem Fenster. »Guck mal, Pikachu, so viel Wald! Hast du schon mal so viele Bäume auf einmal gesehen? Also, ich nicht.«

Er drückt das Pokemon ein paar Mal zwischen zwei Fingern.

»Wenn dieses Drecksding noch ein einziges Mal quietscht«, fährt ihm Tony genervt dazwischen, »dann ballere ich es dir hier und jetzt sofort von deiner bekloppten Birne!«
»Tony! Labello!«, brummt es laut von vorne.

CASSIDY

»Was? ... Den ganzen Tag nicht? ... Das klingt nicht gut. Aber mach dir keine Sorgen, Mama kann auf sich selbst aufpassen ... Ja, Unterkleinerdingen, im Wald. ... Ah ja, okay, dann weiß ich wenigstens ungefähr, wo wir sind und in welche Richtung wir müssen. Aber so finster, wie das heute ist, kann ich für nichts garantieren. ... Okay, dann bis spätestens morgen früh, Otto. ... Ja, gut, okay, bis dann, Otto. Tschüs.«
»Was ist mit Mama? Du hast gesagt, es klingt nicht gut! Ist ihr was passiert? Sag schon, Koller! Was ist mit ihr?«
»Ach, es ist nichts, kein Grund sich Sorgen zu machen. Sie ist nur den ganzen Tag nicht ans Telefon gegangen. Kennst doch Mama, wenn sie keine Lust hat, geht sie nicht dran.«
»Aber doch nicht an so einem Tag, Koller! Du weißt genau, dass da etwas nicht stimmt! Der Büffel hat sie! Der Büffel hat sie sich geschnappt und ...«
»Ach, Quatsch! Jetzt komm mal wieder runter, Rocket! Der Büffel, der Büffel! Was soll denn der Büffel mit Mama? Und selbst wenn, Mama wird schon mit ihm fertig. Sie lügt ihm einfach die Hucke voll, und er lässt sie wieder laufen. Du weißt doch, niemand lügt besser als Mama.«
»Ja, und niemand quetscht besser Leute aus als der Büffel! Hast du selbst mal gesagt! Ich ...«
»Mama wird nichts passieren, Rocket! Ende der Diskussion! Wir müssen jetzt erstmal hier weg, und zwar schnell, bevor die Bullen drauf kommen, die Waldwege nach dieser Kiste abzusuchen. Also, alle aussteigen. Rocket, du hilfst mir, den Wagen mit Zweigen abzudecken. Hubertchen, du passt so

lange auf die Kleine auf, damit sie sich nicht so verlassen vorkommt und wieder anfängt zu flennen. Auf, los geht's!«

Keine Angst, du Arschloch. Ich fange bestimmt nicht mehr an zu flennen. Ich könnte mich jetzt noch selbst ohrfeigen.

»Ich weiß zwar, in welche Richtung wir müssen«, sagt Koller, während Rocket und er Tannenzweige über dem Autodach verteilen. »Aber um genau zu Onkel Otto zu finden ist es zu dunkel. Wir werden uns also ein Plätzchen suchen müssen, wo wir uns schlafen legen können, bis es hell wird.«

»Die ganze Nacht im Wald verbringen?«, fragt Rocket besorgt. »Es wird ziemlich kalt hier nachts. Ich fang jetzt schon an zu zittern. Und guck dir Cassidy an. Sie hat noch nicht mal eine Jacke und nur dieses halbe T-Shirt an. Sie wird sich totfrieren.«

»Dann muss sie eben jemand warm halten«, grinst Koller schmierig. »Ich übernehme gerne die erste Schicht.«

»Träum weiter, Arschloch«, zeige ich ihm den Finger. »Lieber kuschele ich mich um einen verfaulten Baumstamm.«

»Guck doch mal in den Kofferraum«, schlägt Rocket vor. »Vielleicht ist da ja was Brauchbares drin.«

»Gute Idee.« Ich gehe an den Kofferraum, Hubertchen folgt mir. Ich öffne den Deckel.

»Aber hallo!«, rufe ich überrascht.

»Was denn?«, fragt Koller skeptisch. »Jetzt sag bitte nicht, dass da eine Leiche drin liegt, das wäre echt zu viel für mich heute.«

»Kommt her!«, winke ich Rocket und Koller zu mir. »Das müsst ihr gesehen haben.«

Die beiden lassen ihre Zweige fallen und drängeln sich neben mich über den Kofferraum, in dem kreuz und quer und bunt durcheinander gewürfelt an die zwanzig Dildos in allen nur erdenklichen Größen über den ganzen Boden verteilt zwischen rosa Samtdecken liegen. Hier noch ein Paar Handschellen, dort noch zwei, drei schwarze Ledermasken, ein Knebel und zwischendrin etliche andere Utensilien, von denen ich gar nicht wissen will, wozu man sie verwendet.

Rocket wirft nur einen ganz kurzen Blick darauf, dreht sich

sofort wieder weg und sammelt wortlos weiter Zweige zusammen. Mann, der ist aber auch wirklich verklemmt, das ist ja fast schon krankhaft. Koller pfeift durch die Zähne.
»Sag mal, Hubertchen, kennst du den Typ eigentlich, dem du die Karre geklaut hast? Ich meine, hattet ihr vielleicht zufällig das gleiche Hobby? Ich hab ja schon viel gesehen, aber was ist denn das hier zum Beispiel?«
Er zieht etwas hervor, das aussieht wie ein Nudelholz, nur mit überdimensionalen Griffen in Penisform und spitzen Noppen auf der Rolle, und hält es Hubertchen vors Gesicht.
»Was macht man damit? Ist das für einen oder für mehrere Personen?«
Er wirft es zurück in den Kofferraum.
»Ganz schön abgefahren der Kram«, grinst er. »Hey, was ist denn das da hinten? Sieht aus wie 'ne Knarre!«
Koller will sich gerade danach strecken, als Hubertchen uns mit einem heftigen Rempler alle beide zu Boden wirft, hektisch im Kofferraum umherwühlt, eine Pistole hervorzieht, sie sich direkt zwischen die Augen hält und fünfmal nacheinander abdrückt. Es knallt nicht, stelle ich noch im ersten Schreck fest. Es knallt kein einziges Mal. Und Hubertchen steht noch. Er steht da und fasst sich ins Gesicht, das um die Augen herum mit Spritzern einer weißen Flüssigkeit gesprenkelt ist. Er betrachtet das weiße Zeug an seinen Fingern, schnuppert daran und sackt enttäuscht seufzend auf die Knie, die Pistole neben sich auf den Boden fallen lassend.
»Hubertchen!«, schreit Koller und rappelt sich auf. »Sag mal, hast du sie eigentlich noch alle? Was soll denn die Scheiße jetzt?«
»Was ist los?«, stürmt Rocket heran und beugt sich zu mir hinunter. »Was ist passiert? Alles in Ordnung, Cassidy? Geht's dir gut?«
»Ja, ich bin okay, danke, Rocket«, sage ich und lasse mir von ihm aufhelfen. »Aber unser Hubertchen da drüben ist anscheinend total durch den Wind.«
»Völlig durchgedreht, der Alte!« Koller hebt die Pistole auf. »Hat sich dieses Ding vor die Fresse gehalten und abgedrückt.

Von wegen Wachkoma oder so. Wenn hier einer hellwach ist, dann ist es der da. Was ist das eigentlich für ein seltsames Teil hier?«

Er wiegt die Pistole in seiner Hand, betrachtet sie von allen Seiten und wirft einen längeren Blick in den Lauf. Dann hält er sie Rocket direkt vors Gesicht, der erschreckt zurückzuckt.

»Ey, lass den Scheiß! Du weißt genau, dass ich das nicht leiden kann!«

»Schon mal 'ne frisierte Wasserpistole gesehen?«, lacht Koller ihn an. »Guck mal, saubere Arbeit. Die Spritzdüse ist aufgebohrt worden, wahrscheinlich damit dieses dickflüssige Zeug durchgeht.«

»Was ist das eigentlich für 'ne Pampe?«, fragt Rocket und geht auf Hubertchen zu.

Er tupft mit dem Zeigefinger vorsichtig auf Hubertchens Stirn und hält ihn sich anschließend unter die Nase.

»Riecht ein bisschen wie die Gleitcreme gestern.«

»Ja, bäh!«, schleudert Koller angeekelt die Pistole von sich. »Ist ja widerlich. Wer weiß, wo dieses Ding schon überall drin gesteckt hat. Das nächste Mal, wenn du ein Auto klaust, guckst du dir die Besitzer vorher besser an, Hubertchen.«

Ich entdecke im Kofferraum eine Schachtel Kleenex, ziehe ein paar heraus und gehe zu Hubertchen herüber, um ihm das Gesicht abzuwischen.

»Was machen wir jetzt mit ihm?«, frage ich.

»Tja, gute Frage«, seufzt Koller. »Was sollen wir jetzt mit dir machen, Hubertchen? Hm? Ich meine, ein bisschen enttäuscht bin ich schon. Weißt du, da nehmen wir dich mit, kümmern uns um dich, reden mit dir, und das ist jetzt der Dank?«

Hubertchen starrt auf den Boden und lässt sich regungslos von mir das Zeug abwischen.

»Weißt du was, Hubertchen? Ich hätte nicht übel Lust, dich einfach hier zu lassen, so stur, wie du bist. Würde dir das vielleicht gefallen? Willst du gerne hier bleiben und darauf

warten, bis die Bullen kommen und dich einkassieren? Wenn du das willst, sag einfach nichts. Hm, was ist, Hubertchen? Du willst also hier bleiben? Von mir aus.«
»Wir nehmen ihn natürlich mit!«, protestiere ich. »Wir werden ihn auf keinen Fall hier alleine zurücklassen. Wer weiß, was er sich noch alles antut.«
»Ja, ja, schon gut, klar nehmen wir ihn mit. Rocket, schau doch mal nach, ob es zu den Handschellen da drin auch Schlüssel gibt.«
Rocket greift in den Kofferraum und zieht die Handschellen heraus.
»Der Schlüssel ist dran.« Er wirft sie Koller zu.
Koller legt die eine Hälfte der Handschellen um Hubertchens rechtes, die andere um sein eigenes linkes Handgelenk, lässt sie zuschnappen und steckt den Schlüssel in die Hosentasche.
»So, Hubertchen«, zieht er ihn auf die Beine. »Da soll doch noch mal einer sagen, meine Generation würde sich nicht genügend um Senioren kümmern, was? Du bleibst jetzt immer schön an meiner linken Seite und vergisst diesen ganzen Selbstmord-Blödsinn, okay? Bist du mit den Zweigen fertig, Rocket? Dann sollten wir nämlich abhauen.«
»Nur noch ein paar über den Kofferraum.« Rocket drückt die Klappe nach unten.
»Warte!« Ich halte ihn auf, ziehe die Decken heraus und drücke sie Hubertchen unter den Arm. »Die werden wir brauchen.«
Rocket legt hastig einige Zweige über das Heck und betrachtet das Auto abschließend noch einmal.
»Sollte reichen«, klatscht er zufrieden in die Hände.
»Okay, dann Abmarsch«, sagt Koller. »Ich gehe mit Hubertchen vor. Bleibt dicht hinter uns. Scheiße, das ist aber auch finster hier.«
Wir tasten uns langsam Schritt für Schritt vorwärts, bis wir den etwas festeren Boden des Waldwegs erreicht haben und folgen dann Koller nach rechts. Nach nicht einmal zehn Metern bleibe ich mit dem Fuß an irgendetwas hängen, stolpere,

und kann mich gerade so mit zwei großen Schritten wieder abfangen.

»Alles in Ordnung, Cassidy?«, schließt Rocket besorgt zu mir auf.

»Ja, geht schon«, antworte ich und reibe mir den Fuß. »Bin irgendwo hängen geblieben.«

»Willst du ... Hier, du kannst ... Wenn du magst ... Du kannst meine Hand nehmen ... Nur zur Sicherheit, meine ich ...«

»Ja, danke, Rocket, das ist lieb«, sage ich und nehme seine Hand. »Nur zur Sicherheit, natürlich.«

Ich kann beinah' hören, wie er rot wird.

»Hey!«, ruft Koller uns zu. »Wartet ihr da hinten auf den Nachtbus, oder was? So kommen wir nie zu Onkel Otto!«

»Ja, ja, reg dich ab, wir kommen ja schon!«, rufe ich zurück.

Für eine ganze Weile sagt niemand etwas, und wir laufen einfach stur durch diese Finsternis, begleitet vom Rhythmus der Handschellen, die zwischen Koller und Hubertchen klirren.

»Aber ich ... Au!«

»Hey, pass doch auf, verdammt!«, flucht Koller, weil Rocket ihm in den Rücken gelaufen und mit dem Schädel gegen dessen Hinterkopf geknallt ist.

»Wieso ich?«, reibt Rocket sich die Stirn. »Warum bleibst du auch so plötzlich stehen? Oder ist hier irgendwo 'ne rote Ampel? Ich sehe jedenfalls keine.«

»Hier ist Ende Gelände.«

»Wie, Ende Gelände?«, schiebt Rocket ihn beiseite. »Hört der Weg einfach auf?«

»Nein, aber wie du vielleicht selbst sehen kannst, teilt er sich hier. Und so lange es so dunkel ist, kann ich nicht erkennen, in welche Richtung wir müssen.«

»Na, Spitze. Und jetzt?«

»Es wird uns wohl nichts anderes übrig bleiben, als uns hier ein paar Meter vom Weg ab ins Gestrüpp zu verziehen und uns ein bisschen aufs Ohr zu hauen, bis es hell wird.«

»Dann werde ich auf jeden Fall erfrieren«, erkläre ich bibbernd. »Das überleb ich nicht.«

»Ach, stell dich nicht so an, Kleine!«, sagt Koller abfällig. »So schnell erfriert es sich nicht. Und uns ist allen kalt. Nimm dir ein Beispiel an Hubertchen. Hörst du den etwa jammern? Hm, Hubertchen? Hast du etwa auch Angst im großen, finstren Wald zu erfrieren? Nein? Na also! Schluss mit dem Geflenne. Los, mir nach!«

Wenn ich nicht so sehr mit Zittern beschäftigt wäre, hätte ich mit Sicherheit einen passenden Spruch für dieses Arschloch parat, aber in diesem Zustand kann ich nichts weiter tun, als wortlos zuzusehen, wie er sich mit Hubertchen im Schlepptau nach links zwischen ein paar Bäumen hindurchschlägt.

»Hier! Anziehen, sofort!«, Rocket hält mir seine Jacke ausgebreitet vor die Nase.

»Aber du frierst doch auch. Das geht doch nicht«, ziere ich mich, obwohl ich sie ihm am liebsten auf der Stelle aus den Händen reißen würde.

»Anziehen, hab ich gesagt!« Er schüttelt sie vor mir, wie ein Torero sein rotes Tuch.

»Na gut. Aber nur unter Protest!«

Mich an der Jacke warm reibend gehe ich auf ihn zu, bis ich direkt vor ihm stehe. Ich winke ihn mit dem Zeigefinger näher an mein Gesicht, er beugt sich zu mir herunter.

»Danke, Rocket«, flüstere ich und drücke ihm einen Kuss auf die Wange.

Er zuckt zurück, erschreckt oder überrascht, oder vielleicht beides.

»Ich ... ja ... keine Ursache. Ist doch ... ist doch selbstverständlich.«

»Hey, kommt ihr, oder was?«, schallt Kollers Stimme aus einiger Entfernung. »Hallo? Seid ihr noch da? Oh, Mann! Das darf doch ...«

»Wir sind gleich da! Moment!«, rufe ich zurück.

Ich nehme Rockets Hand und wir bahnen uns vorsichtig einen Weg durch das Gestrüpp in die Richtung, aus der Kollers Gebrüll kam.

»Na endlich!«, begrüßt uns Koller vorwurfsvoll. »Erinnert

mich bitte dran, dass ich meine Bewerbung als Kindergärtner zurückziehe, das ist nämlich ein Scheiß-Job. Also, was haltet ihr davon?«
Rocket sieht mich fragend an, ich zucke genauso ahnungslos mit den Schultern.
»Das hier meine ich!«, stöhnt Koller und zeigt mit seinem freien Arm auf den Boden um sich herum. »Ist das okay für euch, oder was?«
»Okay wofür?«, fragt Rocket. »Wenn du ein Stück Land kaufen willst, frag lieber Onkel Otto, der kennt sich damit ...«
»Zum Pennen, Mann! Ob das hier okay zum Pennen ist, will ich wissen! Du solltest dich von der Kleinen fernhalten, sonst verblödest du noch total. Also, was ist jetzt? Hauen wir uns hier hin, oder nicht?«
Rocket läuft ein paar Schritte hin und her und prüft die Härte des Bodens mit den Füßen.
»Weich genug ist es«, sagt er, bückt sich und zerbröselt eine Hand voll Erde zwischen den Fingern. »Und trocken scheint es auch zu sein. Von mir aus, bleiben wir hier.«
»Oh, sehr gnädig, der Herr«, frotzelt Koller. »Sind Sie sich auch wirklich sicher, Euer Durchlaucht? Sollte es Ihnen eventuell sogar ein bisschen zu trocken sein, kann ich Ihnen jederzeit einen Raumbefeuchter bringen lassen. Und ich entschuldige mich noch einmal ausdrücklich dafür, dass die Präsidentensuite nicht frei ist, aber Prinz Charles war leider fünf Minuten vor Ihnen da. Sie hätten eben reserviere ...«
»Es ist okay, hab ich gesagt!«, fährt Rocket ihn an. »Wir bleiben hier, was willst du noch? Soll ich dir die Füße küssen, weil du das beste Stück Wald der Welt zum Übernachten gefunden hast? Du hast sie doch nicht mehr alle!«
»Okay, okay, schon gut, bin ja schon still. Dann legt ihr zwei euch am besten zusammen da drüben hin, und ...«
»Wir legen uns nirgendwo zusammen hin, Koller! Sag mal, hörst du mir überhaupt zu, wenn ich etwas sage?«
»Wie viele Decken haben wir, Rocket?«, unterbricht ihn Koller breit grinsend.

»Was? Was hat denn das ... Lenk nicht ab, Koller! Ich will das jetzt ein für allemal klar gestellt haben! Keine anzüglichen Bemerkungen mehr über ...«
»Es sind zwei, Rocket. Wir haben genau zwei Decken. Und da Hubertchen und ich uns mittlerweile sehr verbunden fühlen«, hebt er seinen und somit auch Hubertchens Arm demonstrativ rasselnd in die Höhe, »wird euch wohl oder übel nichts anderes übrig bleiben, als euch zusammen die zweite Decke zu teilen.«
»Aber ich ... Ich brauche überhaupt keine Decke! Ich kann gut ohne Decke auskommen, gar kein Problem! So kalt ist es auch ...«
»Das kommt überhaupt nicht in Frage!«, unterbreche ich ihn, gehe zu Hubertchen rüber und schnappe mir eines der Bündel unter seinem Arm. »Natürlich teilen wir uns die Decke. Da ist doch überhaupt nichts dabei, Rocket.«
Ich nehme Rocket an der Hand, ziehe ihn ein paar Meter von den anderen weg an eine Stelle, die mir groß und eben genug erscheint und lege die Decke dort auf dem Boden aus.
»Siehst du, sie ist sogar so breit, dass wir uns locker beide darin einwickeln können«, sage ich und lege mich hin. »Na, los, komm schon, Rocket. Es ist echt genug Platz für zwei.«
»Na gut«, seufzt er.
Er geht um mich und die Decke herum, bis er neben meinem Kopf steht, kniet sich hin und richtet sich sofort wieder auf. »Warte!«, sagt er. »Mach mal kurz die Augen zu, bitte!«
»Rocket, es ist dunkel, ich sehe sowieso nichts, und du wirst dich ja wohl kaum ausziehen wollen, oder?«
»Nur einen kleinen Moment noch, versprochen. Nicht gucken, okay?«
Ich höre, wie er sich einige Schritte entfernt, und dann ein gleichmäßiges Rascheln auf dem Boden, so als würde jemand mit einem Besen die Straße kehren. Jetzt raschelt es nicht mehr auf dem Boden, sondern darüber. Er kommt zurück.
»So, da bin ich wieder«, sagt er, legt sich ohne auch nur einen Zipfel meiner Kleidung zu berühren vorsichtig auf die Seite

neben mich und schlägt die Decke über uns. »Heb deinen Kopf mal kurz.«
»Was? Warum …«
»Nur ganz kurz anheben. Bitte.«
Ich lüpfe meinen Kopf, und er schiebt etwas darunter.
»Was ist das?«, frage ich, meinen Kopf zaghaft in eine raschelnde, weiche Masse senkend. »Ein Kopfkissen? Das ist … Wie hast du das gemacht?«
Ich richte mich auf, stütze mich auf einen Ellenbogen und nehme es in die Hand. Das ist sein T-Shirt. Er hat es unten und an den Ärmeln zugeknotet und Laub und Moos hineingestopft. Jetzt ist es an mir, rot zu werden.
»Das … das geht nicht, Rocket«, sage ich leise und schiebe es zu ihm hinüber. »Zieh es wieder an, du brauchst es, es ist viel zu kalt.«
»Ach, das bisschen Stoff macht auch keinen Unterschied mehr«, schiebt er es zurück zu mir. »Nimm es ruhig, mir ist nicht kalt unter der Decke.«
»Lügner. Du zitterst am ganzen Körper, ich kann es doch spüren.«
»Das ist kein Zittern, das ist Meditations-Shaking, kommt frisch aus Amerika. Das mache ich immer vor dem Einschlafen. Ist gut für den Kreislauf.«
»So, so, Meditations-Shaking«, kichere ich leise. »Und, funktioniert das?«
»Oh ja, das funktioniert sehr gut. Wenn ich morgens aufwache, fühle ich mich immer so ausgeruht, als hätte ich gerade geschlafen.«
Ich nehme mir, immer noch kichernd, das Kissen und lege meinen rechten Arm darunter und meinen Kopf darauf.
»Danke, Rocket«, flüstere ich. »Und schlaf gut.«
»Du auch«, sagt er und dreht sich auf die Seite, so dass wir Rücken an Rücken liegen, uns aber immer noch nicht berühren.
»Cassidy?«, höre ich ihn ganz leise neben mir.
»Hm?«

»Darf ich dich was fragen?«
»Klar«, antworte ich.
Er dreht sich auf die andere Seite. Sein Brustkorb berührt kurz meinen Rücken, aber er schiebt sich sofort wieder ein Stück von mir weg.
»Warum bist du nicht abgehauen, als Koller dich gehen lassen wollte?«
»Er wollte mich nicht gehen lassen. Er wollte mich nur los werden.«
»Aber du hättest gehen können. Ist doch letztendlich egal, warum. Hauptsache, du bist frei und musst dich nicht mehr mit zwei solchen Idioten rumärgern, oder?«
»Nein, das ist nicht egal. Mir nicht. Es ist ein Unterschied, freigelassen oder weggeschickt zu werden. Ich will nicht mehr weggeschickt werden, nie wieder, das ist mir zu oft passiert. Und das mit den Idioten hab ich übrigens nicht so gemeint, jedenfalls nicht, was dich betrifft. Du bist kein Idiot, Rocket. Du bist sehr lieb.«
Er seufzt einmal leise in sich hinein, holt Luft, so als ob er etwas sagen möchte, und lässt sie unartikuliert durch die Nase wieder heraus.
»Wurdest du auch schon mal weggeschickt, Rocket?«, frage ich.
»Ja, einmal«, antwortet er. »Aber das ist lange her.«
Ich schweige einen Moment, damit er nicht denkt, ich wäre zu neugierig und würde ihn ausfragen.
»Sie hieß Chantal«, fährt er fort. »Zumindest stellte sie sich mir so vor. Wir lernten uns auf einer von Kollers Partys kennen. Sie sprach immer mit einem französischen Akzent, aber ich glaube, sie konnte kein Wort Französisch. Ihr richtiger Name war Heidrun. Heidrun Paschunke, das stand in ihrem Pass. Ich habe reingeschaut, als sie duschen war. Da waren wir schon zwei Wochen zusammen. Aber ich habe sie nicht danach gefragt. Wenn man zwei Wochen lang in eine Chantal verliebt ist, kann man sie nicht plötzlich Heidrun nennen, auch wenn sie wirklich so heißt.«
»Du hast nichts zu ihr gesagt? Ich meine, sie hat dich offen-

sichtlich angelogen. Wolltest du denn nicht wissen, warum?«

»Nein. Und ich wollte auch nicht wissen, was sie macht, wenn sie jeden Abend um Punkt zehn weggegangen ist. Sie sagte, sie sei Krankenschwester im Nachtdienst, aber das stimmte auch nicht. Ich wollte sie einmal nachts überraschen und bin in das Krankenhaus gefahren, in dem sie angeblich arbeitete, aber da kannte man weder eine Chantal, noch eine Heidrun Paschunke. Sie kam einfach nicht mehr, ohne Vorwarnung. Von einem Tag auf den anderen blieb sie weg. Kein Anruf, kein Brief, keine Erklärung. Ich habe natürlich versucht, sie zu finden, aber außer mir schien sie niemand zu kennen, noch nicht mal Koller, obwohl sie ja auf seiner Party gewesen war. Und auch die anderen Leute, die auf der Party waren, kannten sie nicht. Ich habe einen Monat lang nach ihr gesucht, überall, aber keine Chance. Sie war weg und tauchte nie wieder auf. Ich hoffe nur immer noch, dass ihr nichts Schlimmes passiert ist.«

»Ich glaube nicht, dass ihr etwas Schlimmes passiert ist«, sage ich. »Manchmal gehen Menschen einfach ganz plötzlich und niemand weiß warum. Oder sie schicken dich weg.«

»Es ist noch nicht lange her, oder?«

»Was meinst du?«

»Dass dich jemand weggeschickt hat.«

»Zehn Tage. Nein, elf, mit heute. Er hat mich betrogen. Schon nach drei Wochen, in meinem eigenen Bett. Ich war nur kurz Einkaufen fürs Frühstück. Er wusste ganz genau, dass ich nicht lange weg war. Als ich zurückkam, machte er gerade Liegestütze auf dieser miesen Schlampe. Und er hat noch nicht mal damit aufgehört, als ich schließlich im Zimmer stand. Er drehte sich nur kurz zu mir um und sagte, ich solle doch etwas mehr Kaffee machen, wenn ich schon dabei wäre, denn wir hätten ja Besuch.«

»Nein!«

»Doch, wortwörtlich, ich schwöre.«

»Und was hast du gemacht?«

»Ich bin ganz ruhig und ohne ein Wort in die Küche

gegangen, habe eine fast volle Packung Pulverkaffee aus dem Schrank geholt, bin zurück ins Schlafzimmer und habe den Inhalt der Packung von hinten durch seine Beine dorthin geschüttet, wo es beim Sex am feuchtesten ist.«

»Aua, das klingt nicht gut.«

»Genau. Vor allem ohne Kondom und so kurz vor dem Ende, dass er nicht aufhören konnte. So laut hat er vorher nie geschrien, sie wahrscheinlich auch nicht.«

»Und dann?«

»Nichts mehr und dann. Ich habe sie, so wie sie waren, vor die Tür befördert, das Bettlaken auf dem Balkon verbrannt und mir neuen Kaffee gekauft.«

»Das hört sich nicht gerade danach an, als würdest du ihm nachtrauern.«

»Diesem Arschloch? Nach dieser Aktion? Nein, ich trauere ihm nicht …«

»Hubertchen!«, lässt Kollers Aufschrei mich erschreckt zusammenzucken. »Ich glaub, es hackt!«, brüllt er weiter. »Das glaub ich ja wohl nicht! Sag mal, dir geht's wohl zu gut, was? Unfassbar! Hey, hörst du gefälligst mal auf damit! Das darf doch nicht … Nein, hab ich gesagt! Finger weg!«

»Koller? Alles okay bei euch?«, richtet sich Rocket neben mir auf.

»Von wegen, okay! Hubertchen geht mir … Nein, hab ich gesagt! Wenn du nicht sofort deine Hand da … Hubertchen geht mir hier an die Wäsche! Ich bin davon aufge … Hey! Schluss jetzt, verstanden? Sonst … Der fummelt mir hier die ganze Zeit im Schritt rum wie ein notgeiler … Verdammt nochmal, du sollst damit aufhören, hab ich gesagt! Das ist doch nicht normal! Reiß dich gefälligst zusammen, du alte Schwuchtel!«

»Lemmy.« Rocket stupst mich mit dem Ellenbogen an.

»Was?«, brüllt Koller. »Hast du was gesagt, Rocket?«

»Lemmy!«, ruft Rocket ihm zu. »Wo ist Lemmy, Koller?«

»Na, da wo er immer ist, direkt neben seinem großen Bruder. Wieso? Soll ich … Es reicht, Hubertchen! Wenn du unbedingt an etwas fummeln willst, nimm deinen eige-

nen! Nein, weg da! ... Rocket! Vielleicht hilfst du mir hier mal!«
»Er will nur Lemmy, Koller! Pass auf, dass er Lemmy nicht in die Finger kriegt!«
»Was? Stimmt das, Hubertchen? Du bist nur hinter Lemmy her? ... Nein, hör auf! Vergiss es! Das ist ja wohl ... Du kriegst ihn nicht, du durchgeknallter ... Nein, weg da! ... Rocket! Hier, fang!«
»Nein, Koller!« Rocket drückt meinen Kopf nach unten und legt sich mit dem Oberkörper über mich. »Nicht werf...«
Mein Kopf explodiert. Zumindest glaube ich das für einen Moment, als die Pistole dicht vor mir aufschlägt und sich ein Schuss löst. Ein paar Sekunden lang durchzieht mich ein stechendes Pfeifen, dann dringt Rockets Stimme wieder stetig klarer werdend an meine Ohren.
»... du was abgekriegt? Cassidy! Sag doch was? Cassidy! Geht's dir gut?«
»Ich ... Ich glaube schon.« Ich hebe vorsichtig meinen Kopf.
»Gott sei Dank!«, sagt Rocket erleichtert und rollt sich von mir herunter. »Ich dachte schon, dieses Scheißding hätte ...«
»Was ist mit Lemmy?«, ruft Koller mit besorgter Stimme. »Ist Lemmy okay? Du solltest ihn doch fangen, Rocket! Ist er zerkratzt? Bestimmt hat er was abgekriegt! Er ist doch so empfindlich!«
»Danke, Koller, uns geht es gut!«, schreit Rocket zurück. »Du verdammtes Arschloch! Wir hätten hier draufgehen können wegen deiner scheiß-empfindlichen Knarre!«
»Ach, Quatsch, glaubst du doch selbst nicht. Lemmy würde euch nie etwas tun. Na ja, jedenfalls dir nicht, an die Kleine hat er sich noch nicht so richtig gewöhnt.«
»Unglaublich«, brummelt Rocket, während er die Decke zwischen uns wieder in eine Falte auf den Boden drückt. »Und mit so was ist man auch noch verwandt.«
Seine Knie berühren kurz meine Waden, und er zieht sich ein weiteres Stück zurück. Wir liegen eine ganze Weile lang stumm nebeneinander. Vielleicht wartet er darauf, dass ich

etwas sage? Er schläft nicht, was ich daran merke, dass er immer wieder die Falte zwischen uns mit der Handkante nachzieht. Wovor hat er bloß solche Angst?

»Rocket?«, flüstere ich.

»Ja?«

»Würdest du ... Könntest du bitte deinen Arm um mich legen?«

»Was? Ich soll ... Warum?«

»Ach, nur so.«

»Ist dir wieder kalt?«

»Ja ... genau«, schüttle ich mich demonstrativ ein bisschen.

»Na gut«, sagt er und legt seinen Arm über meine Schulter, rückt dabei aber kein Stück näher, so dass sich unsere Körper immer noch nicht berühren und seine Hand in der Luft über meinem Gesicht baumelt. Ich hole meinen Arm unter seinem hervor, packe ihn am Handgelenk und ziehe ihn mit einem Ruck an mich heran.

»Aber ...«, versucht er zu protestieren.

»Shhht«, unterbreche ich ihn, während ich an der Decke ziehe, so dass sich die Falte zwischen uns auflöst. »Das ist schon in Ordnung so, Rocket«, drücke ich mich ganz dicht an ihn. »Ja, so ist es gut. Das ist doch viel gemütlicher, oder nicht?«

Er seufzt einmal lang, wehrt sich aber nicht weiter. Ich kann sein Herz ganz deutlich an meinem Schulterblatt pochen spüren, zuerst sehr schnell, dann immer ruhiger werdend. Sein Bauch wärmt glühend meinen Rücken.

»Erklärst du es mir?«, frage ich, seinen Arm leicht streichelnd.

»Was soll ich dir erklären?«, antwortet er.

»Wovor du Angst hast. Warum bist du so übervorsichtig, wenn es zum Beispiel darum geht, mich anzufassen? «

»Das ist keine Angst. Das sind die Spielregeln, Cassidy.«

»Spielregeln? Was denn für Spielregeln? Was für ein Spiel soll das denn sein? Wer am wenigsten Körperkontakt hat, gewinnt?«

»Nein, pass auf, das ist folgendermaßen: An diesem Spiel ist jeder beteiligt, wobei die meisten allerdings gar nichts davon wissen.«

»Ich auch?«

»Ja, du auch.«

»Koller auch?«

»Ja, wobei Koller ganz eindeutig nicht in meinem Team spielt.«

»Es gibt Teams? Wie viele Teams gibt es denn?«

»Die gesamte Menschheit ist grundsätzlich unterteilt in zwei Teams, die Realisten und die Romantiker.«

»Aha. Und du bist?«

»Ich spiele bei den Romantikern. Wir sind das wesentlich kleinere Team.«

»Aber das Bessere, oder? Schließlich spiele ich auch bei euch. Ich bin nämlich sehr romantisch.«

»Nein, tut mir Leid, du gehörst eindeutig zu den Realisten.«

»Was, wieso denn? Ich bin super-romantisch, ehrlich. Ich liebe Kerzenlicht und romantische Musik. Und Liebesromane. Ich verschlinge Liebesromane, und am Schluss muss ich immer heulen, auch bei einem Happyend.«

»Das ist bloß Bilderbuch-Romantik, das zählt nicht. Bei uns spielen nur echte Romantiker.«

»Und das bin ich nicht? Warum bin ich kein echter Romantiker?«

»Weil du mit Männern schläfst, die du nicht liebst und die dich nicht lieben.«

»Hey, na und? Das geht dich mal überhaupt nichts an, okay? Ich kann doch machen, was ich will. Außerdem habe ich die meisten davon geliebt. Na ja, einen oder zwei zumindest. Aber das ist ja wohl meine Sache.«

»Du hast mich gefragt, oder?«

»Na gut«, sage ich trotzig. »Dann bin ich eben bei den Realisten, soll mir recht sein. Bestimmt gewinnen die sowieso öfter. Wie oft wurdet ihr schon von denen geschlagen? Jede Wette, es steht zig Millionen zu null gegen euch!«

»Wir spielen nicht gegeneinander, Cassidy. Jedes Team spielt für sich selbst. Das ist kein Wettbewerb.«

»Wie, kein Wettbewerb? Was für ein bescheuertes Spiel ist das denn dann, wenn keiner gewinnt oder verliert?«
»Jeder gewinnt oder verliert nur für sich selbst.«
»Aber Realisten gewinnen häufiger, oder? Also sind wir das bessere Team!«
»Häufiger, ja. Die Frage ist nur einfach, wie hoch der Gewinn sein soll. Realisten gewinnen viel, aber nichts Großes. Wenn aber ein Romantiker gewinnt, dann ist es ein Hauptpreis, der Hauptpreis schlechthin. Und dafür verzichten wir eben auf den ganzen Kleinkram.«
»Das ist es also. Jetzt verstehe ich.« Ich lasse seinen Arm los und rücke von ihm weg. »Ich bin Kleinkram für dich. Tut mir schrecklich Leid, wenn ich gegen eure bescheuerten Spielregeln verstoßen habe. Kommt nicht wieder vor.«
Das tat weh. Ich dachte wirklich, er mag mich. Kann man sich so in einem Menschen täuschen?
»Aber…«, startet er den Versuch sich rauszureden. »Aber, nein! Das ist nicht … So ist das doch überhaupt nicht! Das hast du völlig missverstanden! Du bist doch kein Kleinkram! Du bist … Ich meine … Du bist … Du wärst der absolute Volltreffer, Cassidy.«
Er verstummt und rollt sich seufzend auf die andere Seite. Jetzt verstehe ich gar nichts mehr.
»Ich bin ein Volltreffer?«, frage ich leise.
»Ja«, flüstert er.
»Und deswegen warst du die ganze Zeit so komisch?«
»Ich war nicht komisch«, dreht er sich wieder um. »Ich finde nur einfach, dass jemanden zu berühren etwas sehr Persönliches ist. Und darum fasse ich eine Frau nur dann an, wenn ich etwas für sie empfinde, und genau weiß, dass sie nichts dagegen hat, von mir angefasst zu werden. Kannst du das irgendwie verstehen?«
»Ich glaube schon«, sage ich und rücke an ihn heran. »Romantiker haben äußerst selten Sex.«
»Richtig«, lacht er und rückt ebenfalls ein Stück näher. »Eigentlich nie.«
»Es sei denn, sie landen einen Volltreffer.«

»Genau. Was jetzt nicht heißen soll, dass wir …«
»Schht! Arm, Rocket.«
Er legt seinen Arm um meinen Bauch und zieht mich ganz dicht an sich heran.
»Weißt du, was ich glaube, Rocket?«, führe ich seine Hand an meine Wange. »Das mit dem Team war gelogen. Es gibt gar kein Team. Die echten Romantiker sind lange ausgestorben. Ich habe jedenfalls noch nie einen wie dich getroffen. Du musst der Einzige sein, der letzte Romantiker der Welt.«
»Hm, jetzt wo du's sagst … Ich wurde nie zu einer Teambesprechung oder etwas ähnlichem eingeladen. Seltsam, eigentlich. Wahrscheinlich sind alle noch lebenden Romantiker längst zu den Realisten gewechselt.«
»Klar. Weil wir öfter gewinnen. Und manchmal kriegt sogar einer von uns einen Volltreffer.« Ich küsse kurz seine Hand und lege sie zurück auf meinen Bauch.
Der letzte Romantiker. Und ich ein Hauptgewinn. Das klingt schön, das klingt perfekt. Aber wo ist der Haken? Es gibt immer einen Haken. Ich glaube ihm. Ich glaube ihm jedes einzelne Wort, und ich vertraue ihm. Da ist schon mal kein Haken. Ich weiß, wo der Haken ist. Sein Name ist Büffel.

OTTO

»Naddel!!! Oh, ja, Naddel! Das ist gut! Ja! Oh, Naddel-Baby! Bleib so! Nicht bewegen! Ja, gleich! Jetzt! Jetzt! Ooooooh …«
»*Sie haben Post.*«
»Uuuuuh … Was denn, schon wieder? Das Geschäft boomt, Naddel-Baby. Ja, komm her, dreh dich um. Ja, so ist's gut. Schön abschlecken. Vorsichtig! Nein! Au! Nicht die Zähne, Naddel! Nur die Zunge! Ja, so ist's richtig, sehr gut. Du bist die Beste, Naddel. Die Allerbeste. So, das reicht, lass gut sein.

Nein, mehr gibt's nicht. Vielleicht später. Nein, ich muss jetzt noch ein bisschen arbeiten, Nad...«
»*Sie haben Post.*«
»Siehst du, schon wieder einer. Mann, Mann, Mann, wenn das so weiter geht, werden wir stinkreich. Komm, lass mich mal vorbei, ich muss an den Computer.«
Meine Geldmaschine. Noch nie hat sich eine Anschaffung so schnell bezahlt gemacht. Ich liebe diesen surrenden Kasten.
»So, mal schauen, wer da alles etwas von uns will. Guck mal, Naddel. Huub aus Holland hätte gerne deinen zweiten Film. Der erste hat ihm sehr gut gefallen, schreibt er. Tja, der Mann hat Geschmack. Und hier, ein Engländer. Klar, die Engländer. Er will die Fotoserie von Doris und mir. Soll er haben. Was denn? Wo willst du ... Ach, Naddel! Jetzt spiel doch nicht gleich wieder die Eifersüchtige! Bleib hier! Das mit Doris war rein geschäftlich, und das weißt du ganz genau. Jetzt guck mich nicht so vorwurfsvoll an, das hatten wir doch alles schon mal. Doris gehört zur Familie, so wie alle anderen. Und du wirst sie in Ruhe lassen, verstanden? Wenn du sie noch einmal trittst, gibt es ... Hey, bleib gefälligst hier, wenn ich mit dir rede! Weißt du, manchmal bist du so eine Mimose, das ist nicht mehr feierlich! Ja, dann hau eben ab! Aber lass Doris zufrieden! Dass das klar ist!«
Ich muss mir unbedingt etwas einfallen lassen, das geht nicht mehr lange gut mit den beiden. Vielleicht müssen wir uns doch von Doris trennen, zu ihrem eigenen Schutz, sonst bringt Naddel sie wirklich eines Tages noch um; sie kann so jähzornig werden, wenn es um mich geht.
»*Sie haben Post.*«
»Nichts dagegen, immer her damit. Wen haben wir denn da? Noch ein Holländer. Ah, ja, das ist der, der so auf unsere Veronica abfährt. Ob es neues Material von ihr gibt? Nein, leider nicht, Veronika macht gerade Babypause, es sind Achtlinge. So in etwa zwei Monaten gibt's wieder was Neues von ihr. Aber vielleicht kann ich ihn ja für eine andere interessieren. Was hätten wir denn da noch in diesem Bereich?

Jenny, vielleicht? Ja, Jenny müsste ihm eigentlich zusagen. Ich werde ihm das komplette Jenny-Paket zum Vorzugspreis anbieten.«

Das Internet, die größte technische Errungenschaft, seit es Strom gibt. Wenn ich daran denke, wie kompliziert es davor für unsereins war. Geheime Treffen zweimal im Jahr irgendwo in der holländischen Pampa, viel Geld war da nicht zu machen. Jetzt läuft das alles bequem von zuhause aus. Es hat etwa zwei Jahre gedauert, bis das alles richtig funktionierte und sich eingespielt hat, aber mittlerweile ist es eine wahre Goldgrube. Der Kundenkreis wird immer größer, wobei wir selbstverständlich vorher genau prüfen, wer da neu hinzukommt und wer nicht. Für einen Neueinsteiger müssen immer drei Altmitglieder, die mindestens ein Jahr dabei sind, bürgen. Und niemand bürgt für einen Neuen, wenn er nicht mit eigenen Augen gesehen hat, wie derjenige live und in Farbe seine Neigungen unter Beweis stellt. Ein Undercover-Bulle, der aus reinem Pflichtbewusstsein ein Schaf fickt? Äußerst unwahrscheinlich. Und über die Webseite kriegen sie uns auch nicht, die ist perfekt getarnt, als deutschepromifrauen.de, eine Fansite mit Fotos und Neuigkeiten von ebensolchen, ohne auch nur den geringsten Hinweis darauf, dass es eigentlich um etwas ganz anderes geht. Nur Mitglieder wissen, dass Veronica Ferres für Veronica, das Hausschwein, steht und Doris Schröder-Köpf hier auf der Wiese liegt und zufrieden blökt, nachdem ich sie bestiegen habe. Es gibt auch keinen Hinweis darauf, dass man irgendetwas bestellen könnte auf dieser Seite. Es besteht lediglich die Möglichkeit, eine E-Mail abzuschicken. Die Kunden kennen das Angebot, das eingeteilt ist in Fotos, Poster, Videos und Komplettpakete, und sie wissen das Kennwort, das sich jede Woche ändert und per Telefon abgerufen werden kann, wobei es da selbstverständlich einen Code gibt. Verschickt wird die Ware per Kurier vom nächsten Dorf aus; der Metzger dort ist einer von uns.

»*Sie haben Post.*«

»Ja, ja, Moment. Erst mal das Jenny-Elvers-Angebot an den

Holländer abschicken. So. Der Nächste, bitte. Wen haben wir denn hier? Ach, nee, du schon wieder. Der gibt einfach nicht auf.«

Kein Kennwort, Party-Animal als Name, möchte gerne dieses tierisch geile Verona-Video bestellen, auffälliger geht's wohl kaum. Mit Sicherheit kein Bulle, die sind nicht ganz so blöd. Irgendein Pressefuzzi, oder einer vom Fernsehen, der bei der Recherche über einen unserer Ehemaligen, der mit seinem Wissen ein bisschen Kohle machen will, gestolpert ist. Keine Chance, Junge. Du kriegst die gleiche Antwort wie gestern.

»Sehr geehrter Party-Animal! Wie ich Ihnen bereits gestern mitteilte, liegt hier wohl leider ein Missverständnis vor. Wir sind keine Versand-, sondern eine rein informative Fanseite. Sollten Sie Informationen über ein Verona Feldbusch-Video mit pikantem Inhalt haben, wären wir Ihnen sehr dankbar, wenn Sie uns dazu Näheres mitteilen könnten, denn das würde unsere Leser mit Sicherheit interessieren. Mit freundlichen Grüßen, H. Schmidt. So, abschicken und fertig. Mal schauen, ob er es nochmal ver… Naddel? Bist du das? Was ist denn los?«

War das etwa ein Auto eben? Es klang fast so. Um die Uhrzeit? Die Jungs können es nicht sein, die haben ja vorhin angerufen. Oder haben sie vielleicht doch noch einen Wagen aufgetrieben?

Ich gehe auf den Flur. Naddel steht an der Treppe und schüttelt aufgeregt den Kopf. Da sind Stimmen unten, hinter der Tür. Die Tür öffnet sich, die Stimmen werden lauter. Ich schalte das Licht an.

»Ottochen!«, sehe ich als Erstes meine Schwester Becca mit ausgebreiteten Armen die Treppe hoch auf mich zulaufen.

»Becca!«, rufe ich ihr strahlend entgegen, während ich mit einem Blick nach unten die Situation einzuschätzen versuche.

Fünf Männer, nein, vier Männer und ein Teenager. Ein älterer, feiner Zwirn, der hat wahrscheinlich das Sagen. Die drei anderen haben Pistolen auf mich gerichtet, zwei davon sehen um die Stirn herum aus, als hätten sie zu dicht an einer explodierenden Kirmesbude gestanden. Der Teenager hält sich hinter ihnen, er ist nicht bewaffnet.

»Da bist du ja!«, schließe ich meine Schwester in die Arme. »Alles in Ordnung mit dir?«

»Soweit, ja«, sagt sie laut und fällt mir um den Hals. »Keine Witze über den Kopfschmuck des Langen«, flüstert sie mir hastig ins Ohr. »Sag, du findest das gut. Wo sind die Jungs?«

»Noch unterwegs«, flüstere ich, während ich sie links und rechts auf die Wangen küsse. »Kommen morgen früh.«

Wir lassen uns los und Becca tätschelt Naddel zur Begrüßung den Kopf.

»Ich sehe, du hast netten Besuch mitgebracht«, sage ich mit einem breiten Lächeln nach unten. »Herzlich willkommen in meinem bescheidenen Heim. Ich habe nicht sehr oft Gäste, verzeihen Sie die Unordnung. Möchten die Herrschaften nicht erstmal ablegen? Diese Gerätschaften sehen doch sehr unbequem aus und sind nun wirklich nicht nötig. Wir sind …«

»Schnauze!«, faucht der eine der Kirmesköpfe, dessen Haare wie ein verrutschtes Toupet platt auf seiner Stirn zu kleben scheinen. »Flossen hoch und runter kommen. Aber ganz langsam, kapiert?«

»Wie Sie wünschen.« Ich strecke meine Arme in die Luft und fange an, Stufe für Stufe die Treppe herunterzugehen. »Interessante Frisur, übrigens. Ist das jetzt modern? Wissen Sie, wir auf dem Land kriegen ja diesbezüglich so gut wie gar nichts …«

»Schnauze, hab ich gesagt!«, fährt er mich an. »Und kein Wort mehr über meine Frisur! Von niemandem, okay?«

Unten angekommen schiebt er mich mit dem Gesicht an eine Wand und tastet mich ab.

»Der ist sauber«, sagt er mit Blick zu dem Älteren. »Wo ist das Badezimmer?«, wendet er sich wieder an mich.

»Gleich links, die zweite Tür rechts.« Ich zeige ihm mit dem Finger die Richtung.

»Ich bin dann mal weg«, macht er sich auf den Weg. »Das kann nicht so bleiben. Scheiß-Haare!«
Ich löse mich von der Wand und drehe mich den verbliebenen vier Gestalten zu. Der vermeintliche Boss mustert mich sorgfältig, die anderen beiden schauen abwechselnd zu mir und hoch zu Becca, und der Teenager kratzt sich im Schritt.
»Bölke?« Der Lange, über dessen gelbes Gummigeschwür auf der Stirn ich keine Witze machen soll, tippt seinem Vordermann auf die Schulter. »Da steht ein Pferd auf dem Flur.«
»Ja, ich sehe es, Polio«, antwortet dieser.
»Warum steht da ein Pferd auf dem Flur, Bölke?«
»Ich weiß es nicht, Polio. Wahrscheinlich wohnt es hier.«
»Auf dem Flur? Aber ...«
»Das ist kein Pferd«, erkläre ich. »Das ist ein Esel. Und sie heißt Naddel. Komm runter, Naddel! Sag hallo zu unseren Gästen!«
Naddel trippelt die Treppen herunter, Becca dicht hinter ihr. Unten angekommen steuert sie sofort auf den Langen zu und streckt ihm ihre Schnauze entgegen.
»Es will mich beißen!«, zuckt er zurück und richtet seine Pistole auf Naddel.
»Nein, keine Angst«, sage ich. »Sie möchte nur gestreichelt werden.«
»Wirklich?« Er lässt die Pistole sinken, führt die andere Hand vorsichtig zwischen Naddels Ohren und tätschelt sachte ihren Kopf. Als er merkt, dass ihr das gefällt, fängt er an, sie fester zu kraulen.
»Guck mal, Bölke!«, lächelt er verzückt. »Das mag sie. Kann ich auch ein Pferd haben, Chef? Hey, was machst du denn jetzt? Nein, das kitzelt! Hör auf, Pferdchen!«
Du kannst es nicht lassen, Naddel, oder? Sie knabbert an seinem Schritt und versucht mit den Zähnen seinen Gürtel aufzuziehen. Sie nutzt aber auch jede Chance, um mir das mit Doris heimzuzahlen.
»Naddel! Lass das!«, zerre ich sie von ihm weg. »Du bist ganz schön unhöflich, weißt du das? Der Mann ist unser Gast, und an Gästen wird nicht herumgeknabbert. Es tut

mir Leid, sie meint das nicht böse. Sie will nur spielen.«

»Aber wir sind nicht zum Spielen gekommen«, sagt der Ältere und tritt einen Schritt vor. »Schluss mit dem Streichelzoo. Zur Sache.«

»Der Büffel, nehme ich an«, wende ich mich ihm zu.

»Bolkov. Vladimir Bolkov. So wurde ich getauft, und so werde ich von denen genannt, die mir Respekt entgegenbringen. Büffel nennen mich nur diejenigen, die Angst vor mir haben.«

»Also gut, Vladimir Bolkov.« Ich strecke ihm meine Hand entgegen. »Schwarz. Otto Schwarz. Ich wurde nie getauft, werde aber trotzdem von allen schlicht Otto genannt.«

»Ich nehme an, Sie wissen, warum wir hier sind, Otto?«, sagt er, ohne meine Hand genommen zu haben.

»So viel ich weiß, sind Sie gekommen, um meinen Neffen zu töten.«

»Das ist fast richtig, Otto.« Er fixiert mich mit einem tiefen Blick. »Ich bin hier, um die Welt von dem wertlosen Stück Abschaum zu befreien, das mein armes Töchterchen von mir gerissen hat. Dass es sich dabei um ihren Neffen handelt, tut nichts zur Sache.«

»Für mich und seine Mutter schon.«

»Tja, wissen sie, Otto, das ist das Problem bei Familien. Man fühlt sich seinen Verwandten immer irgendwie verpflichtet, egal, ob sie etwas taugen oder nicht. Sich davon frei zu machen, ist nicht einfach, aber es geht. Warum sollten sie und ihre Schwester ihre Gesundheit oder gar ihr Leben für einen Menschen riskieren, der nicht die Fäkalien wert ist, die er produziert? Nur weil Sie zufällig mit ihm verwandt sind? Das wäre mehr als unvernünftig, finden Sie nicht?«

»Doch, doch, sie haben vollkommen Recht. Vergessen wir diesen ganzen Familienkram. Warum sind Sie noch mal hier? Weil irgendein Mädchen gestorben ist? Und deswegen all die Mühe und der weite Weg? Irgendein Nichtsnutz bringt angeblich irgendein belangloses Mädchen um, na und? Was geht uns das an?«

»Punkt für Sie, Otto«, entringt er sich ein kurzes Lächeln.

»Aber das ändert nichts an den Tatsachen. Ihr Neffe hat meine kleine Natalja umgebracht, und dafür wird …«

»Waren Sie dabei?«

»Wie bitte?«

»Ob Sie dabei waren. Haben Sie gesehen, wie Koller Ihre Tochter umgebracht hat?«

»Nein, natürlich nicht! Das wäre doch nie passiert, wenn ich …«

»Und woher wissen Sie dann so genau, dass es Koller war?«

»Woher ich das weiß? Er war als letzter bei ihr. Er hatte von mir persönlich den Auftrag, sie wohl behütet nach Hause zu bringen. Und dort hat er sie zuerst geschändet und ihr anschließend kaltblütig den Schädel eingeschlagen, damit sie mir nichts davon erzählen kann. Warum sonst ist er wohl abgehauen, dieser dreckige Mistkerl?«

»Er sagt, es war ein Unfall. Er hat sie …«

»Ja, ja, das hat mir Ihre Schwester bereits versucht weis zu machen. Ein Unfall! Haben Sie schon mal von einem Unfall gehört, der einem alle Kleider vom Leib reißt und ein Loch im Schädel hinterlässt? Also, ich nicht!«

»Der Einzige, der Ihnen wirklich erzählen kann, was genau passiert ist, ist Koller. Mein Vorschlag wäre also …«

»Sie sind hier nicht in der Position, um Vorschläge zu machen. Ich …«

»Mein Vorschlag wäre also, dass Sie sich Kollers Geschichte erst einmal anhören, bevor Sie ihn gleich umbringen. Das ist nicht zu viel verlangt, finde ich.«

»So, finden Sie? Was sind Sie? Anwalt? Warum sollte ich das tun? Warum sollte ich mir auch nur ein Wort anhören, das aus dem verkommenen Mund des Mörders meiner Tochter kommt?«

»Ich weiß nicht. Vielleicht nur, um zu erfahren, wie es ihr in den letzten Minuten ihres Lebens ging. Vielleicht hat sie noch etwas gesagt, bevor sie starb. Wollen sie nicht wissen, was die letzten Worte ihrer Tochter waren? Also, was ist? Fünf Minuten. Um mehr bitte ich Sie nicht. Hören Sie ihm nur fünf Minuten zu. Einverstanden?«

Er schaut mich skeptisch an. »Nun gut, ich denke, das lässt sich machen. Wenn es Sie glücklich macht, werde ich ihn anhören, bevor ich ihm für immer das Maul stopfe. Wo ist er?«

»Nicht hier.«

»Hm, das ist schade. Das ist sehr, sehr schade. Bis eben hielt ich Sie noch für einen recht klugen und vernünftigen Mann. Warum setzen Sie diesen guten ersten Eindruck so leichtfertig aufs Spiel, indem Sie mich anlügen? Sie wissen doch bestimmt, dass der erste Eindruck ungeheuer wichtig für jeden zukünftigen Umgang miteinander ist, oder?«

»Oh, ich denke nicht, dass unser zukünftiger Umgang miteinander auf mehr als dieses eine Treffen hinauslaufen wird. Trotzdem habe ich Sie nicht angelogen. Koller ist nicht hier.«

»Warum, denken Sie, glaube ich Ihnen das nicht?«

»Ich weiß nicht. Vielleicht haben Sie ein grundsätzliches Problem damit, anderen Menschen zu vertrauen? Das bringt wohl Ihr Beruf so mit sich. Aber was weiß ich schon, ich bin schließlich kein Psychoanalytiker, sondern nur ein einfacher Bauer.«

»Und wenn Sie das bleiben wollen, sagen Sie mir jetzt besser sofort, wo sich Ihr Neffe befindet. Ich weiß, dass er hier ist. Sein Bruder und er hatten über einen halben Tag Vorsprung, um hierher zu gelangen. Also, wo haben Sie ihn versteckt?«

»Die Jungs hatten Schwierigkeiten mit dem Auto, deswegen sind sie noch nicht hier.«

»Ist ihnen etwas passiert?«, fragt Becca. »Sie sind doch okay, oder?«

»Ja, es geht ihnen gut. Ich habe mit ihnen telefoniert, so etwa vor zwei Stunden.«

»Wann werden sie hier eintreffen?«, will Bolkov wissen.

»Nicht vor morgen früh. Sie sind jetzt zu Fuß unterwegs und werden wahrscheinlich irgendwo draußen übernachten.«

»Wissen die beiden, dass wir hier sind?«

»Hm, lassen Sie mich mal nachdenken, Vladimir Bolkov. Ich habe vor zwei Stunden mit Ihnen gesprochen, und sie sind

vor nicht mal einer halben Stunde für mich völlig überraschend hier hereingeplatzt. Also, bis eben hielt ich Sie für einen recht klugen, wenn auch in ungesundem Maße jähzornigen Mann.«
»Dieser Jähzorn, Bauer Otto, hält mich am Leben und beendet andere schneller, als ihnen lieb ist. Ebenso die oftmals schmerzlich erworbene Weisheit, niemandem zu vertrauen. Bölke, wenn Tony wieder da ist …«
»Was ist mit mir?« Das Stirntoupet kommt aus dem Bad und streicht sich wedelnd mit beiden Händen über die Brust. »Oh, Mann, überall Haare! Gibt's einen Staubsauger hier in der Bude?«
Er bleibt vor der Treppe stehen und zupft sich noch ein paar Haare von den Schultern.
»Was denn?«, fragt er genervt in die Runde. »Was glotzt ihr denn so? Hey, ich weiß, dass das scheiße aussieht! Aber besser hab ich's nicht hingekriegt! Versucht ihr doch mal mit einer Nagelschere Haare zu schneiden! Ihr würdet auch nicht besser aussehen!«
Becca lacht los, und es dauert keine drei Sekunden, bis alle anderen mitlachen. Dieser Kerl sieht aus wie ein tibetischer Mönchsanwärter, der es sich kurz nach Beginn der rituellen Kopfschur doch noch anders überlegt hat. Genau in der Mitte seines Haaransatzes klafft eine Lücke, die sich umrahmt von einer schwarzen Strähnenallee bis fast in das Zentrum seines Kopfes zieht. Damit nicht genug zieht sich ein schmaler, leicht geschwungener schwarzer Streifen über seine Stirn, als hätte er eine dritte Augenbraue.
»Wisst ihr, was?«, stapft er wütend auf meine Garderobe neben der Tür zu. »Ihr könnt mich doch alle mal!«
Er schnappt sich einen meiner Hüte von der Ablage, einen Schlapphut mit sehr breiter Krempe, setzt ihn auf und zieht ihn sich tief ins Gesicht.
»Bölke, du durchsuchst mit Polio das Haus!« Bolkov reißt sich wieder zusammen. »Und nimm Vinnie mit! Damit er mal sieht, worauf bei sowas geachtet werden muss. Tony bleibt so lange bei mir.«

»Geht klar, Chef«, antwortet dieser Bölke und winkt die beiden anderen zu sich. »Los, wir fangen oben an.«
Die drei gehen die Treppe hinauf und verschwinden im ersten Zimmer auf dem Flur.
»Sie werden nichts finden«, sage ich zu Bolkov.
»Dann wäre ja alles in Ordnung, und Sie haben nichts zu befürchten.«
»Ich befürchte nie etwas, außer Schweinepest und Maul- und Klauenseuche.«
»Und was jetzt?«, fragt Becca. »Bleiben wir hier den Rest der Nacht stehen, oder können wir es uns vielleicht irgendwo ein bisschen gemütlicher machen?«
»Wie wäre es mit einer Kleinigkeit zu essen?«, schlage ich vor. »Ihr habt doch bestimmt Hunger. Wie sieht es mit Ihnen aus, Vladimir Bolkov? Erlaubt es Ihre Weisheit, von einem Fremden eine Mahlzeit anzunehmen?«
»Gastfreundschaft allein stellt keine Bedrohung dar, solange wir vom selben Teller essen. Ich hätte nichts gegen einen kleinen Happen einzuwenden.«
»Jähzornig und paranoid. Haben Sie jemals darüber nachgedacht, den Beruf zu wechseln? Also, mir wäre das zu stressig auf Dauer. Aber keine Angst, meine Küche ist garantiert frei von chemischen, geschweige denn giftigen Substanzen, alles reine Naturprodukte. Erwarten Sie nur nicht zu viel, ich bin Vegetarier. Kommen Sie, hier entlang.«
Ich gehe vor, Becca hakt sich bei mir ein, Bolkov und sein Schlapphut folgen uns.
»Ich kenne ihn irgendwo her«, flüstert Becca mir zu.
»Wen? Bolkov?«, wispere ich zurück.
»Ja. Ich bin mir ganz sicher, aber ich komme einfach nicht drauf. Ich habe ihn schon mal irgendwo getroffen, aber ich weiß nicht mehr wo. Ich denke schon den ganzen Tag darüber nach, das macht mich noch verrückt. Ich ...«
»So, da wären wir«, unterbreche ich sie, als wir in der Küche ankommen. »Setzen Sie sich. Ich nehme an, Ihre Kollegen werden auch hungrig sein, wenn sie von ihrer erfolglosen Suche zurückkommen?«

Ich gehe an den Kühlschrank und Becca sucht Teller und Besteck für sieben Personen zusammen.
»Was hast du eigentlich vor?«, flüstert sie, während ich eine Kanne Milch, Butter, Käse und einen Laib selbstgebackenes Brot auf einem Tablett sammle. »Hast du schon einen Plan?«
»Einen Plan?« Ich zucke mit den Schultern. »Was für einen Plan? Ich wusste doch nicht mal, dass du hier mit Al Capone und seiner Freakshow auftauchst. Jetzt füttern wir sie erstmal. Alles Weitere sehen wir dann.«
»Alles sauber, Chef!« Dieser Bölke betritt die Küche, gefolgt von den anderen beiden. »Bis auf das hier. Die hab ich nebenan in der Scheune gefunden.«
Die Schrotflinte, Mist. Nicht, dass sie funktionieren würde; sie war schon in der Scheune, als ich den Hof gekauft habe. Aber für einen kleinen Bluff wäre sie bestimmt gut gewesen.
»So, so.« Bolkov nimmt die Flinte entgegen und sieht sie sich genau an. »Was haben wir denn hier? Wozu brauchen Sie die?«
Er wirft mir die Flinte über den Tisch zu, ich fange sie mit einer Hand.
»Kaufen Sie sich eine neue. Mit der können Sie nicht mal Spatzen vertreiben. Kommt, setzt euch, Männer. Unser Gastgeber war so nett, uns eine kleine Mahlzeit aufzutischen. Greift zu.«

KOLLER

»Wie weit ist es noch?«, fragt die Kleine.
»Wir müssten gleich da sein.« Ich drehe mich um.
»Die Ecke hier kommt mir irgendwie bekannt vor«, sagt Rocket.
»Ja, da vorne ist es sch… Oh, Scheiße!«
Ich zerre Hubertchen hinter einen Baum und winke die anderen hektisch zu uns.

»Kommt her! Schnell!«, zische ich ihnen zu.
»Was ist denn?«, fragt Rocket, als wir schließlich zu viert nebeneinander auf dem Boden knien.
»Das Auto«, flüstere ich und zeige mit dem Finger durch die Bäume hindurch. »Siehst du das Auto vor dem Haus?«
»Ja. Seit wann hat Onkel Otto so einen dicken BMW?«
»Der ist nicht von eurem Onkel«, sagt die Kleine. »Das ist der Wagen des Büffels.«
»Haargenau, die Kleine hat recht.«
»Ach du Scheiße!«, stöhnt Rocket. »Der Büffel? Hier? Aber wie ...«
»Er hat Mama. Eine andere Erklärung gibt es nicht.«
»Mama? Hat er ... Glaubst du, er hat ihr etwas angetan?«
»Nein. Noch nicht. Er will mich, und solange er mich nicht hat, wird er ihr nichts tun.«
»Na, hoffentlich! Und was machen wir jetzt?«
»Ich gehe da rein«, löse ich die Handschellen zwischen Hubertchen und mir. »Gib mir Lemmy.«
»Was hast du vor? Ich komme mit.«
»Ich stürme die Bude und schieße auf alles, was nicht zur Familie gehört. Und du bleibst hier, dass das klar ist.«
»Vergiss es. Mama ist da drin. Ich werde nicht hier draußen sitzen und Däumchen drehen.«
»Die sind mindestens zu dritt«, sagt die Kleine. »Und alle bewaffnet. Wenn ihr da mit der gezückten Kanone reinstürmt, seid ihr tot, bevor ihr ›Büffel‹ sagen könnt.«
»Sie hat recht, Koller. Das ist kein guter Plan. Vielleicht sollten wir einfach reingehen und erstmal mit ihm reden. Könnte ja sein, dass ...«
»Reden? Du willst mit dem Büffel reden? Was willst du ihm sagen? Guten Tag, lieber Büffel, es tut uns schrecklich Leid, aber mein Bruder hat aus Versehen ihre Tochter tot gefickt, nichts für ungut, soll nicht wieder vorkommen, auf Wiedersehen? Mit dem Büffel reden! Klasse Idee, Rocket! Echt klasse!«
»Aber wir müssen da rein, Koller. So oder so. Und unsere Chancen stehen besser, wenn du nicht gleich losballerst.

Außerdem könntest du dabei Mama treffen oder Onkel Otto.«
»Lemmy würde nie auf ein Familienmitglied schießen. Das weißt du ganz genau.«
»Ja, natürlich! Wie konnte ich das bloß vergessen! Wir haben ja noch den guten Lemmy, zum Glück! Warum wirfst du ihn nicht einfach da rein, und er erledigt den Rest im Alleingang!«
»Ja, schreit euch noch ein bisschen an«, sagt die Kleine und erhebt sich. »Das ist ungeheuer hilfreich. Ich bin jedenfalls für reden. Was ist, gehen wir?«
»Du gehst nirgendwo hin!«, schnappe ich sie am Arm und ziehe sie wieder zu uns herunter.
»Er hat recht, Cassidy«, sagt Rocket. »Das ist zu gefährlich. Ich will nicht, dass dir etwas passiert. Du hast nichts damit zu tun.«
»Aber der Büffel kennt mich, Rocket! Ich war Natties Freundin. Vielleicht lässt er sich eher erweichen, wenn er mich sieht.«
»Und du ihn somit noch zusätzlich daran erinnerst, dass er keine Tochter mehr hat?«, werfe ich ein. »Nein, danke. Du kommst nicht mit, Ende der Diskussion.«
»Na gut«, stimmt sie maulend zu. »Aber dann bleibe ich hier und warte. Ich lasse mich nicht von euch wegschicken, auf keinen Fall!«
»Von mir aus kannst du dir da oben im Baum ein Haus bauen, mir doch egal.«
»Aber du machst keine Dummheiten, okay?«, drückt Rocket ihre Hand. »Halt dich da raus, das musst du mir versprechen.«
»Nur, wenn du mir versprichst, dass du wiederkommst. Denn ohne dich kann ich …«
»Ja, ja, und er auch nicht ohne dich«, unterbreche ich sie. »Und wenn sie nicht gestorben sind, dann nerven sie noch heute. Sag mir lieber mal, ob du hiermit umgehen kannst.« Ich strecke ihr Lemmy entgegen.
»Du willst ihr die Knarre hier lassen?«, staunt Rocket. »Warum das denn?«

»Weil sie ihn mir da drin sowieso sofort abnehmen würden, deshalb. Da drinnen ist er nutzlos. Besser, wenn sie ihn hat. Vielleicht kann sie uns irgendwie helfen, als Plan B quasi.«
»Das kommt überhaupt nicht in Frage. Du wirst gar nichts machen, Cassidy, ist das klar? Plan B! Wir haben ja noch nicht mal einen Plan A.«
»Was ist?«, ignoriere ich ihn. »Schon mal mit einer Pistole geschossen?«
»Nein«, wiegt sie Lemmy in der Hand. »Ganz schön schwer, das Ding. Keine Angst, ich krieg das schon hin. Kann ja nicht so kompliziert sein. Einfach abdrücken und das war's, oder?«
»So in etwa, ja. Du musst ihn ganz fest halten, sonst wird er bockig und der Rückschlag haut dich um.«
»Okay, ganz fest halten. Noch was?«
»Ziel ein bisschen zu weit nach links. Das ist eine Macke von ihm. Und sprich mit ihm, das ist ganz wichtig. Sonst fühlt er sich vernachlässigt und dann streikt er manchmal.«
»Wenn ich muss, werde ich mit diesem Ding vielleicht auf jemanden schießen. Reden werde ich auf keinen Fall damit.«
»Du wirst überhaupt nichts machen, okay?«, quengelt Rocket. »Du bleibst schön hier und wartest einfach, bis wir wiederkommen. Versprich mir das, Cassidy! Bitte!«
»Mir passiert schon nichts, Rocket«, streicht sie über seine Wange. »Pass du lieber gut auf dich auf und sei vorsichtig, mein letzter Romantiker.« Sie schließt die Augen.
»Du auch, meine kleine Realistin«, spitzt er die Lippen.
»Ich glaub, es hackt!« Ich packe ihn am Kragen und ziehe ihn hoch, kurz bevor sich ihre Lippen berühren. »Das ist doch hier kein Actionstreifen, in dem nochmal schnell geknutscht wird, bevor die Fetzen fliegen. Hebt euch das Geschmatze für später auf. Abmarsch, Rocket!«
»Aber …«, wimmert er.
»Nichts aber!« Ich zerre ihn ein paar Schritte von ihr weg neben mir her.
»Hey!«, ruft uns die Kleine hinterher. »Habt ihr nicht was vergessen?«
»Was denn jetzt noch?« Ich drehe mich genervt um.

»Was ist mit dem da?«, zeigt sie auf Hubertchen. »Wenn er hier bleibt, wird er die ganze Zeit versuchen, mir die Pistole abzunehmen.«

»Sie hat Recht«, seufze ich Rocket zu. »Er kann nicht hier bleiben. Wir müssen ihn wohl oder übel mitnehmen. Hubertchen?«, pfeife ich durch die Zähne. »Los, komm, Hubertchen! Da drinnen gibt's ganz viele Kanonen! Das wird dir Spaß machen! Ja, so ist's brav! Komm her, Hubertchen!«

»Hubertchen ist doch kein Hund, Koller«, entrüstet sich Rocket.

Hubertchen schließt zu uns auf und wir schlagen uns durch Bäume und Gestrüpp zum Haus vor. Wir stehen an der Tür, ich drücke vorsichtig die Klinke herunter.

»Onkel Otto schließt nie ab«, flüstere ich und öffne die Tür vorsichtig.

Wir gehen langsam alle drei hinein und bleiben in der Mitte des Raums vor der Treppe stehen.

»Ziemlich ruhig, oder?«, flüstert Rocket.

»Sie schlafen«, flüstere ich zurück und schaue mich um. »Aber einer müsste eigentlich wach sein, einer bleibt immer wach, also ... Ah!«

Jemand hat mir auf die Schulter getippt und ich drehe mich erschreckt um.

»Hubertchen? Spinnst du, mich so zu erschrecken!«, zische ich ihn an. »Was ist denn?«

Hubertchen zeigt mit ausgestrecktem Arm an mir vorbei nach oben. Ich sehe oben an der Treppe einen Jungen stehen, den ich nicht kenne. Noch im selben Moment, als sich unsere Blicke treffen, startet er mit einem lauten Schrei die Treppe herunter, breitet etwa auf der Mitte der Stufen seine Arme aus, hebt ab und stürzt auf uns zu.

Ich schnappe Hubertchen am Arm und trete, ihn mitziehend, einen großen Schritt zur Seite; Rocket macht dasselbe in die andere Richtung. Der Junge kracht mit einem lauten Poltern der Länge nach flach und bäuchlings zwischen uns auf den Dielenboden.

»Oh, Scheiße!«, stöhnt er gequält in die Bretter.

»Tja, Robin!« Ich gehe an ihm entlang und stelle einen Fuß auf seinem Schädel ab. »Sowas passiert eben, wenn man ohne Batman loszieht. Wer bist du? Wo sind ...«
»Irgendjemand wird dich ja ersetzen müssen, wenn der Chef mit dir fertig ist«, ertönt eine Stimme von oben.
Bölke. Das war klar. Wo der Büffel ist, kann Bölke nicht weit sein.
»Was denn?« Ich schaue zu ihm hoch; seine Kanone ist auf mich gerichtet. »Dieser Hänfling soll mein Nachfolger werden? Laufen die Geschäfte so schlecht, dass ihr jetzt schon auf dem Schulhof Leute anheuern müsst?«
»Hey, ich hab Abitur!«, quetscht der Junge unter meinem Fuß heraus.
»Und was hat es dir gebracht?«, grinse ich ihn an.
»Du kennst die Prozedur, Koller«, sagt Bölke. »Nimm den Fuß von dem Jungen und die Flossen ganz langsam hoch, Handflächen zu mir. Du auch!«, nickt er Rocket zu, dann Hubertchen. »Und du natürlich auch! Wer ist der Opa, Koller? Hast du etwa gleich einen Priester mitgebracht?«
»Wieso? Hat der Chef endlich ja gesagt und ihr heiratet doch noch?«
»Ha, ha, der war gut, Koller!« Eine zweite Kanone erscheint oben an der Brüstung. »Deine Witze werden mir fehlen.«
»Tony?«, blinzle ich hoch. »Bist du das? Du siehst ja richtig gut aus, wenn man dein Gesicht nicht sieht. Schicker Hut, solltest du immer tragen.«
»Wirklich? Er gefällt dir? Tja, ich würde ihn dir ja schenken, aber was hättest du noch davon?«
»Mama!«, ruft Rocket. »Geht's dir gut? Was haben sie mit dir gemacht?«
»Alles in Ordnung, mir geht's gut, Robert!« Mama hüpft mit gefesselten Beinen und den Armen auf dem Rücken neben Tony an die Brüstung. »Was ist mit euch?«, schaut sie abwechselnd zu Rocket und zu mir. »Wo ist das Mädchen? Und wer ist der alte Mann da?«
»Cassidy ist ...«
»Die Kleine ist abgehauen«, unterbreche ich ihn, da wir

vergessen haben, eine Geschichte abzusprechen. »Geht's dir wirklich gut, Mama? Warum bist du hier? Was haben sie mit dir gemacht? Ich schwöre euch, wenn ihr sie nur angefasst habt, dann ...«

»Deine Mutter ist freiwillig hier.« Der Büffel taucht neben Bölke auf und streicht sich seinen Anzug glatt. »Sie war besorgt, dass ihren Kindern etwas zustoßen könnte. Ein Gefühl, dass ich sehr gut nachvollziehen kann. Auch ich habe immer versucht auf mein Kind aufzupassen, doch jetzt ist mein geliebtes Töchterchen tot, und ich mache mir Vorwürfe, nicht gut genug auf sie aufgepasst zu haben. Ich fühle mich schuldig«, nickt er Bölke und Tony zu, die sich daraufhin zu uns nach unten in Bewegung setzen. »Weißt du, wie das ist, sich schuldig zu fühlen, Koller? Das ist kein gutes Gefühl. Und deswegen möchte ich es auch möglichst schnell wieder los werden, denn ich habe dieses Gefühl nicht verdient. Ich sollte mich nicht schuldig fühlen. Ich habe mein Töchterchen nicht umgebracht. Das ...«

»Aber ich habe ...«, versuche ich zu erklären.

»Du hast deinen dreckigen Mund zu halten, sonst gar nichts«, erhebt der Büffel seine Stimme.

»Sie haben versprochen, ihn anzuhören!« Onkel Otto hüpft, ebenfalls an Armen und Beinen gefesselt, neben ihn.

»Genau!«, nickt Mama. »Lassen Sie ihn ausreden!«

»Ich werde mir anhören, was dieses Stück Dreck zu sagen hat.« Der Büffel setzt sich die Treppe hinunter in Bewegung. »Keine Sorge, ich stehe zu meinem Wort.«

»Beine auseinander«, bellt Bölke mich an, nachdem er bereits Hubertchen abgetastet hat; Tony ist mit Rocket beschäftigt. »Wo ist deine Knarre?«, fragt er, nachdem er nichts gefunden hat. »Du gehst ohne dieses Ding nicht mal aufs Klo. Also, wo ist sie?«

»Die Kleine hat sie«, sage ich. »Ich bin eingeschlafen, da hat sie sich die Kanone geschnappt und ist stiften gegangen.«

»Du lässt dir deine heilige Kanone von einer kleinen Schlampe klauen?«, lacht Tony. »Du wirst alt, Koller. Na ja, aber nicht mehr viel älter, wenn es dich tröstet.«

»Hey! Cassidy ist keine Schlampe, du Arschloch! Sie ist ... Ah, verflucht!« Rocket sinkt auf die Knie und hält sich die Hände vors Gesicht, weil Tony ihm seinen dicken, dummen Schädel an die Stirn geknallt hat.

»Robert!« Mama fängt an, vorsichtig die Treppe hinunter zu hüpfen. »Eins sag ich dir, du Schwachkopf«, schreit sie Tony an. »Wenn du meinen Sohn nur noch ein einziges Mal anfasst, dann kriegst du's mit mir zu tun!«

»Ach ja?«, lacht er sie aus. »Was willst du machen, Zicke?«, und tritt Rocket mit Schwung in die Seite. »Mir beidfüßig in den Arsch treten? Das will ich sehen.«

»Lass gut sein, Tony«, hält der Büffel ihn von einer weiteren Attacke auf Rocket zurück und geht langsam auf mich zu.

»Er ist sauber«, sagt Bölke, lässt mich los und tritt einen Schritt zur Seite.

Der Büffel sieht mir in die Augen. Ich kenne diesen Blick. Ich habe ihn oft genug beobachtet, bevor er jemanden persönlich auseinandernahm. Was ist das? Mein Magen zieht sich plötzlich zusammen, und ich fange an, am ganzen Körper zu schwitzen. Meine Beine verwandeln sich in Schlagsahne, mein Herz in einen Mixer und meine Hände schlackern, als hätten sie keinen einzigen Knochen mehr in sich. Ist das Angst? Das muss Angst sein, denn ich kenne dieses Gefühl nicht. Und immer noch dieser Blick. Ich klappe gleich zusammen.

»Hören sie, Chef!«, wimmere ich ihn an. »Ich ...«

Weiter komme ich nicht. Er hat mit einem wuchtigen Schlag zwischen meine Augen mein Zusammenklappen selbst in die Hand genommen.

»Sie wollten ihn anhören!« Onkel Otto hüpft die Treppe hinunter.

»Ich habe ihm nicht die Zähne eingeschlagen«, knurrt der Büffel. »Er kann immer noch reden. Los, steh auf, du Mistkerl! Zeit für die Märchenstunde!«

Ich rapple mich mühsam auf, alles in meinem Kopf dreht sich. Der Büffel packt mich am Hals und setzt wieder diesen Blick auf.

»Also, pass auf, Koller«, brummt er. »Ich habe deiner Mutter und deinem Onkel versprochen, dass ich mir anhören werde, was du zu sagen hast, bevor ich dich fertig mache. Du kennst mich, ich stehe zu meinem Wort.«

»Ja, Chef«, nicke ich. »Sie sind ein Ehrenmann.«

»Genau, das bin ich. Du hast eine Minute, fang an.«

»Fünf Minuten!«, ruft Onkel Otto. »Eine Minute ist viel zu kurz, das ist nicht fair!«

»Fair? Was glauben sie, was das hier ist? Die olympischen Spiele? Aber gut, er kriegt zwei.«

»Vier! Das ist das Mindeste!«

»Drei, mein letztes Wort. Sie verhandeln hart, Otto, ich mag das. Also, du hast drei Minuten, Abschaum!« Er lässt meinen Hals los, und ich atme tief durch.

»Ich ... Ich wollte Nattie, ähm, Natalja nicht umbringen, Chef. Wirklich nicht! Das war alles nur ein Unfall!«

»Soweit kenne ich die Geschichte schon. Du verschwendest Zeit.«

»Ich ... Ich habe sie nach Hause gebracht, so wie Sie es gesagt haben, Chef. Und dann fragte sie, ob ich noch auf einen Kaffee bleiben möchte, sie wäre noch nicht müde, und so weiter. Na ja, Sie wissen ja, wie das ist, dann führte eines zum andern, und ehe ich wusste, wie mir geschah, landeten wir auch schon in der Kiste und ...«

»Was soll das heißen, ihr seid in der Kiste gelandet?«

»Na ja, Sie wissen schon, Chef. Wir hatten Sex, und am Anfang ...«

»Du dreckiger Lügner!«, ohrfeigt er mich mit dem Handrücken. »Meine kleine Natalja hätte sich nie freiwillig von dir auch nur anfassen lassen, du Wurm! Mein Töchterchen war ein durch und durch reines Geschöpf! Sie war unberührt, und ich werde nicht zulassen, dass du sie hier und jetzt noch mit deinem Schandmaul beschmutzt, du ...«

»Dafür, dass sie unberührt war«, unterbricht ihn Rocket, »steckte Kollers bestes Stück aber ziemlich tief in ihr drin. Das können Sie mir glauben, ich hab's mit eigenen Augen gesehen. Nicht, dass ich es sehen wollte, aber es ließ sich leider nicht vermeiden.«

»Was soll das heißen?«, dreht sich der Büffel zu Rocket. »Willst du mir damit sagen, dass du dabei zugeguckt hast, wie dein Bruder meine arme Natalja geschändet hat?«

»Aber Chef!«, lenke ich seine Aufmerksamkeit wieder mir zu. »Ich schwöre Ihnen, ich habe sie zu nichts gezwungen! So etwas würde ich nie tun! Und, so Leid es mir tut, Chef, Ihre Tochter war mit absoluter Sicherheit keine Jungfrau mehr. Sie hatte da ein paar Sachen drauf, die ...«

»Genug!«, knallt die nächste Ohrfeige in mein Gesicht. »Das muss ich mir nicht anhören!«

»Wenn Sie wissen wollen, was wirklich passiert ist, werden Sie es sich wohl anhören müssen, Bolkov«, sagt Mama.

»Das ist nicht das, was wirklich passiert ist! Ihr Sohn ist ein Lügner, beide Ihre Söhne sind nichts weiter als dreckige, perverse Lügner! Und sie werden beide dafür bezahlen, was sie meinem Töchterchen angetan haben!«

»Aber das ist die Wahrheit!«, schreit Rocket. »Ob ihnen das gefällt oder nicht! Ihre Tochter hatte Sex mit Koller! Auch wenn Sie jetzt jedem Einzelnen hier im Raum eine Kugel in den Schädel jagen, ändert das nichts an der Wahrheit!«

»Und woher kommt dann das Loch in ihrem Kopf?«, meldet sich Bölke zu Wort. »Das ist wohl kaum eine typische Sexverletzung.«

»Aber da war sie doch längst tot!«, sagt Rocket.

»Und woran ist sie dann bitteschön gestorben?«, hakt Bölke nach.

»Das ist es ja«, übernehme ich wieder. »Ich weiß es nicht. Wir waren gerade ... Sie saß auf mir und sie war sehr, sehr lebendig, und im nächsten Augenblick nichts mehr. Ihr Herz blieb plötzlich stehen. Ich habe keine Erklärung dafür.«

»Ihr Herz blieb einfach so stehen?«, fährt der Büffel hoch. »Mein Töchterchen war kerngesund und stark wie ein ... wie ein Büffel, jawohl! Sie war kaum neunzehn, und du ...«

»Zwanzig«, hüstelt Bölke. »Sie war zwanzig, Chef.«

»Sie war schon zwanzig?«

»Seit Februar, Chef. Sie haben ihr den Porsche geschenkt, wissen Sie noch?«
»Stimmt. Mein Gott, wie die Zeit vergeht. Wo war ich? Ach ja, sie war erst zwanzig, und du willst mir erzählen, ihr Herz sei einfach so stehen geblieben? Ich glaube dir kein Wort, du dreckiger, kleiner Lügner!«
»Aber es war wirklich so, Chef!«, wimmere ich ihn an. »Warum sollte ich denn sowas erfinden? Eben schreit sie noch vor Lust und dann ist sie auf einmal tot. Ich schwöre, es war so!«
»Das Loch«, sagt Bölke. »Wie kam das Loch in ihren Schädel?«
»Ich ... Ja, das war so ... Ich bin ... Ihr Körper hat sich ... Sie muss sich irgendwie verkrampft haben, als sie ... als sie starb. Und dadurch konnte ich nicht mehr ... Also, ich ... ich habe da irgendwie festgesteckt und ...«
»Du hast was?«, starrt Tony mich an.
»Festgesteckt«, wiederhole ich kleinlaut. »Ich kam nicht mehr raus.«
»Das ist medizinisch unmöglich«, sagt Bölke.
»Genau das habe ich zuerst auch gesagt«, nickt Rocket. »Aber er steckte wirklich fest.«
»Ich kannte mal eine, die eine Weinflasche nicht mehr rausgekriegt hat«, grinst Tony.
»Natürlich«, sagt Bölke. »Flaschen ziehen ein Vakuum. Das weiß doch jedes Kind.«
»Schon«, erwidert Tony. »Aber diese Flasche steckte andersrum fest.«
»Oh.«
Mama verzieht schmerzvoll ihr Gesicht, Onkel Otto kichert leise.
»Was ist?«, schaue ich vorsichtig zum Büffel. »Soll ich weiter erzählen?«
»Was denn? Noch mehr Lügen?«, funkelt er mich an. »Glaubst du, das wird es besser für dich machen?«
»Ich dachte, Sie wollten unbedingt wissen, woher das Loch kam?«

»Ich weiß ganz genau, woher das Loch kam, du widerliche Kröte!« Er packt mich erneut am Hals. »Du hast meine Natalja geschändet und ihr danach den Schädel eingeschlagen, damit sie es mir nicht erzählt und ich dir eigenhändig den Kopf abreiße!«

»Na, das hat ja dann prima hingehauen«, sagt Rocket. »Also, kommen sie! Erst vergewaltigt er eben mal so die Tochter seines Gangsterchefs, und dann schlägt er sie tot, damit er keinen Ärger mit ihm kriegt? Hallo? Was ist denn das für eine Logik? Erzähl ihm, was passiert ist, Koller. Denn das macht wenigstens Sinn, so unwahrscheinlich es auch klingen mag.«

Der Büffel legt wieder diesen Blick auf und drückt meinen Hals fester zu.

»Bitte, Chef«, krächze ich nach Luft schnappend. »Lassen Sie es mich erklären.«

»Nun gut.« Er lässt von mir ab. »Wenn du deine letzten Worte unbedingt damit verschwenden willst, noch mehr Lügen zu verbreiten, von mir aus.«

Ich huste kurz und reibe mir den brennenden Hals.

»Wie gesagt, ich steckte fest«, fange ich an. »Also habe ich Rocket angerufen, damit er mir hilft. Er brach die Tür auf, und ich erklärte ihm, was Sache war. Dann hat er aus der Schublade ...«

»Keine Einzelheiten, Koller«, sagt Rocket. »Erspar mir das. Und ich möchte hinzufügen, dass ich ihm äußerst widerwillig geholfen habe. Das war alles andere als ein Spaß, so viel kann ich sagen.«

»Na ja, jedenfalls«, fahre ich fort, »irgendwann kam ich frei, und bei dieser Aktion kippte Natalja von mir herunter und schlug mit dem Kopf genau auf die Kante des Nachttischs, daher das Loch. Wie gesagt, ich weiß nicht, warum sie gestorben ist, aber es ist alles genauso passiert, wie ich es erzählt habe, das schwöre ich.«

»War's das?«, fragt der Büffel und streckt seine offene Hand Bölke zu, der ihm daraufhin seine Kanone überreicht. »Bist du fertig?«

Ich nicke. Ja, das war's dann wohl. Ich hoffe nur, er macht

es kurz. Ich schaue Rocket noch einmal an. Pass gut auf Mama auf, falls ihr hier lebend rauskommt. Und auf Lemmy, natürlich. Ja, gut, meinetwegen, grüß auch die Kleine von mir, wenn's sein muss. Und kümmere dich um Hubertchen; er muss hundertzwanzig Jahre alt werden, mindestens, okay? Moment mal. Wo ist er überhaupt? Hubertchen ist weg. Ach, nein, da ist er ja, er steht hinter Bölke. Mach's gut, Hubertchen, du alter Spinner. Du auch, Mama. Und Onkel Otto. Sieht so aus, als müsste ich ohne eines deiner Omelettes den Abgang machen.

»Weißt du«, sagt der Büffel und überprüft das Magazin. »Es ist eigentlich egal, ob ich dir diese Geschichte glaube oder nicht. Natürlich glaube ich sie nicht, aber selbst wenn tatsächlich alles so war, wie du es geschildert hast, es ändert nichts. Du warst bereits ein toter Mann von dem Augenblick an, an dem das Herzchen meiner kleinen Natalja aufgehört hat zu schlagen. Und das wusstest du, sonst wärst du nicht abgehauen. Du wusstest genau, egal was du mir für eine Geschichte auftischst, es würde dir nicht helfen. Und du hattest Recht damit.«

Er drückt mir den Lauf der Kanone auf die Stirn. Ich schließe die Augen.

»Du hast Glück, Koller«, höre ich seine Stimme. »Ich hatte eigentlich vor, dich leiden zu lassen. Aber jetzt will ich einfach nur noch, dass du möglichst schnell aus meinem Leben verschwindest. Also, wie heißt es so schön: Ich zähle bis drei, dann ist es vorbei. Eins ...«

»Zehn!«, ruft Onkel Otto dazwischen. »Zählen Sie bis zehn! Das ist das Mindeste, was Sie ihm noch gewähren können.«

»Jetzt ist nicht mehr die Zeit, um zu verhandeln, Otto«, brummt der Büffel. »Außerdem zählt niemand bis zehn, bevor er jemanden tötet; das ist unmenschlich. Also, für meine geliebte Natalja. Schau gut hin, Engelchen, das ist für dich. Eins, zwei, dr...«

Ein heftiger Stoß von links schleudert mich zur Seite und lässt mich hart auf den Boden knallen.

»Was ...«, höre ich den Büffel sagen.

Ich öffne die Augen und muss mich erst einmal orientieren. Als ich wieder durchblicke, sehe ich Hubertchen, wie er dort steht, wo ich eben noch stand, und er presst seine Stirn fest gegen den Lauf der Knarre des Büffels.

»Hubertchen, nicht!«, rufe ich ihm zu.

»Was ... Was soll das?«, stammelt der Büffel verwirrt. »Wer ... Wer zum Teufel ist das überhaupt?«

»Nicht schießen, Chef!«, flehe ich ihn an. »Das ist nur Hubertchen! Er spinnt ein bisschen, ist aber ganz harmlos! Am besten beachten Sie ihn überhaupt nicht!«

Der Büffel schaut fragend zu Bölke, der ratlos mit den Schultern zuckt.

»Der Kerl spinnt also ein bisschen, sagst du?«, wendet sich der Büffel mir zu, ohne die Knarre von Hubertchens Stirn zu nehmen. »Dann sollte ich ihn vielleicht davon erlösen, oder?«

Hubertchen nickt dreimal stumm und streckt demonstrativ seine Arme seitlich von sich.

»Was glaubt er, wer er ist?«, grinst Tony. »Jesus? Knallen Sie ihn ab, Chef.«

Hubertchen nickt wieder zustimmend, packt den Büffel mit beiden Händen am Arm und drückt damit die Knarre noch fester an seine Stirn.

»Der spinnt nicht nur ein bisschen«, sagt der Büffel. »Der ist ja wohl komplett verrückt. Nein, so jemanden kann ich nicht einfach ...«

»Hallo?«, unterbricht ihn eine Stimme, die begleitet von Schritten und Getrappel aus Richtung der Küche kommt. »Wo seid ihr? Ich habe doch eben etwas gehört. Du auch, oder, Schäfchen? Ja, geh vor. Such die anderen. So ist's brav, Schäfchen.«

Das ist ganz unverkennbar Polio, der gute, alte Schwachkopf Polio. Das Getrappel und die Schritte kommen näher. Eins von Onkel Ottos Schafen erscheint in dem Gang, der zur Küche führt. Es stürmt auf mich zu und fängt an mich abzuschlecken.

»Sehr gut, braves Schäfchen!«, erscheint Polio kurz dahinter.

»Du hast sie gefunden. Hallo, Koller! Der Chef ist sehr böse auf dich, weißt du das?«, winkt er mir mit einer Kanone in der Hand zu. Was hat er denn da am Kopf kleben?
»Hallo Polio«, lächle ich ihn an und schiebe das Schaf von mir weg.
»Ach, da seid ihr ja alle!«, begrüßt er die anderen. »Seid ihr schon lange wach? Ich habe so gut geschlafen. Ich war im Stall, bei den ganzen Tieren.«
»Das ist schön, Polio«, sagt der Büffel mit sanfter Stimme, immer noch Hubertchens Hände an seinem Arm, die Kanone an seine Stirn drückend.
»Wer ist das?«, fragt Polio und geht auf Hubertchen zu. »Hallo, ich bin Polio.« Er streckt ihm die Hand hin. »Was haben Sie angestellt?«
»Er hat nichts angestellt, Polio«, erklärt Bölke. »Er ist nur verrückt.«
»Ach! Und deswegen wollen Sie ihn erschießen, Chef?«
»Nein, will ich nicht!« Der Büffel löst Hubertchens Hände von seinem Arm und nimmt die Knarre runter. »Ich erschieße doch keine Verrück… Aaah! Verdammt!«, schreit er auf.
Hubertchen hat ihm mit voller Wucht ans Schienbein getreten.
»Au!«, reibt sich der Büffel auf einem Bein hüpfend das andere. »Verflucht nochmal!«
Hubertchen nimmt Anlauf und tritt ihm auch noch an das andere Bein.
»Aaaah! Bölke! Halt mir diesen Verrückten vom Leib! Das darf doch alles nicht wahr sein! Scheiße, tut das weh!«
Bölke schnappt sich Hubertchen, dreht ihm einen Arm auf den Rücken und zerrt ihn ein paar Schritte vom Büffel weg, der sich auf den Boden gesetzt hat und sich beide Schienbeine reibt.
»Tony, hast du noch Klebeband?«, fragt Bölke.
»Ja, hier!«, wirft er ihm die Rolle zu.
»Sieh zu, dass du ihm die Beine besonders fest verschnürst«, knurrt der Büffel und erhebt sich vorsichtig vom Boden.

»Und jetzt zurück zu dir«, humpelt er wacklig mit gezogener Knarre auf mich zu. »Steh auf! Und diesmal zähle ich nicht mehr bis drei!«
»Halt! Warten Sie, Chef!«, stellt sich Polio ihm in den Weg. »Wollen Sie Koller jetzt erschießen?«
»Deswegen sind wir schließlich hier, Polio. Geh mir aus dem Weg!« Er schiebt ihn beiseite.
»Aber ...«, setzt er ihm nach. »Aber das geht nicht, Chef! Ich habe doch eine Idee!«
»Das freut mich für dich, Polio. Aber nicht jetzt, verstanden?«
»Nein, nein! Das muss aber jetzt sein, Chef! Bitte! Das ist eine ganz tolle Idee! Ehrlich!«
»Na gut«, seufzt der Büffel. »Wenn es unbedingt jetzt sein muss. Was ist es, Polio? Was hast du für eine tolle Idee?«
»Kommen Sie, Chef«, zieht er ihn in eine Ecke. »Das ist eine Geheimidee. Das darf niemand vorher wissen, weil es doch eine Überraschung sein soll. Und zwar geht diese Idee so ...«
Polio ist ganz nah an den Büffel herangerückt und wispert ihm direkt ins Ohr, so dass ich nichts mehr verstehen kann. Der Büffel nickt nur ab und zu und reibt sich in regelmäßigen Abständen das Kinn.
»Was hat dieser Schwachkopf denn jetzt schon wieder?«, fragt Tony mit Blick zu Bölke.
»Keine Ahnung«, zuckt dieser mit den Schultern.
»Und du glaubst, das funktioniert?«, sagt der Büffel laut.
»Bestimmt!«, antwortet Polio. »Das ist eine tolle Idee, oder, Chef?«
Die beiden kommen langsam aus der Ecke zurück.
»Wenn es klappt, dann ist das eine wirklich ganz tolle Idee, Polio«, klopft der Büffel ihm auf die Schulter. »Tony, schnapp dir Kollers Bruder und geh mit Polio. Er wird dir alles erklären. Ach ja, den Verrückten könnt ihr auch mitnehmen. Es ist mir lieber, wenn er nicht in meiner Nähe ist.«
»Was haben Sie vor, Chef?«, fragt Bölke.
»Nur eine kleine Änderung des Ablaufs, Bölke. Du bleibst bei

mir und lässt Koller nicht aus den Augen. Am besten fesselst du ihn auch.«

»Okay, Chef.« Er geht auf mich zu und beginnt meine Hände zu verschnüren.

»Los, beweg dich!« Tony packt Rocket am Arm und führt ihn vor sich her an mir vorbei in den Gang Richtung Küche. »Nimm du den Alten!«, ruft er Polio zu.

»Mach ich!«, antwortet Polio. »Wir rufen euch dann!«, grinst er noch in die Runde und verlässt mit einem hüpfenden Hubertchen an der Seite den Raum.

»Hört auf!«, schreie ich. »Lassen Sie Rocket frei, Chef! Er hat doch wirklich nichts mit der ganzen Sache zu tun. Sie wollten mich, und hier bin ich. Lassen Sie es dabei, ich bitte Sie!«

»Weißt du, Koller«, kommt er breit grinsend auf mich zu. »Genau das ist es, was ich vorhin meinte, das mit dem schuldig fühlen. Du erinnerst dich? Und als Polio eben diese Idee hatte, dachte ich, ja, das ist perfekt. Wenn ich mir diese quälenden Vorwürfe mache, weil ich nicht da war, um meiner kleinen, unschuldigen Natalja zu helfen, ist es nur gerecht, dass du genauso leidest wie ich, bevor du stirbst. Nur dass du noch dabei zugucken darfst, wenn dein kleiner, unschuldiger Bruder stirbt, ohne dass du ihm helfen kannst. Ich will, dass du exakt das Gleiche durchmachst, was mich seit zwei Tagen unaufhörlich zermartert. Und dann, erst dann werde ich dir eine Kugel durch den Kopf jagen, und du wirst mir sogar dankbar dafür sein, weil du dann nicht mehr mit der Schuld leben musst, deinem geliebten Brüderchen nicht geholfen haben zu können. Soviel dazu. Ich gehe jetzt kurz in die Küche und genehmige mir noch ein Stück dieses köstlichen Käses, bevor es losgeht.«

ROCKET

Mein Bruder fickt gerne herum. Aber das sagte ich ja schon. Tja, und weil mein Bruder eben gerne herumfickt, und ich es für gewöhnlich ausbaden muss, liege ich jetzt hier vor der Scheune meines Onkels auf dem Rücken im Dreck und warte, von einem Esel, einer Kuh, einem Schaf, fünf Hühnern und gleich noch zwei Hasen umringt, darauf, von einem Schwachkopf mit einer Quietsche-Ente auf der Stirn und seinem Freund, der seinen Hut so tief trägt, dass er reinbeißen kann, gevierteilt zu werden. Aber ich will mich nicht beschweren. Koller könnte schon tot sein. Hubertchen hat ihm auf seine zwar nicht unbedingt selbstlose aber effiziente Art das Leben gerettet und wir haben dadurch Zeit gewonnen. Onkel Otto wird schon noch irgendetwas einfallen. Onkel Otto fällt immer etwas ein, hat Koller gesagt. Ein bisschen mulmig ist mir schon. Nicht, dass ich Angst hätte, in vier Teile gerissen zu werden, natürlich. Aber wenn die Kuh und der Esel Vollgas geben, könnte das doch sehr unangenehm werden. Wer weiß schon, wie solche Viecher reagieren? Die Vorstellung, vielleicht im Liegen einen Tritt ins Gesicht zu bekommen, ist jedenfalls alles andere als beruhigend. Ich brauche mein Gesicht noch. Für Cassidy. Ich befürchte, einen Romantiker ohne Gesicht würde sie nicht küssen, selbst wenn es der letzte ist; dazu ist sie zu sehr Realistin. Oh, Mann, ich hätte vorhin auf dem Kuss bestehen sollen! Was, wenn ich sie jetzt nie werde küssen können? Vielleicht ist sie längst abgehauen. Ich könnte es ihr nicht verdenken. Was geht sie das schon an hier? Irgendwie hoffe ich sogar, dass sie weg ist, denn dann kann ihr nichts passieren. Das würde ich mir nie verzeihen. Außerdem weiß ich ja, wo sie wohnt. Sollte ich hier lebend und mit unversehrtem Gesicht rauskommen, werde ich eben zu ihr gehen und

sie dort küssen. Natürlich nur, wenn sie es dann noch will. Bei Realistinnen kann man nie wissen.
»Und das tut den Häschen wirklich nicht weh, Tony? Was, wenn die Ohren abreißen?«
»Die reißen nicht ab, Polio! So transportiert man nun mal Hasen. Wohin mit den Viechern?«
»Da auf den Boden.« Er zeigt auf die Hühner, die links neben meinem Kopf vor sich hin gackern. »Ich halte sie fest und du wickelst ihnen das hier um die Beinchen, okay?«
»Draht? So wird das aber nichts, Polio. Du kannst sie nicht mit Draht festbinden. Wir brauchen Ketten. Sowas wird immer nur mit Ketten gemacht.«
Der Hut namens Tony verschwindet wieder in der Scheune und Mr. Quietsche-Ente bleibt, die Hasen festhaltend, neben mir auf dem Boden knien.
»Keine Sorge«, lächelt er mich an. »Das klappt schon. Tony findet bestimmt etwas.«
»Ich hab was!«, kommt dieser Tony zurück. »Hier!« Er schwenkt ein Knäuel lila Wolle in der Luft. »Damit wird es funktionieren!«
»Super!«, beugt sich der Schwachkopf leicht zu mir herunter. »Klasse, Tony!«
»Lag in einer Kiste in der hintersten Ecke.« Er geht in die Hocke und rollt die Wolle ein Stück weit ab. »Gut festhalten, Polio.«
Er wickelt den Faden hastig um mein Handgelenk, verknotet ihn und bindet das andere Ende am rechten Hinterlauf eines der Hasen fest; dieselbe Prozedur beim zweiten Hasen.
»Super! Jetzt noch die Hühnchen«, grinst der Schwachkopf aufgeregt. »Dann sind wir fertig!«
Fünf weitere lila Fäden schnüren sich nach und nach um mein Handgelenk und um dürre Hühnerbeine, wobei immer wieder einer der Hasen versucht, die Hühner zu bespringen, und die Hühner vor Panik umherflattern und sich in den Fäden verheddern, bis schließlich nur noch ein großes Knäuel von Hühnern und notgeilen Hasen an meinem Arm zerrt.

»So, das war's!«, klatscht der Schlapphut in die Hände. »Sieht doch perfekt aus.«
»Meinst du wirklich?«, fragt der Schwachkopf besorgt. »Das muss unbedingt klappen, Tony. Die Hühner und die Häschen vertragen sich nicht.«
»Das ist genau richtig, Polio. Wenn sie wütend sind, ziehen sie noch fester. Mach dir keine Sorgen, das klappt schon.«
»Merken Sie schon, wie das am Arm zieht?«, beugt sich der Schwachkopf zu mir herunter.
»Ja, wie verrückt«, stöhne ich gequält. »Ich glaube, er reißt bald ab.«
»Oh, dann müssen wir uns beeilen! Tony, holst du die anderen? Und vergiss nicht, das Tor zuzumachen. Klopf dreimal von innen dran, wenn alle da sind. Und dann zählst du bis zehn und machst das Tor wieder auf. Aber nicht anders machen, okay?«
»Ja, ja, ich krieg das schon hin, Polio. Was ist mit dem Opa? Soll ich den mit reinnehmen?«
»Nein, auf keinen Fall! Der bleibt hier bei mir. Sonst verrät er den anderen noch was.«
»Wie du willst. Bis gleich, Polio.«
Der Schlapphut verschwindet und schließt das Tor der Scheune hinter sich. Ich schaue zu Hubertchen, der nicht weit von mir entfernt auf dem Boden sitzt und den Schwachkopf mit hellwachen Augen verfolgt, wie er noch einmal die Ketten und Seile und Fäden an den Tieren überprüft. Hubertchen wirkt längst nicht mehr so abwesend wie die ganze Zeit zuvor. Er sieht fast so aus, als würde er etwas planen.
»Hält der Arm noch?«, fragt der Schwachkopf besorgt.
»Nicht mehr lange, fürchte ich!« Ich verziehe schmerzhaft das Gesicht. »Ich glaube, er ist schon halb ab.«
»Ojeh, ojeh«, läuft er aufgeregt von der Kuh zu den Hühnern und Hasen. »Das geht doch nicht! Schu! Schu!« Er versucht die Viecher zurückzutreiben. »Das könnt ihr doch nicht machen! Wenn da vorher schon ein Teil abgeht, ist es doch keine Vierteilung mehr! Und dann wird Bölke sehr, sehr

traurig sein, und das wollt ihr doch nicht, oder? Schu! Schu! Ja, so ist's brav! Bleibt so! Ich sag euch dann Bescheid, wenn es los geht. Geht das jetzt mit dem Arm?«

REBECCA

»Okay, alle mal herhören!« Dieser Idiot von Tony betritt den Raum. »Die Show kann beginnen, mir nach!«

Koller, Otto und ich erheben uns ächzend von der Treppe.

»Was ist, kommen Sie?«, ruft Bolkov uns zu. »Sonst verpassen Sie noch das Beste.«

»Ja, ja, wir kommen ja schon!«, setze ich mich hüpfend in Bewegung. »Ich kann es kaum erwarten, meinem Sohn beim Sterben zuzusehen, Sie mieses Schwein!«

»Könnten Sie uns nicht vielleicht wenigstens die Fesseln an den Füßen lösen, Bolkov?« Otto hüpft hinter mir her. »Das ist sehr mühsam, wissen Sie.«

Bolkov schaut fragend zu Bölke, der den Kopf schüttelt.

»Tut mir Leid, Otto«, klopft Bolkov ihm auf die Schulter. »Aber keine Sorge, bald ist es vorbei.«

Wir hüpfen alle drei dicht gefolgt von Bolkov und Bölke mühsam durch die Küche, die einen direkten Zugang zur Scheune hat. In der Scheune angekommen, winkt Tony uns bis vor das geschlossene Tor.

»So«, grinst er. »Am besten stellt ihr euch hier nebeneinander in einer Reihe auf, damit auch jeder was sieht.«

»Es ist draußen«, hüpft Koller neben mich. »Wenigstens etwas.«

»Bölke, komm hierher, an meine Seite«, winkt Bolkov. »Mach dich auf etwas ganz Besonderes gefasst.«

»Oh, Mist!«, sagt Bölke. »Wir haben den Jungen vergessen! Er schläft immer noch neben der Treppe. Ich gehe zurück und hole ihn. Ihr könnt ruhig schon anfangen, bin gleich wieder da.«

»Nein, lass ihn!«, Bolkov hält seinen Arm fest. »Du bleibst jetzt mal schön hier, Bölke. Das darfst du nicht verpassen. Polio hat das doch nur für dich aufgezogen.«
»Für mich? Polio? Na, da bin ich aber mal gespannt.«
»Alle bereit? Okay, dann kann's ja losgehen!« Tony klopft dreimal mit der Faust gegen das Tor. »Kleinen Moment noch ... acht, neun, zehn. So, jetzt aber.«
Er öffnet langsam das Tor. Das erste, was ich erkennen kann, sind Tiere, die auf einem Haufen zusammenstehen. Halt, nein! Da ist Robert! Er liegt inmitten der Tiere flach auf dem Rücken. Was soll das? Oh, mein Gott! Sie werden ihn doch nicht etwa ...
»Sehr verehrte Damen und Herren!«, erscheint das Riesenbaby links von den Tieren. »Nein, stopp! Das stimmt ja gar nicht! Ist ja nur eine Dame! Mach nochmal zu, Tony! Ich fange nochmal an.«
»Das bringt jetzt nichts mehr, Polio. Die Überraschung ist schon weg. Mach einfach weiter.«
»Ach, Menno! Es sollte doch alles perfekt klappen! Also, sehr verehrte Dame und Herren! Herzlich Willkommen zu unserer Vierteilung!« Er winkt Bölke selig grinsend zu.
»Also, damit hab ich jetzt aber echt nicht gerechnet.« Otto steht mit offenem Mund neben mir. »Die sind ja wohl total neben der Spur.«
»Der Arm reißt gleich ab«, höre ich Robert dem Riesenbaby leise zurufen.
»Oh! Jetzt aber schnell! Hü, Pferdchen! Hü, Kuh! Hü, Schäfchen! Hopp, hopp, ihr Hühnchen und Häschen!«, schreit er los und fuchtelt mit den Armen in der Luft herum, aber die Tiere bewegen sich nicht einen Schritt von der Stelle, sondern starren ihn nur gelangweilt an.
»Hü, hab ich gesagt!«, stampft er mit den Füßen auf. »Was habt ihr denn auf einmal? Das haben wir doch alles besprochen! Hü! Hopp! Ihr müsst feste ziehen!«
Otto pfeift zweimal sehr laut durch die Zähne; ich hüpfe erschreckt ein Stück von ihm weg.
Der Esel, die Kuh und das Schaf drehen ihre Köpfe in unsere

Richtung, und als sie Otto sehen, setzen sie sich sofort in Bewegung, direkt auf ihn zu.
»Halt, stopp! Wo wollt ihr denn hin?«, versucht das Riesenbaby verzweifelt, sich ihnen in den Weg zu stellen. »Nicht alle da lang! Das geht doch ... Hilfe!«
Die Tiere rennen ihn einfach über den Haufen. Er verfängt sich in den Ketten und wird mit Robert und den Hühnern und Hasen zusammen hinter dem Viehtross hergeschleift.
»Ganz ruhig, Babys!« Otto hüpft ihnen ein Stück entgegen. Der Esel gibt dem Schaf einen kräftigen Tritt, begleitet von einem kräftigen I-Ah.
»Naddel! Lass Doris in Ruhe! Hörst du?« ruft Otto.
»Hubertchen! Nein!«, schreit Koller, als er sieht, wie der verrückte Alte sich vom Boden erhebt, auf die Tiere loshüpft und sich ihnen direkt in den Weg wirft. Kuh und Esel und Schaf springen über ihn weg, und er wird ebenfalls weiter mitgeschleift.
Als die Meute Otto erreicht, stößt die Kuh ihm leicht mit dem Kopf in den Bauch, Otto verliert das Gleichgewicht und fällt hin. Sofort beginnt das Schaf, ihm das Gesicht abzuschlecken, und der Esel macht sich an seiner Hose zu schaffen. Robert, das Riesenbaby, und der verrückte Alte bilden dahinter einen verknoteten Haufen, auf dem ein Hase sitzt und gerade ein Huhn rammelt.
»Das ... Das ist unbezahlbar«, verschluckt sich dieser Idiot von Tony fast an seinem Lachen.
»Aber ... Aber so geht das doch nicht!« Bölke steht wie angewurzelt drei Schritte neben mir und kriegt den Mund nicht mehr zu.
Bolkov hält sich eine Hand vor die Augen und schüttelt unaufhörlich den Kopf.
»Das ist ja der Wahnsinn«, höre ich eine Stimme von rechts außerhalb der Scheune näher kommen. »Ich hab doch gesagt, hier sind wir richtig! Die ziehen doch tatsächlich am helllichten Tag in aller Öffentlichkeit eine Orgie ab! Hast du das drauf, Karlchen? Gunther, beweg deinen lahmen Arsch hierher! Wir brauchen den Ton!«

»Ja, ja, ich komm ja schon! Kletter du doch mal mit dem ganzen Kram hier über so ein Gatter!«
»Sollte ich jemals mein Gehalt halbieren wollen, mache ich das. Was ist jetzt? Zack-Zack! Heute schreiben wir Fernseh-Geschichte!«
Drei Männer tauchen vor der Scheune auf und umringen Otto, der immer noch am Boden liegt und von den Tieren abgeschleckt wird. Einer von ihnen trägt eine Kamera auf der Schulter und hält sie auf Otto. Alle drei stehen mit dem Rücken zur Scheune und haben Bolkov, Bölke und mich anscheinend noch nicht bemerkt.
Bölke zieht sofort seine Pistole.
»Warte«, hält ihn Bolkov flüsternd zurück. »Ich will das sehen.«
»Aber Chef!«, wispert er zurück. »Das sind die von der Tankstelle gestern!«
»Ich weiß. Warte trotzdem noch. Sie werden uns kaum weglaufen.«
Genau, die Tankstelle! Der mit der Kamera kam mir auch irgendwie bekannt vor.
»Das Mikro, Gunther!«, drängt einer von ihnen, der Einzige, der keine Gerätschaften mit sich herumträgt. »Hast du alles drauf, Karlchen? Sobald das Mikro bereit ist, gehst du voll auf sein Gesicht! Gunther! Heute noch, verfluchte Scheiße!«
»Ja, ja, schon fertig, hier!« Der ohne Kamera reicht ihm ein Mikrofon.
»Okay, es geht los«, beugt er sich zu Otto herunter. »Franz Fischkopp, Sat7, guten Tag. Recherchen unserer Redaktion haben ergeben, dass von hier aus ein weltweit operierender Tierporno-Ring betrieben wird. Was sagen Sie zu diesen Vorwürfen?«
Fischkopp. Irgendetwas sagt mir dieser Name. Fischkopp.
»Kein Kommentar«, brummt Otto und hält sich eine Hand vors Gesicht. »Verschwinden sie.«
»Ach, kommen Sie! Sie liegen auf dem Boden und ein Esel massiert mit den Lefzen ihren Schritt. Für kein Kommentar ist es zu spät. Geben Sie mir irgendwas. Wie oft veranstalten

Sie solche Orgien wie die hier? Sind das da Ihre Kunden? Wie viel zahlt man für ein Huhn? Steigt der Preis mit der Größe des Tiers? Wann fing das ...«

»Moment mal«, unterbricht ihn Roberts Stimme aus dem Knäuel. »Verstehe ich das richtig, Onkel Otto? Du treibst es mit Tieren?«

»Aha, das ist interessant«, richtet dieser Fischkopp das Mikrofon in Roberts Richtung. »Hast du ihn, Karlchen?«

Fischkopp, Fischkopp, verflucht, was sagt mir das bloß?

»Ich weiß nicht«, antwortet der Kameramann. »Welcher ist es? Da ist ja alles durcheinander.«

»Egal, halt einfach drauf. Also, Sie sind dann wohl der Neffe, nehme ich an. Und Sie wussten bis eben nichts von den sodomistischen Neigungen ihres Onkels? Wie kommt es dann, dass Sie an dieser Orgie teilnehmen? Wurden Sie etwa dazu gezwungen?«

»Das ist keine Orgie«, versucht Robert sich schiebend und zerrend aus dem Haufen zu befreien. »Das sollte meine Hinrichtung werden. Du hast mir noch nicht geantwortet, Onkel Otto! Ist das wahr, das mit den Tieren?«

»Hinrichtung?«, fragt dieser Fischkopp. »Was denn für eine Hinrichtung? Wir brauchen hier keine Hinrichtung, wir brauchen eine zutiefst perverse Orgie. Könnte nicht vielleicht einer von Ihnen so freundlich sein und das Schaf für die Kamera fi...«

»Ob das wahr ist, will ich wissen!« Robert wird lauter.

»Ja«, flüstert Otto kleinlaut. »Es stimmt. Ich wollte es dir längst sagen, Rocket. Aber deine Mutter meinte immer ...«

»Dann war das also kein Darmriss oder irgendetwas ähnlich Natürliches, woran Clyde gestorben ist?«

»Nein ... ich ...«, druckst Otto.

»Du hast Clyde totgefickt! Sag es doch endlich! Gib es zu! Du hast meinen armen Kater einfach so totgefickt und mir nichts davon gesagt!«

»Ja ... Ich ... Es tut mir Leid, Rocket. Es war ...«

»Wetten, dass er gleich sagt, dass es ein Unfall war?«, flüstert Bolkov mit einem kurzen Blick auf mich Bölke zu. »Das

scheint die Familienausrede in solchen Fällen zu sein.«
»Es war doch keine Absicht, Rocket«, sagt Otto. »Ich hatte noch keine Erfahrung mit Katzen damals, Clyde war meine erste. Und meine letzte, ich schwöre es! Ich habe nie wieder eine Katze angerührt. Und ich wollte es dir auch erzählen, Rocket, ehrlich. Aber du warst doch noch so klein, und wir dachten ...«
»Das ist ja noch besser!«, sagt dieser Fischkopp. »Keine Hinrichtung, eine Tiersex-Orgie mit Familiendrama. Gibt es Fotos von der totgefickten Katze? Das wird ein Kracher!«
»Aber meine Vierteilung sollte auch ein Kracher werden!« Der Kopf des Riesenbabys taucht überzogen mit lila Wollfäden aus dem Menschenknäuel auf. »Doofe Tiere!«
»Eine Vierteilung?«, richtet dieser Fischkopp das Mikrofon auf das Riesenbaby. »Das klingt natürlich wiederum sehr interessant. Und wer sind Sie? Gehören Sie auch zur Fami...« Er prustet laut los und zeigt auf das Pokemon. »Hast du das, Karlchen? Geh voll drauf!« Er schüttelt sich vor Lachen. »Der ist ja noch besser als diese Knalltüte an der Tankstelle! Sowas Bescheuertes hab ich ja noch nie gesehen! Oh, Mann, das wird die beste Weihnachts...«
Ein Schuss lässt alle erschreckt zusammenzucken.
»Das sieht nicht bescheuert aus!«, schreit das Riesenbaby mit ausgestrecktem Arm und einer rauchenden Pistole in der Hand, während Fischkopp ganz langsam nach hinten umkippt und flach auf dem Boden aufschlägt. Blut läuft aus seiner Stirn und sickert in den Staub.
Für einen kurzen Moment ist nicht ein Laut zu hören. Selbst dieser Idiot von Tony hat aufgehört zu lachen. Der Kameramann schwenkt stumm auf den am Boden liegenden Fischkopp. Sein Kollege lässt seine Ausrüstung fallen. Der Kameramann sinkt auf die Knie, stellt die Kamera vorsichtig neben sich ab und legt sein Ohr an Fischkopps Brust. Dann reißt er beide Arme mit zu Fäusten geballten Händen in die Luft.
»Es gibt also doch einen Gott!«, schreit er zum Himmel hinauf. »Franz Fischkopp ist tot! Danke, Gott! Und danke, du

barmherziger Engel mit dem Zeichen auf der Stirn!« Er robbt auf Knien zum Riesenbaby herüber, nimmt dessen Kopf zwischen beide Hände und küsst das erfreut quiekende Pokemon wieder und wieder. »Franz Fischkopp ist tot! Yi-Ha!«
Ich hab's! Endlich hab ich es! Oh, und das ist befreiender und erleichternder als jeder Orgasmus, den ich jemals hatte! Fisch! Ich wusste, dieser Name will mir irgendetwas sagen. Aber es war Fisch, nicht Fischkopp! Ich konnte ja nicht ahnen, dass diese zwei Sachen zusammengehören! Fisch! Daher kenne ich Bolkov! Es war nicht in der U-Bahn oder in einer Kneipe oder beim Arzt, es war bei Hertie! Das muss etwa zwanzig Jahre her sein, im Sommer. Ich wollte mir einen neuen Bikini kaufen und öffnete den Vorhang zur Umkleidekabine, und da saß dieser Kerl auf einem Hocker, Zeitungspapier in der einen Hand und in der anderen einen Fisch, den er sich über seinen Schwanz gestülpt hatte und keuchend auf und ab bewegte. Das war Bolkov! Jünger natürlich, und ohne diesen Bart und den feinen Anzug. Ich wusste, ich kenne ihn irgendwoher. Sein Kopf lief lachsrot an, als er mich damals vor sich stehen sah. Ha, jetzt hab ich dich, Vladimir Bolkov, genannt der Büffel. Wenn er nicht will, dass ihn zukünftig die ganze Unterwelt Fischficker nennt, muss er meine Jungs wohl oder übel laufen lassen.
Ich hüpfe zu ihm herüber.
»Könnte ich Sie kurz sprechen?«, grinse ich ihn an.
»So fröhlich, Gnädigste? Ich hoffe, diese missglückte Vorstellung eben lässt Sie nicht glauben, dass Ihr Junge jetzt am Leben bleibt.«
»Abwarten. Was ist? Haben Sie einen Moment für mich?«
»Schießen Sie los.«
»Allein?« Ich hüpfe rückwärts ein paar Meter von ihm weg in eine Ecke der Scheune.
»Von mir aus auch das, wenn es nicht zu lange dauert. Bölke, bring ein bisschen Ordnung in dieses Chaos. Jetzt ist Schluss mit Spielereien. Und vergiss Koller nicht.«
»Ist gut, Chef«, geht Bölke hüpfend begleitet von Koller nach draußen.

»Also, was haben Sie auf dem Herzen?« Bolkov sieht mich an. »Außer, dass Ihre Söhne gleich sterben werden, meine ich.«
»Fisch«, sage ich mit einem triumphierenden Lächeln.
»Fisch? Was soll das, Gnädigste? Wenn Sie Hunger haben sollten Sie …«
»Fisch. Hertie. Umkleidekabine. Vor zwanzig Jahren«, triumphiere ich weiter.
Er sieht mich verständnislos an, gleichzeitig kann ich ihn aber fast grübeln hören. Seine Augen blitzen kurz auf, geschafft! Da ist sie wieder, die Lachsröte in seinem Gesicht.
»Das … das waren Sie?«, stammelt er und vermeidet den direkten Blickkontakt, indem er seine Augen im Raum umherschweifen lässt.
»Haargenau«, grinse ich siegessicher. »Das war ich. Was ist jetzt mit meinen Jungs? Sie werden ja wohl kaum wollen, dass Ihre Hündchen da draußen von Ihrem kleinen Hobby er …«
Moment mal, was soll das denn! Er hat einen dreckigen Lappen von einem Regal genommen und ihn mir in den Mund gestopft! Frechheit! So haben wir aber nicht gewettet, Bolkov! Bäh, wonach schmeckt dieses Ding? Ist das Pferd? Ich versuche den Lappen auszuspucken, aber er füllt meinen gesamten Mund aus.
»Sie enttäuschen mich, Gnädigste«, sagt Bolkov bedauernd. »Ich hatte Sie für schlauer gehalten. Aber wenn Sie unbedingt zusammen mit ihren Söhnen sterben wollen, dann soll es eben so sein. Kommen Sie!« Er packt mich am Arm und ich hüpfe neben ihm her aus der Scheune hinaus.
Riesenleistung, Becca. Daran hast du natürlich nicht gedacht. Verdammt, jetzt werde ich es niemandem mehr erzählen können.
»Musstest du den Kerl denn unbedingt gleich abknallen, Polio?« Bölke hilft gerade dem Riesenbaby auf die Beine, als Bolkov und ich dazu kommen.
»Aber ich hab doch gesagt, dass jeder, der sagt, dass ich be-

scheuert aussehe, ein großes Loch dahin kriegt, wo bei mir Pikachu wohnt!«

»Ja, aber da war dieser Typ doch gar nicht dabei, als du das gesagt hast. Woher sollte er das denn wissen?«

»Oh, stimmt ja. Daran habe ich gar nicht gedacht. Das tut mir jetzt aber echt Leid.«

»Du hast die Welt von Franz Fischkopp befreit«, klopft ihm der Kameramann aufmunternd auf die Schulter. »Das muss dir nicht Leid tun. Sei stolz drauf!«

»Polio, bringst du die Tiere bitte zurück in die Scheune?«, sagt Bölke, während er Robert von den Ketten befreit. »Tony, übernimmst du den Opa hier?«

»Geht klar«, antwortet Tony. »Was passiert mit den Fernsehheinis?«

»Ach wissen Sie«, hievt der Kameramann sich die Kamera auf die Schulter. »Wir verschwinden dann einfach wieder und tun so, als hätten wir das alles hier nie gesehen, so wie an der Tankstelle gestern. Sie haben ja unsere Namen und Adressen, wobei Sie Franz Fischkopp jetzt natürlich streichen können«, grinst er breit. »Tausend Dank nochmal! Und viel Erfolg, was auch immer Sie da noch vorhaben!«

»Hier geblieben!« Bölke zückt seine Pistole. »Sie gehen erst mal nirgendwo hin, bis wir hier fertig sind und entschieden haben, was mit Ihnen passiert.«

»Aber …«

»Nichts aber. Setzen Sie sich dort auf den Boden auf Ihre Hände und halten Sie die Klappe, bis ich Zeit für Sie habe, verstanden?«

Der Kameramann und sein Kollege folgen Bölkes Anweisung und setzen sich. Bolkov hilft Otto auf die Beine, während das Riesenbaby damit beschäftigt ist, die Hühner und Hasen einzufangen.

»Der Opa ist okay.« Tony klopft dem Alten den Staub vom Anzug. »Hat nicht eine Schramme abgekriegt. Wohin mit ihm?«

»Setz ihn zu den anderen da drüben«, nickt Bölke in Richtung der Fernsehtypen. »Wir kümmern uns später um ihn.«

»Was soll denn das jetzt?«, fragt Otto, als er mich sieht. »Warum haben Sie meine Schwester geknebelt, Bolkov?«
»Ich fürchte, ich habe schlechte Nachrichten für Sie, Otto.« Bolkov legt väterlich seinen Arm um ihn. »So Leid es mir tut, Ihre Schwester hat es mir unmöglich gemacht, Sie am Leben zu lassen.«
»Aber was ist denn ... Was hat sie denn ...«
»Lassen Sie es mich so sagen, Otto: Ihre Schwester hat etwas gesehen, was sie nicht sehen sollte. Das allein wäre halb so schlimm, wenn sie es für sich behalten hätte. Aber das wollte sie nicht, und jetzt muss ich dafür sorgen, dass sie es tut, so bedauerlich ich das auch finde.«
»Ja, aber ...«
»Gut!«, Bolkov klatscht in die Hände. »Dann lasst uns das endlich hinter uns bringen. Kommen Sie, Gnädigste!« Er packt mich am Arm. »Bringst du Koller, Bölke? Und du den anderen, Tony. Bringt sie hierher, in die Mitte.«

CASSIDY

»Mist, das sieht nicht gut aus. Was machen wir denn jetzt? Noch näher ran? Meinst du wirklich? Ja, ich weiß, das Gras ist ziemlich hoch, trotzdem. Wenn sie uns sehen, sind wir geliefert. Natürlich müssen wir ihnen helfen, ich bin doch nicht blöd! Was? Nein, ich habe nicht die Hosen voll! Und nicht in diesem Ton, kapiert! Du bist zu viel mit Koller zusammen, das färbt wohl ab. Ich wünschte bloß, er hätte mir genauer gezeigt, wie man mit dir umgeht. Ja, ja, schon klar, du machst das schon. Aber die sind zu viert, und sie haben drei von deinen Kollegen dabei. Was? Ja, ich gehe näher ran, okay. Nervst du eigentlich immer so?«
So weit ist es also gekommen. Ich robbe durch den Dreck und rede mit einer Pistole. Aber was tut man nicht alles für

seinen letzten Romantiker. Ich hielt es vorhin nicht mehr aus, da drüben im Wald. Ich wollte mich von hinten an das Haus heranschleichen und hörte plötzlich Geräusche neben der Scheune. Als ich Rocket dort zwischen den ganzen Tieren liegen sah, dachte ich schon, es ist zu spät. Aber das ging ja gerade nochmal gut. Und dann sah ich ihn. Zuerst habe ich ihn nicht erkannt, wegen diesem komischen Hut, doch dann fing er an zu lachen. Diese dreckige Lache würde ich unter einer Million erkennen.

»Was denn? Noch näher? Nein, ich kann nicht verstehen, was sie sagen. Ja, ja, du hast natürlich recht.«

Ich bin jetzt am Gatter angekommen und krieche vorsichtig darunter durch.

»Nein, das genügt. Noch näher, und sie sehen uns.«

Ich hebe meinen Kopf leicht aus dem Gras.

»Kommen Sie, Gnädigste!«, höre ich den Büffel rufen. Ich kann sehen, wie er Rebecca am Arm packt. »Bringst du Koller, Bölke? Und du den anderen, Tony. Bringt sie hierher, in die Mitte.«

Eins schwöre ich dir, Tony, du mieseste aller Ratten: Wenn du meinem Rocket auch nur den klitzekleinsten Kratzer zufügst, landet jede einzelne von Lemmys Kugeln in deiner verdammten herzlosen Brust, und wenn es das Letzte ist, was ich tue.

Rocket, Koller und Rebecca werden hüpfend in die Mitte der Koppel geführt und etwa zwanzig Meter von mir entfernt, ihre Gesichter in meine Richtung gewandt, nebeneinander aufgereiht.

»Bölke, deine Pistole.« Der Büffel streckt die Hand aus. »Kniet euch hin«, wendet er sich an die drei und platziert sich vor Koller.

Sie sinken alle drei auf die Knie.

»Darf ich die Zicke? Darf ich die Zicke?«, quengelt Tony. »Bitte, Chef! Ich will die Zicke!«

»Von mir aus«, brummt der Büffel.

»Na, wo ist deine große Klappe jetzt, Zicke?«, baut sich Tony breit grinsend vor Rebecca auf und zieht seine Kanone.

»Polio, du übernimmst den anderen.« Der Büffel zeigt auf Rocket.
»Mach ich, Chef!« Der Große namens Polio stellt sich vor Rocket. »Tut mir Leid, dass das mit der Vierteilung nicht geklappt hat«, beugt er sich zu ihm herunter. »Noch nicht mal der Arm ist abgerissen. Das war echt blöd.«
»Vielleicht klappt's ja beim nächsten Mal«, lächelt Rocket ihn an. »Nur nicht aufgeben.«
Ein warmes Kribbeln breitet sich über meine Brust bis in meinen Bauch herunter aus. Ja, das ist er. Das ist der Mann. Der Mann, der mich niemals wegschicken wird. Der letzte und der coolste Romantiker der Welt. Mein Mann. Und niemand wird ihn mir wegnehmen. Auf gar keinen Fall.
»Jetzt wird's ernst«, flüstere ich Lemmy zu. »Lass mich nicht im Stich.«
»Also, Koller.« Der Büffel hält ihm die Kanone an die Stirn. »Da das mit den Schuldgefühlen, die dir das Herz zerreißen sollten, nicht geklappt hat, und ich die Geduld nicht mehr aufbringe, dich lange leiden zu lassen, werden wir das Ganze jetzt abkürzen. Allerdings wirst du dir nun für die paar Sekunden, die du übrig hast, doppelt so viele Vorwürfe machen können, denn ich habe mich entschlossen, deine Mutter noch zusätzlich auf dein Gewissen zu laden. Und du wirst nicht mal die Zeit haben, dich von ihr und deinem Bruder zu verabschieden. Tony, Polio, erschießt sie.«
»Nein!«, springe ich auf und renne mit Lemmy am ausgestreckten Arm auf sie zu. »Ein einziger Schuss, ihr dreckigen Bastarde, und ich schwöre euch, der nächste wird der letzte sein, den ihr zu hören bekommt!«
Mein Herz rast wie verrückt. Ich kann kaum atmen vor Adrenalin. Und meine Hände zittern so stark, dass mir Lemmy fast aus der Hand vibriert. Scheiße, was mache ich hier eigentlich?
Tony und der Große drehen sich blitzartig um und richten ihre Pistolen auf mich.
Was hatte ich erwartet? Dass sie sich ergeben und mich um

Gnade anwinseln? Du bist geliefert, Cas. Aber du hast es wenigstens versucht.
»Einen von euch erwische ich auf jeden Fall«, schreie ich sie an und zucke mit Lemmy abwechselnd auf einen der beiden.
»Was ist denn jetzt schon wieder?«, dreht sich der Büffel langsam um. »Wer ist das?«
»Cassidy!«, strahlt Rocket mich an.
»Das Flittchen aus dem Haus meiner Natalja?«, mustert mich der Büffel. »Stimmt, jetzt erkenne ich sie. Ich glaube, ich habe sie noch nie angezogen gesehen. Sie hat die Wohnung meiner Tochter immer als Bordell benutzt. Knallt sie ab.«
»Wenn ihr schießt, seid ihr noch im gleichen Moment arbeitslos!« Ich richte Lemmy zittrig auf den Büffel. »Und vom Vater der größten Schlampe der Stadt lasse ich mich nicht Flittchen nennen, kapiert!«
»Du beschmutzt den Namen meines geliebten Töchterchens nicht!«, brüllt der Büffel los und stampft drei Schritte auf mich zu. »Natalja war ein durch und durch reines und unberührtes Wesen! Und du bist es nicht mal wert, sie überhaupt gekannt zu haben, du kleine Hure! Los, knallt sie ab, oder hört ihr schlecht!«
»Aber, Chef«, sagt der Große. »Sie könnte sie …«
»Huren haben keinen Mumm, Polio!«, unterbricht ihn der Büffel. »Sie wird nicht abdrücken. Los, erledigt sie endlich!«
»Ich bin aber keine Hure«, sage ich. »Ich bin eine verdammte Realistin, und ich werde abdrücken. Und wenn Sie tatsächlich die letzten Jahre so blind waren, dass sie Ihr feines Töchterchen nie durchschaut haben, dann müssen Sie der dümmste Büffel der Welt sein. Rein und unberührt? Nattie? Ja, wo leben Sie denn? Jeder Grabbeltisch beim Sommerschlussverkauf ist unberührter, als Nattie es war. Oder Tony? Was meinst du dazu? Du musst es doch am besten wissen. Wie unberührt fühlte Nattie sich an, als du sie zum ersten Mal gevögelt hast?«
»Netter Versuch, Püppchen«, sagt Tony ruhig. »Das ist nur ein Trick, Chef. Das Flittchen ist ein wenig frustriert, weil ich

sie abgesägt habe. Ich habe die Prinzessin nie angefasst, das weiß jeder.«

»Du hast mich abgesägt? Wann war das? Bevor oder nachdem ich euch nackt aus meiner Wohnung gejagt habe? Ich habe ihn mit Nattie in meinem Bett erwischt.«

»Sie lügt, Chef! Sie will mir nur eins auswischen, weil …«

Das Klingeln eines Handys fällt ihm ins Wort, und alle schauen sich irritiert um.

»Das bin ich«, sagt der Kerl, der neben dem Büffel steht und als Einziger keine Pistole in der Hand hat. »Moment«, kramt er in seiner Innentasche und entfernt sich ein paar Schritte.

Ich ziele immer noch auf den Büffel, der mit einem leichten Anflug von Skepsis zu Tony schaut.

»Ich habe die Prinzessin nie angefasst, Chef! Das Flittchen lügt. Alle Flittchen lügen. Das ist doch offensichtlich. Sie will nur ihren Arsch retten, das ist alles.«

»Nimm den Hut ab, Tony«, sagt der Büffel ernst. »Nimm den Hut ab und lass mich deine Augen sehen.«

»Aber, Chef, ich …«

»Du sollst den Hut abnehmen. Sofort.«

Tony zieht sich den Hut aus dem Gesicht und lässt ihn neben sich auf den Boden fallen.

»Schicke Frisur«, grinse ich ihn an. »Selbst geschnitten?«

Er zeigt mir nur den Mittelfinger. Ich glaube, ich habe es geschafft. Er ist zu nervös für eine passende Antwort. Der Büffel beobachtet ihn.

»Schauen Sie genau hin«, sage ich. »Sehen Sie die Schweißperlchen auf seiner Oberlippe? Das ist Angstschweiß, das sind Tropfen purer Panik. Ja, er hat es getan. Er hat ihre liebe, kleine, unschuldige Natalja gevögelt.«

»Ja, ich geb ihn dir, Augenblick.« Der Kerl mit dem Handy kommt zurück und hält es dem Büffel hin. »Für Sie, Chef. Es ist Mehmet.«

»Muss das jetzt sein?«, knurrt der Büffel.

»Ich glaube, es ist wichtig.«

»Na gut.« Er nimmt das Handy, ohne Tony aus den Augen zu lassen. »Was gibt's? … Sehr gut, lies es mir vor … Ja …

Bla, bla, weiter … Was? Nicht so schnell, nochmal … Kopfverletzung post mortem? Bist du sicher? … Ja, ja, schon gut, du kannst lesen, ich weiß. Weiter … Was? Nein, das kann nicht sein! … Was? Was ist das? Procain? Nie gehört … Und Heroin auch noch? … Aber das war's dann, oder? … Ja, verstehe, das Ergebnis ist eindeutig … Gut … Nein, leg es einfach auf meinen Schreibtisch … Ja, wir sind heute Abend wieder zurück … Nein, keine Probleme … Ja, bis dann.«
Er klappt das Handy zusammen, steckt es ein, dreht sich zu Koller um und hält ihm wieder die Pistole an die Stirn. Tony atmet erleichtert auf und wischt sich den Schweiß von der Lippe. Verdammt, ich hatte es doch fast schon geschafft.
»Du hattest Recht, Koller«, sagt der Büffel. »Mein Töchterchen ist nicht an dem Loch in ihrem Kopf gestorben.«
»Aber das sage ich doch die ganze Zeit, Chef! Es war alles nur ein Unfall! Ich konnte wirklich nichts …«
»Sie starb, weil du sie unter Drogen gesetzt hast, um sie dir gefügig zu machen, du mieses Schwein!« Er zieht ihm die Pistole quer übers Gesicht. »Ihr kleines Herzchen blieb nicht einfach so stehen! Es hat dieses ganze Teufelszeug nicht verkraftet, dass du ihr eingetrichtert hast! Heroin, verflucht nochmal! Wie konntest du das meiner kleinen Natalja antun, du herzloser Bastard! Sie war doch fast noch ein Kind!«
»Ich … Ich weiß nichts von Heroin, Chef«, stöhnt Koller. »Und ich hatte nie etwas mit Drogen zu tun, das wissen Sie doch. Ich verabscheue das Zeug genauso wie Sie. Aber Nattie … Sie hat … Sie meinte, mit ein bisschen Koks wäre der Sex besser. Und darum hat sie, kurz bevor es zur Sache ging, eine Line gezogen. Aber das war nur Koks, hat sie gesagt! Und sie hätte das schon öfter gemacht. Und es war auch nicht viel, ich hab ihr dabei zuge …«
»Aha!«, brüllt der Büffel ihn an. »Du gibst es also zu! Du hast ihr Kokain besorgt, damit sie dich in ihr Bett lässt!«
»Nein, nein, Chef! So war das nicht, ehrlich! Das Koks hatte sie doch längst! Sie hatte eine kleine Dose voll davon in ihrer

Nachttischschublade! Ich habe ihr das Zeug nicht besorgt! Das müssen Sie mir glauben!«

»Mein Bruder hatte noch nie etwas mit Drogen zu tun«, sagt Rocket. »Das kann ich beschwören.«

»Und woher hatte mein armes Töchterchen dann bitteschön das Kokain?«, schreit der Büffel mit pochenden Schläfen. »Sie wird es ja wohl kaum bei Douglas gekauft haben!«

»Tony«, sage ich laut, und alle drehen ihre Köpfe in meine Richtung. »Tony hat sie mit Koks versorgt, schon lange. Immer wenn sie etwas brauchte hat sie ihn angerufen. Ich war ein paar Mal dabei.«

Der Büffel starrt abwechselnd zu Tony und zu mir. Ich bemühe mich, ihm direkt und fest in die Augen zu gucken, damit er erkennt, dass ich nicht lüge.

»Sie lügt!«, überschlägt sich Tonys Stimme. »Das ist nicht wahr, Chef! Glauben sie diesem Flittchen kein Wort! Ich habe niemals …«

»Schau mir in die Augen, Tony«, sagt der Büffel ruhig. »Schau mir in die Augen und sag mir, dass du meiner kleinen Natalja keine Drogen besorgt hast. Wenn du das kannst, dann glaube ich dir und das Flittchen ist sofort Vergangenheit. Was ist? Kannst du mir in die Augen schauen, Tony?«

Tony schluckt einmal tief und wischt sich mit der Hand übers Gesicht. Er kann es nicht. Er versucht es, aber er schafft es nicht, dem Blick des Büffels länger als eine Sekunde standzuhalten.

»Du hast meinem armen Töchterchen also Drogen besorgt«, richtet der Büffel seine Pistole auf ihn. »Warum, Tony? Warum hast du das getan? Hast du vielleicht gedacht, das wäre witzig? Hast du gedacht, das wäre einer deiner Späße? Soll ich dir zeigen, wie witzig ich das finde, Tony?«

Tony dreht sich blitzartig um, packt Rebecca am Arm, zieht sie mit einem Ruck vor sich nach oben, schlingt seinen Arm von hinten um ihren Hals und hält ihr die Pistole an den Kopf.

»Ich hatte doch keine Wahl, Chef!«, schreit er mit zittriger Stimme. »Ihr feines Töchterchen hat mich erpresst! Wenn ich ihr nicht jede Woche das Zeug besorgt hätte, hätte sie Ihnen gesagt, dass ich mit ihr in der Kiste war! Was sollte ich denn machen? Sie hatte ...«

»Du gibst also nicht nur zu, dass du meine Natalja regelmäßig mit Kokain versorgt hast, sondern du sagst mir auch noch ins Gesicht, du hättest Sex mit ihr gehabt?«

»Aber sie hat es doch mit jedem gemacht, Chef! Ich war nicht der Einzige, das können ...«

»Und jetzt behauptest du auch noch, sie sei eine Hure gewesen?«

»Nein, Chef! So meinte ich das doch nicht! Sie hatte nur Spaß am Sex! Das ist alles, was ich sagen wollte! Spaß am Sex! Das ist ja nichts Schlimmes, oder?«

»Du hast meine kleine Natalja umgebracht, Tony«, geht der Büffel zwei Schritte auf ihn zu. »Das ist schlimm. Das ist das Schlimmste, was mir jemals ein Mensch angetan hat. Und du weißt, was jetzt passiert.«

»Ich knall sie ab!«, schreit Tony, stolpert mit Rebecca ein paar Meter rückwärts und spannt den Abzug seiner Pistole. »Ein Schritt näher, Chef, und die Zicke ist erledigt! Ich habe die Prinzessin nicht umgebracht! Ich habe nichts damit zu tun! Keine Ahnung, was da passiert ist! Koller ist derjenige, der bei ihr war! Koller war es! Deswegen sind wir doch schließlich hierher gefahren!«

»Der Bericht der Gerichtsmediziner sagt eindeutig, dass Natalja an einer Überdosis gestorben ist, Tony. Das Zeug hatte sie von dir. Also hast du sie umgebracht. Und ob du diese Frau gleich erschießt oder nicht, was juckt mich das? Sie sollte sowieso sterben. Du versteckst dich hinter einer toten Frau, Tony.«

»Aber der Stoff war sauber, Chef! Ich schwöre, das war astreines Kokain. Es war aus der gleichen Quelle wie das ganze Zeug vorher! Ich hab es selbst probiert, ich schwöre es!«

Der Büffel spannt den Abzug seiner Pistole und legt auf Tony und Rebecca an. Das kann ich nicht zulassen. Diese Frau ist die Mutter des letzten Romantikers, meines letzten Romantikers. Und niemand opfert sie für ein Arschloch wie Tony.

»Nein!«, rufe ich und renne mit Lemmy im Anschlag los. Ich versuche auf Tonys Kopf zu zielen, der zur Hälfte hinter Rebecca herausschaut. Meine Hand zittert, verdammt! Was ist das jetzt? Mein Arm zieht plötzlich von allein ein Stück nach links. Ich spüre, wie der Abzug sich spannt, obwohl mein Finger ihn nicht berührt. Ein ohrenbetäubender Knall. Ich bleibe stehen. Aus Tonys Stirn fließt Blut. Sein Arm löst sich von Rebeccas Hals, und er sackt hinter ihr leblos auf den Boden. Ich schaue auf Lemmy in meiner Hand, Rauch steigt aus seinem Lauf. Alle starren mich an.

»Fallen lassen!«, sammle ich mich wieder und richte Lemmy auf den Büffel, der sofort seine Pistole wegwirft. »Du auch!«, nicke ich dem Großen zu.

»Geht nicht«, antwortet er. »Ist festgeklebt. Aber nicht schießen, bitte! Ich stecke auch die Hand in die Tasche.«

»Du da!«, wende ich mich an den anderen Kerl. »Binde sie los!«

»Es besteht kein Grund mehr zur Besorgnis«, sagt der Büffel. »Der Mörder meiner armen Natalja ist tot, dank Ihnen.«

»Ach was?«, gehe ich auf Rebecca zu. »Auf einmal bin ich kein Flittchen mehr? Woher der plötzliche Sinneswandel? Oder können Sie nur beleidigen, wenn Sie eine Kanone in der Hand haben?« Ich ziehe vorsichtig den Knebel aus Rebeccas Mund.

»Ich muss gestehen, ich habe Sie falsch eingeschätzt, junge Dame. Ich hoffe, Sie verz…«

»Der Büffel fickt Fische«, schreit Rebecca los. »Der Büffel fickt Fische in Damenumkleidekabinen! So, jetzt ist es raus! Hat mal jemand ganz schnell ein Glas Wasser? Mein Mund fühlt sich an wie Löschpapier.«

Der Büffel läuft rot an und versteckt sein Gesicht hinter seinen Händen.

Ich laufe auf Rocket zu, der gerade von seinen Fesseln befreit wird.

»Cassidy!« Er breitet seine Arme aus und umschlingt mich fest.

»Und?«, streichle ich über seine Stirn, als er mich wieder

loslässt. »Wie geht es meinem letzten Romantiker? Alles in Ordnung?«
»Nur ein paar Schrammen. Diese Idioten wollten mich vierteilen.«
»Ich weiß. Ich habe es gesehen. Ist noch alles dran?«
»Ich weiß nicht so recht«, lächelt er mich an. »Meine Lippen fühlen sich irgendwie taub an. Ich denke, es wäre vielleicht ganz ratsam, sie überprüfen zu lassen. Du weißt nicht zufällig jemanden, der sich damit auskennt?«
»Ich glaube schon«, ziehe ich seinen Kopf an mich heran, schließe meine Augen und …
»Saubere Vorstellung, Kleine!«, werde ich von Koller an der Schulter zurückgerissen und herumgewirbelt. »Respekt, das war Weltklasse!«, boxt er mir auf den Arm.
»Na ja«, sage ich leise. »Wir wissen wohl beide, wer dieses Lob am meisten verdient.« Ich lege Lemmy vorsichtig in seine Hand. »Danke, Lemmy«, flüstere ich, seinen Griff noch einmal kurz mit zwei Fingern streichelnd.
»Er ist der Beste, oder?«
»Der Allerbeste.«
»Und damit ist eins klar. Lemmy hat dich akzeptiert. Ob du willst oder nicht: Du gehörst jetzt zur Familie, Klein … Cassidy.«
Er umarmt mich und klopft mir fest auf den Rücken.
»Ich wusste, deine Möpse würden sich gut anfühlen«, lässt er mich breit grinsend wieder los.
»Ich glaube, das mit der Familie muss ich mir nochmal überlegen.« Ich stoße ihn leicht von mir weg und lächle.
»Wenn dieser Bursche dir Ärger macht, sag es mir«, kommt Rebecca von hinten und zieht Koller an den Haaren. »Ich bin die Einzige, die mit ihm fertig wird.«
»Aua! Mama! Das tut weh!«
»Das sollte es auch nach all den Nerven, die du mich gekostet hast!«
»Was denn? Ist doch gar nichts passiert.«
»Ja, genau, nichts passiert! Aber nur dank unserer tapferen und vor allem treffsicheren Cassidy hier«, hakt sich Rebecca

bei mir unter. »Komm mit, du musst mir alles genau erzählen!« Sie zieht mich langsam mit in Richtung Scheune. »Wo hast du so gut schießen gelernt?«
»Aber ich …« Ich drehe mich zu Rocket um. »Ich muss doch noch Rocket …«
»Apropos«, flüstert sie mir ins Ohr. »Ich habe gehört, da läuft was zwischen euch?«
»Na ja, ich wollte ihn gerade zum ersten Mal …«
»Kommst du auch, Robert?«, dreht sie sich um. »Tschuldigung, was hast du gesagt?«, flüstert sie weiter. »Du wolltest ihn gerade zum ersten Mal was?«
»Ach nichts«, seufze ich und lasse die Schultern hängen.

HUBERTCHEN

»So, so, Fische also. Das ist selten, kommt aber vor. Mir persönlich würde da, glaube ich, die Bindung fehlen. Fische sind so gesichtslos, finden sie nicht?«
»Bitte nicht vor den anderen, Otto. Das ist mir doch sehr peinlich.«
»Aber das muss es nicht, Bolkov. Das ist doch ganz natürlich.«
»Natürlich? Das ist pervers! Ich gehe jedenfalls nicht mehr jeden Freitag für Sie auf dem Fischmarkt einkaufen, Chef.«
»Nein, das musst du auch nicht, Bölke.«
»Wir könnten einen Teich anlegen, gleich neben der Scheune. Bevorzugen Sie eine bestimmte Sorte?«
»Forellen. Ich musste ihm immer Forellen mitbringen.«
»Ja, Forellen wären in Ordnung.«
»Gut, dann machen wir das. Ich lege Ihnen einen Teich mit so vielen Forellen an, wie Sie wollen.«
Ob es jemals zu einer gesetzlichen Grundlage für die Sodo-Ehe kommen wird? Ich denke nicht. Wobei es mich schon interessieren würde, wie viele unserer feinen Herren Politiker

zum Kundenkreis dieses Otto gehören. Mit Sicherheit mehr als man vermuten würde.

Tja, jetzt sitze ich hier in dieser Küche mit all diesen Leuten an einem Tisch und sollte doch eigentlich längst tot sein. Ich habe alles versucht. Ich habe sogar einem Gangsterboss ans Schienbein getreten, und ich bin immer noch am Leben. Vielleicht soll es einfach nicht sein. Wer es nicht schafft, unter den Umständen, in denen ich mich die letzten zwei Tage befand, zu sterben, der muss sich wohl damit abfinden, dass das Schicksal etwas anderes für ihn geplant hat.

»Ich hätte da übrigens eine sehr lukrative Geschäftsidee, Bolkov. Allerdings müsste man dafür erst einmal einiges investieren.«

»Nur raus damit, Otto. Lukrativ ist ein Wort, dem ich nicht widerstehen kann.«

»Koller, bist du so lieb und gibst mir mal die Pläne, die da neben dir auf der Anrichte liegen?«

Koller reicht ihm ein Bündel Papier.

»Danke.« Er breitet einen Grundrissplan auf dem Küchentisch aus. »So, das ist das Haus hier. Was halten sie davon, es in ein Luxus-Ferienhotel für Tierliebhaber zu verwandeln? Mit einem kleinen Anbau hier an der Südseite kämen wir locker auf zehn Zimmer. Swimmingpool, Kraftraum, Sonnenterrasse, Kabelfernsehen, alles inklusive. Und eine exquisite Küche, natürlich. Vegetarisch selbstverständlich. Was halten Sie davon, Bolkov? Natürlich müsste einiges reingesteckt werden, aber was glauben Sie, was meinen Kunden so ein Urlaub wert wäre! Ich sage mal, tausend Euro die Nacht sind nicht zu hoch gegriffen.«

»Klingt sehr interessant. Aber was ist mit dem Risiko? Wir bräuchten jede Menge Personal. Sehr, sehr verschwiegenes Personal, in unserem speziellen Fall.«

»Stimmt, das ist ein Problem. Aber ich denke …«

»Ich übernehme die Küche«, höre ich mich plötzlich selbst sagen, ohne auch nur einen Moment darüber nachgedacht zu haben.

Die gesamte Runde starrt mich an, als hätte der Papst gerade gefurzt.

Klar, warum denn nicht? Ich habe immer gerne gekocht. Und zurück in mein altes Leben will ich sowieso nicht mehr. Vielleicht ist es genau das, was das Schicksal für mich vorgesehen hat.

»Ich übernehme die Küche«, wiederhole ich. »Aber nur wenn ich ihn als Gehilfen bekomme«, zeige ich auf den Riesenkerl mit den breiten Schultern und dem gelben Ding auf der Stirn, den sie Polio nennen.

»Hubertchen! Du sprichst!« Koller findet als erster wieder Worte. »Er spricht! Rocket, Cassidy, habt ihr das gehört? Er spricht! Endlich! Oh, Mann, Hubertchen!« Er springt auf, beugt sich über den ganzen Tisch und fällt mir um den Hals. »Ich hab es immer gewusst!« Er nimmt meinen Kopf zwischen beide Hände und drückt mir einen Kuss auf die Backe. »Aber jetzt ist Schluss mit diesem ganzen Selbstmord-Scheiß, okay? Versprich mir das, Hubertchen!«

»Ja, versprochen«, lächle ich ihn an. »Schluss mit dem Selbstmord-Scheiß.«

»Was ist denn hier los?« Der Teenager, der die ganze Zeit über verschwunden war, betritt, sich verschlafen die Augen reibend, die Küche. »Ich bin wohl eingepennt. Hab ich was verpasst?«

»Er spricht!«, zeigt Koller auf mich. »Hubertchen spricht!«

»Wie aufregend«, gähnt der Teenager und quetscht sich neben Bölke auf die Küchenbank. »Gibt's hier vielleicht sowas wie Kaffee? Mann, bin ich kaputt.«

»Hier.« Die Mutter der Jungs gießt eine Tasse voll und schiebt sie zu ihm herüber.

»Danke.« Er schlürft vorsichtig einen Schluck ab. »Aaah, das tut gut!« Er schaut in die Runde. »Wo ist eigentlich Tony?«

»Tot«, sagt Bölke emotionslos. »Liegt draußen hinter der Scheune.«

»Echt?« Der Teenager zieht die Augenbrauen nach oben. »Schade eigentlich. Ich fand ihn ganz witzig.«

»Er hatte mein armes Töchterchen auf dem Gewissen«, erklärt Bolkov.
»Na dann.«
»Wie ist das jetzt?«, frage ich abwechselnd Otto und den Büffel anschauend. »Kriege ich nun die Küche? Ich bin sehr vielseitig, was das Zubereiten vegetarischer Speisen betrifft.«
»Und was wollen Sie mit Polio?«, will der Büffel wissen.
»Ich brauche einen Gehilfen. Jeder Koch hat einen Gehilfen. Und Ihr Polio sieht so aus, als würde er sich gut in der Küche machen.«
»Aber ich kann doch gar nicht kochen«, sagt der Riesenkerl.
»Das lernst du schon. Ich bringe dir alles bei, was es zu wissen gibt«, zwinkere ich ihm zu.
»Würdest du gerne hier bleiben, Polio?« Der Büffel schaut ihn an. »Du hast doch gesagt, es gefällt dir hier, mit den ganzen Tieren und dem Wald und das alles. Möchtest du gerne hier wohnen?«
»Hier wohnen? Für immer? Ach, ich weiß nicht. Die Tierchen waren nicht nett vorhin. Sie haben sich nicht an unsere Abmachung gehalten. Dabei sollte die Vierteilung doch ganz toll werden, damit Bölke sich freut.«
»Ich habe mich trotzdem gefreut, Polio«, lächelt Bölke ihm zu. »Das war wirklich eine gelungene Überraschung, die ich nie vergessen werde.«
»Und die Tiere haben das bestimmt nicht mit Absicht gemacht«, fügt Otto hinzu. »Sie waren nur nervös. Immerhin war das ja ihre erste Vierteilung.«
»Meinen Sie wirklich?« Ein Lächeln setzt sich auf sein Gesicht. »Ja, eigentlich gefällt es mir hier echt prima. Was meinst du, Pikachu? Sollen wir hier bleiben und dem Mann beim Kochen helfen?« Er drückt auf das gelbe Ding an seiner Stirn; es quiekt enthusiastisch. »Okay, wir bleiben hier!«
Die Vorstellung, wie dieses Ding rhythmisch an meinen Bauch stößt und quiekt, wenn dieses Prachtstück eines Kerls mir einen bläst, löst eine heftig pochende Erektion aus. Ja, das werden wunderbare Zeiten, der perfekte Ruhestand.
»Also gut«, sagt Otto. »Dann hätten wir das Küchenpersonal

ja schon mal abgehakt. Den Rest kriegen wir wohl auch noch zusammen, daran wird es nicht scheitern. Bliebe das Problem der Finanzierung. Wie viel wären Sie denn bereit, in dieses Projekt zu investieren, Bolkov?«

»Nun ja, das hängt davon ab, wie viel …«

»Entschuldigen Sie bitte«, hebt einer der beiden Fernsehleute, der mit der Kamera, die Hand. »Ich will ja nicht unhöflich erscheinen, aber ich hätte da einen Vorschlag zu machen.«

Alle Augen richten sich skeptisch auf ihn.

»Wie gesagt«, räuspert er sich. »Es ist nur ein Vorschlag. Wissen Sie, ich finde das alles hier höchst interessant. Nicht, dass ich Ihre Vorlieben teile, nein, das nicht. Aber ich sehe hier eine einmalige Gelegenheit, etwas zu dokumentieren, was noch nie gezeigt wurde. Ich finde, die Öffentlichkeit hat ein Recht darauf, etwas über Leute wie Sie zu erfahren, und darum wollte ich Sie fragen, ob Sie etwas dagegen hätten, wenn ich dieses Projekt, über das Sie gerade reden, von der Planung über die Entstehung bis zur Fertigstellung eventuell mit der Kamera begleiten dürfte. Natürlich garantiere ich Ihnen, dass weder Sie persönlich, noch die Umgebung und der Standort im fertigen Film zu erkennen sein werden. Was halten Sie davon?«

»Ich denke, dass diese Frage ein wenig voreilig ist.« Bölke zieht seine Pistole aus der Jacke und überprüft das Magazin. »Vielleicht sollten Sie sich zuerst einmal selbst die Frage stellen, ob Sie hier überhaupt lebend wieder rauskommen, bevor Sie an das Recht der Öffentlichkeit an der Ausschlachtung von Informationen über das Privatleben anderer denken.«

»Hey, das war nur ein Vorschlag«, lehnt sich der Kameramann mit erhobenen Händen zurück. »Und es besteht wirklich kein Anlass, uns umzubringen. Sie haben uns von Franz befreit, wir werden Ihnen ewig dafür dankbar sein. Und niemand wird ihn vermissen, glauben Sie mir. Wir werden einfach sagen, er hat einen Anruf aus Los Angeles bekommen und ist sofort abgehauen. Und wir können Sie decken, indem wir sagen, dass die Recherche über dieses Haus hier eine Ente war, dann wird nie wieder jemand von der Presse oder vom

Fernsehen hier auftauchen, das garantiere ich Ihnen. Sie können nur davon profitieren, wenn Sie uns am Leben lassen. Denken Sie darüber nach.«
»Wissen sie was?« Bölke steht auf. »Ich werde darüber nachdenken, während Sie beide draußen hinter dem Haus zwei tiefe Löcher etwa in Ihrer Größe buddeln. Los, mitkommen!«
Verschüchtert und mit eingezogenem Kopf stehen die zwei Fernsehleute auf und lassen sich von Bölke aus dem Raum führen.
»Gut, dann wäre das auch geklärt.« Der Büffel schaut ihnen nach. »Zurück zum Geschäft. Also, ich wäre durchaus bereit …«
»Verzeihen Sie«, unterbreche ich ihn und erhebe mich vorsichtig aus meinem Stuhl. »Bitte entschuldigen Sie mich für einen Moment. Die Natur ruft.«
»Da raus, gleich die erste Tür links«, zeigt Otto mir die Richtung.
»Warten sie!« Polio steht ebenfalls auf. »Ich komme mit!«
Wir verlassen beide die Küche.
»Was muss ich denn so machen, wenn ich ihr Gehilfe bin?«, fragt er hinter mir, als ich die Tür zur Toilette bereits geöffnet habe. »Ist das schwer?«
»Nein, nein, keine Angst.« Ich schaue mir diesen Prachtkerl von oben nach unten und zurück in die Mitte genau an. »Das lernst du ganz schnell.«
Soll ich? Die Versuchung pocht drängend hart an meinen Reißverschluss. Ach, was soll's! Warum auch nicht.
»Am besten, wir fangen gleich mit der ersten Lektion an.« Ich ziehe ihn in die Toilette und schließe hinter uns ab.
»Was denn? Hier?«, schaut er mich verwundert an. »Ich dachte, gekocht wird nur in der Küche?«
»Ja, das ist richtig, Polio.« Ich öffne seinen Gürtel. »Aber bevor wir zusammen kochen, müssen wir erst klären, ob wir überhaupt gut zusammen arbeiten können.«
»Aha, so ist das. Was … Was machen sie da? Das kann ich auch allein, aber ich muss gar nicht.«

»Wir müssen uns aufeinander verlassen können, Polio.« Ich ziehe seine Hose herunter. »Das ist das A und O einer guten Zusammenarbeit.«
»Zusammenarbeit, ich verstehe. Hoffentlich kann ich mir das alles merken.«
»Das wirst du, bestimmt. Und jetzt pass auf: Ich mache dir gleich etwas vor, und du machst es danach genauso bei mir. Hast du das verstanden?«
»Ja, ich glaube schon. Der Koch macht's vor, der Gehilfe macht's nach.«
»Genau. Also, los geht's!« Ich nehme ihn in den Mund.
Oh, verdammt, tut das gut. Wie dumm ich doch war, auf all das verzichten zu wollen. Das Leben ist schön und dick und prall.
»Das ... das ist also Zusammenarbeit?«, zuckt mein Gehilfe mir entgegen.
»Mmh-Mmh.«
»Spürst du das auch, Pikachu? Spürst du die Zusammenarbeit? Oh ja, das ist wirklich eine gute Zusammenarbeit! Pikachu mag die Zusammenarbeit auch! Stimmt's, Pikachu?«
Etwas fällt auf meinen Kopf und quiekt kurz.
»Pikachu? Ojeh, die Zusammenarbeit war zu viel für ihn!«
»Soll ich aufhören?«
»Nein! Ich muss das doch lernen! Nicht aufhören mit der Zusammenarbeit! Gute Zusammenarbeit! Mehr Zusammenarbeit!«

ROCKET

»Zu zweit da rauf? Das klappt doch nie! Kannst du überhaupt reiten, Rocket?«
»Nicht wirklich. Aber Romantiker haben das im Blut. Komm, gib mir deine Hand, ich ziehe dich hoch.«
»Wie denn? Da ist doch gar kein Platz mehr. Lass uns lieber spazieren gehen.«

»Nichts da! Du kommst jetzt hier rauf, und wir reiten zusammen in den Sonnenuntergang. Das muss so sein.«
»Was denn für ein Sonnenuntergang? Es ist zwölf Uhr mittags, Rocket!«
»Realisten! Habt ihr denn überhaupt keine Vorstellungskraft?«
»Oh, doch! Ich kann mir zum Beispiel sehr gut vorstellen, wie weh mein Hintern tun wird, wenn ich von diesem Vieh herunterfalle. Nein, ich steige da nicht rauf, vergiss es!«
»Cassidy, bitte! Ich verspreche dir, ich halte dich ganz fest. Komm, versuch es doch wenigstens einmal.«
»Na gut, meinetwegen, wenn es dir so wichtig ist. Was tut man nicht alles für einen Romantiker.«
Cassidy stützt sich mit einer Hand auf mein Bein, krallt sich mit der anderen in Naddels Mähne und zieht und drückt sich mit einem Ruck nach oben, so dass sie seitlich in meinem Schoss landet.
»Siehst du, geht doch«, halte ich sie fest, bis sie das Gleichgewicht gefunden hat. »Und auf geht's, Naddel!« Ich gebe dem Esel einen Klaps auf sein Hinterteil.
»Na also, klappt doch vorzüglich«, lächle ich sie an, als wir uns schaukelnd in Bewegung setzen.
»Wir werden uns vorzüglich den Hals brechen!« Sie klammert sich an mir fest.
»Nein, werden wir nicht. Vertrau mir, ich bin Romantiker. Siehst du den Sonnenuntergang da hinten am Horizont? Wir reiten genau drauf zu.«
»Ich kann da nicht hingucken. Der Horizont wackelt mir zu sehr!« Sie gräbt ihr Gesicht in meine Brust.
»Dann guck mich an!« Ich lege einen Finger unter ihr Kinn und hebe ihren Kopf leicht an. »Guck in meine Augen, dann siehst du den Sonnenuntergang.«
Sie schaut mir tief und lange in die Augen und ein Lächeln zieht ihre Mundwinkel nach oben.
»Wusstest du eigentlich«, sagt sie leise, »dass eine Mischung aus Kokain, Procain und Heroin in Verbindung mit Sex so gut wie immer zu Herzversagen führt?«

»Nein, das wusste ich nicht. Und das ist auch nicht besonders romanti…«
»Ich schon.«
»Echt? Sowas weißt du? Solche Sachen haben mich nie interessiert. Na ja, man kann ja schließlich auch nicht alles … Moment mal! … Nein!« Ich bringe Naddel zum Halten.
»Doch«, lächelt Cassidy mich weiter an und drückt mir einen Kuss auf die Wange.
»Du hast Nattie …«
»Genau.« Sie küsst die andere Wange sanft.
»Du bist …«
»Eine hoffnungslose Realistin, ich weiß.« Sie verschließt meinen Mund mit ihren Lippen, und wir küssen uns eine kleine, tiefe Ewigkeit, bis Naddel sich plötzlich wieder in Bewegung setzt und uns schaukelnd auseinander reißt.
»So!« Cassidy dreht sich nach vorne. »Und jetzt zeigst du mir noch mal den Sonnenuntergang, du letzter Romantiker.«
»Da hinten ist er.« Ich zeige mit dem Finger auf den Horizont. »Siehst du ihn?«
»Ich versuche es, Rocket.« Sie nimmt meine Hand und legt sie an ihre Wange. »Gib mir ein bisschen Zeit, dann werde ich ihn auch sehen.«
»Gut, ich gebe dir acht Stunden. Aber wenn du ihn dann noch nicht siehst, wird das wohl nichts mit uns.«
»Hey, das war aber nicht sehr romantisch!«
»Nein, das war realistisch.«
»Lass das! Das ist nicht witzig. Küss mich lieber.«
Mein Bruder fickt gerne herum. Zum Glück.

Aus unserem Verlagsprogramm

Micky Donelly
BELFASTER DOPPEL
Broschur / 160 Seiten / ISBN 978-3-89401-550-3
»Ein rasant erzählter Thriller mit den typisch irischen Themen: Saufen, Sex und kein Geld. Doch ganz so einfach ist es dann doch nicht, ganz im Gegenteil – das Leben der stadtbekannten Belfaster Kneipenblinse Myles ist ganz schön kompliziert. Myles hat nur eines fest im Griff: sein Whiskyglas.« *Martin Lösch, Lesart*
»Gelungene Sauf- und Sexszenen.« *Margret Fetzer, die tageszeitung*

Sean McGuffin
LAST ORDERS / Neue Geschichten
Broschur / 192 Seiten / ISBN 978-3-89401-377-6
»Ein irisches Sprichwort lautet: ›Lass die Wahrheit nicht einer guten Geschichte in die Quere kommen.‹ Und gut sind die Geschichten allemal. […] Sie sind skurril, sie sind verrückt, sie bestehen aus einem sprachlichen Feuerwerk.« *die tageszeitung*

Sean McGuffin
DER HUND
Eine Verschwörung
Broschur / 208 Seiten / ISBN 978-3-89401-167-3
Ein rabenschwarzer, explosiver Politkrimi voll von aufrechten irischen Revolutionären, niederträchtigen Verrätern, tumben britischen Soldaten und jeder Menge unsympathischer Politiker – kein Stoff für empfindsame Gemüter, aber eine vollmundige Sympathie-Erklärung für die irische Unabhängigkeit.

www.edition-nautilus.de